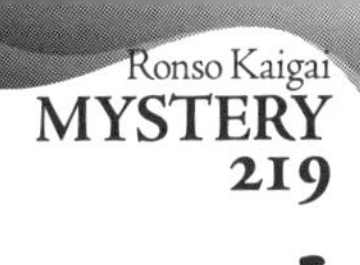

GEORGES SIMENON

LES 13 ÉNIGMES ET LES 13 COUPABLES

ジョルジュ・シムノン

松井百合子［訳］

論創社

LES 13 ÉNIGMES ET LES 13 COUPABLES
2018
by Georges Simenon

十三の謎と十三人の被告

目次

十三の謎と十三人の被告

十三の謎

第一話　G7（ジェ・セット）

僕がG7刑事（ジェ・セット）——彼をこう呼ぶ理由は後で述べる——の助手として共に捜査に加わることとなった数々の事件について語る前に、二人の出会いのいきさつと、その一連の出来事が僕の心の中で長いこととびきりの謎になっていた、ということを知っておいてもらわなければならない。

一九二……　十二月九日

その日の夜中二時近くのこと、僕はたまたまモンマルトルのナイトクラブで相席になった外国人の男と話に興じていた。男の国籍は不詳、というのも、イギリス訛りで話していたかと思うと、知らぬ間に似ても似つかぬスラブ訛りになっていたからだ。

僕たちは外に出た。見上げると凍って澄み切った美しい夜空が広がっている。二人は数百メートル歩くことで意気投合しノートルダム・ド・ロレッタ街を下って行った。だが寒さは当初思ったより厳しかった。慌ててタクシーを探したが、空車は一台もない。

サン＝ジョルジュ広場でG7型のタクシーが僕たちから数メートル先に止まり、暖かそうな毛皮に身を包んだ若い女性がそそくさと降りてきた。彼女は運転手に札を渡し、釣り銭も受け取らずに立ち去った。

「お先にどうぞ」僕は彼にタクシーを指して言った。

「とんでもない！　君から乗るべきだよ！」

「僕の家はすぐそこだから」

「そんなことは問題じゃない！　君が先だ……」

僕が折れた。知り合ったばかりの間柄だったが僕は手を差し出した。

彼は左手を出した、何故なら彼の右手はその夜の間ずっと背広のポケットにしまわれたままだったのだから。僕が思い起こそうとしているのはその直後のことだ。

何故かというと、ここから突然ドラマチック且つミステリアスな世界の真っ只中に身を投じていくことになるのだから。車に乗り込んだ僕は何かに突き当たった。手を伸ばしてみるとそれが人の体だということがわかった。

運転手はもうドアを閉め、車は走り出している。

僕の頭にすぐ車を止めさせるという考えは浮かばなかった。思いついた時にはすでに遅く、車はモンマルトルの町はずれにさしかかっていた。あの若い女も夜の酒場で飲んだ男も、すでに姿をくらましていたに違いなかった。

その時の僕の心境そのままをうまく説明するのは難しい。

アバンチュールの世界に飛び込んだ興奮で両頬は燃えるように赤かったが、同時に喉は息ができない程締め付けられていた。

隣に横たわる男の体はシートから滑り落ちていた。生気のない体。窓の外を通り過ぎるカフェの灯りに照らされ、僕はその若い顔、褐色の髪、グレーのスーツを見分けることができた。

見知らぬ男の片手は血まみれで、肩を触ってみると自分の手にも赤く生暖かい液体がべっとりとついた。

唇が震えた。さんざん迷った挙句唐突に心を決めた。

もしも若い女性を見かけることなく、その美しい女性がこの同じタクシーから出てこなかったら、(僕の部屋へ連れて行こう!)

おそらく別の行先を告げていたはずだ、警察か病院か。

だがこれは尋常ではないことだと直感が告げていた。尋常でないことであって欲しいと思っていた。男にはまだ息があった。気絶しているだけなら、呼吸がしっかりしてくればくるほど脈もはっきり感じられるのではないだろうか。

(おい、お前! お前は相当馬鹿な真似をしているのかもしれないんだぞ! こんな厄介ごとをしょい込むなんて!……)

そうは思いつつ、せっかくの僕のアヴァンチュールを警察に譲り渡して一介の証人になりさがる気にはなれない。

(そうか、彼を殺そうとしたのはあの女性なんだ!……)

車は僕の部屋のある通りに辿り着いた。アパルトマンから百メートルのところのカフェがまだ開いていた。

「すみませんが、百フラン札でお釣りをもらえませんか?」運転手に釣り銭があったらどうしようと内心冷や汗をかきながら言った。

運転手は車を降りてカフェへ向かった。僕は男の体を廊下まで運んだ。十五分後、見知らぬ男は僕のベッドに横たわり、僕は、ほぼ間違いなく細身のナイフでつけられたのであろう小さな傷を見ていた。

(女性のナイフだろうか?……。しかし気を取り戻さないな、手当てをしなければ……)

傷は浅かった。失神からなかなか目覚めないのは何故だろう、きっと多量失血のせいだ。

だがそんなに出血しているのか?　服に多少の染みがついているだけじゃないか。

(仕方ない!　医者を呼ばないと……)

僕は部屋を出た。そして近くに住む医学部最終学年の友人のところへ走り、彼をベッドから引っ張り出した。

程なく僕は部屋のドアを開けて言った。

「ベッドの上だ……左側の……」

だが次の瞬間目を疑った。

なぜなら僕の怪我人――今も鍵をかけて出かけたのだから僕の囚人と言ってもおかしくない彼が――消え失せていたのだ。部屋中を探してみた。部屋は言葉で言い表せないほどかき回されていた。引き出しという引き出しは開け放たれたままで、デスクの上の書類もごちゃごちゃになっており、インク壺まで手紙の束の上に倒されている。

友達は唇にいらついた微笑を浮かべて訊ねた。

「ここに大金をおいていたのか?」

「どういう意味だ?」

僕はすっかり頭に血が上っていた。自尊心はずたずたに切り裂かれた!　本当の阿呆だ。それに加えて見ず知らずの男をかばうという馬鹿なまねをした。

「泥棒じゃない。何も盗まれていない」

「確かか?」

「百パーセント確かさ。それとも何かい、僕は自分の家にあるものも知らないとでも言いたいのか? とにかく、無くなったものはないね……」

「ふーん!」

「ふーんとは何だ!」

「別に! もう帰って寝ていいかな? その前に何かアルコールを一杯飲ませてくれないか。ベッドから引っ張り出された人間にとって外は恐ろしく寒いからね……」

僕は檻の中の熊のように寝室中を歩き回った。

そう、この話をする以上は最後まで話したい。友人が帰るとすぐに僕も部屋を出てサン＝ジョルジュ広場へ引き返した。

何故? 自分でもわからなかった! もしかして、あの若い女性の痕跡が残っているのではないかと、はかない望みを抱いていたのかも知れない。

何を考えているのだ。彼女は急ぎ足で去って行った。この辺りの家には入らず、サン＝ラザール通りに向かっていた。

わかっているのに、僕はその界隈を一時間近くうろついた、知らないうちに大声で独りごちるほど気が動転していた。

ベッドに入ったのは朝の五時頃だった、僕の怪我人を大切に寝かせたあのベッドに。

その日の朝九時、郵便物を届けてくれた管理人に起こされた。

何通かに目を通したら、すぐに二度寝するつもりだった。だがその中に切手のない封筒があるのに気づいた。

それは当局からの公文書で朝十時にソセエ通りにある保安部の建物に来いという召喚状だった。

訪ねる執務室の部屋番号も書き添えてある。

真実を言うべきか、作り話をしようか、詳細にほんの少し色を加えるか。

決心するまで少なくとも十回は考えを変えた。

確かに僕は子供じみていたが、自分でそれを認めるのは嫌だった。

建物の中は辛気くさく第一印象は最悪で、廊下で十五分ほど待たされている間、練ってきた策略はどこかへ飛んでしまった。

（仕方ない！　とにかく悪いことは何もしていないんだ！）

やっとドアが開いて、僕はこぢんまりとした執務室に足を踏み入れた。窓からの光が眩しい。

その光の中に男が一人、両手をポケットに入れて立っていた。それは僕が片時も忘れたことのない、背が高く大柄で肩幅の広い、と言って太っている訳ではない、出来合いの三つ揃えが微妙に彼の威信を損ねている男のシルエットだった。

男はそばかすだらけの顔にフランクな表情を浮かべた。

明るい目、厚い唇。

くったくのない笑顔には皮肉のかけらも見られない。

「君に来てもらったのは、お詫びをさせてもらいたかったからだ……」

そう、彼こそがタクシーで怪我をしていた、そして僕の部屋から姿を消した男だった！　僕はぼうっと立ちつくし、男の頭から足の先までを眺めた。何故だろう、この時の彼の姿は黒いブーツからしゃれっ気のない結び方の無地のネクタイに至るまで細部にわたって鮮明に思い出せる。

彼はどこか自信満々な子供っぽさを彷彿とさせると同時に、身なりなど構わず大切なことに一心不乱に取り組む男っぽさをも感じさせた。

「自己紹介をさせてくれないかな。わたしは刑事B……」

（彼の名は広く、かなり広く知られているので、ここには敢えて書かない）

包帯の形跡はない。ただ左腕が右腕に比べて見分けがつくかつかないか程度にぎこちなかった。

「さあ、もっと近くに来て……椅子に座ってくれ……煙草はいかがかな？」

彼はニッケル製の頑丈な煙草入れを差し出した。

「わたしのせいで不愉快な一夜を過ごし、今朝も昼まで眠り損ねてしまったね。でも一刻も早くお詫びをしたかったので……」

ドアの近くに、執務室を仕切った僕のまだ知らない小さな部屋があった。中にいる誰かに見られているような、そして刑事の笑顔が僕よりもその誰かに向けられているような気がしていた。

僕は振り向いた。同時に刑事が言った。

「出て来ていいよ、イヴェット……。紹介しよう……」

これはどういうことだろう！　あの夜の若い女性だ。ちらっと見かけただけだったが見間違うことは絶対にない。それに彼女はあの夜と同じ毛皮を羽織っている。

彼女もにっこりと笑った。何だか照れ臭かった。どこに視線を向けたらいいのだろう。

車に乗り込んだ僕は人の体に突き当たった。

「わたしの妹だ……」刑事B……僕が助手になって殆ど離れずに仕事をすることになる、そして後に、最初に出会った時の記念として僕があの時のタクシーの型と同じ『G7（ジェ・セット）』というあだ名をつけた彼は、はっきりとそう言った。

「きみが昨夜シャンパンを酌み交わしていた男は、ここ数年間ヨーロッパの首都であらゆる犯罪に手を染めてきたにも関わらず自由に泳ぎ回っている犯罪者だ……」

「右の小指を動かすだけで、回りを巻き添えにして自爆するような紳士を捕まえるのがいかに難しいことか分かって欲しい……」

「この紳士は見渡すかぎり何もないところを散歩するというような馬鹿な真似はしないと想定してくれ……」

「一カ月の間、わたしは彼を尾行した。そして昨日、罠に掛けようと決めた……。わたしと妹はナイトクラブの前のタクシーに身を潜めた……わたしの傷は、消毒も施した様々なやり方を用い、自分でつけて用意していたものだ……。傷あとは殆ど残っていないのがわかるね」

「サン＝ジョルジュ広場で妹が降り、我らが爆弾魔はほぼ間違いなく、少なくとも見かけは空のタクシーに乗るはずだった……」

「傷を負った見知らぬ男は警戒心をかきたてない……我らの悪党は君と同じくこの筋書きにのっとり、僕にはものの五分で上着のポケットに忍ばせている起爆装置を奪い取り爆発を防ぐチャンスができる

「君のお蔭で計画は狂った。最初は、爆弾魔の共犯かと思い、引き出しの中を引っ掻きまわしてしまったんだ。許してもらえるだろうか？」

彼は僕が武器を持っていないのを知って心を決めたのだ。

「一人の敵を取り逃がしたが、少なくとも一人の仲間を……多分友人を得たとわたしは思いたいところだった……」

「……」

第二話　カテリーヌ号の遭難

実を言うと最後まで、殆ど最後まで、その現場にG7（ジェ・セット）の出る幕はなく、彼の存在もいささか場違いなのではとさえ僕は感じていた。それは、どんなに自分たちが他人の影響を受けない人間だという自負を持っていても、専門家たちの威光には常に弱いところがあるということの証拠だ。

それにしても、旧態然とした法律にのっとった上に海運当局が排他的に権力を握っているこの事件に絡み、これほど多くの優れた専門家が一堂に集まっているのを見るのは初めてだった。

ここ二カ月間というもの、ブーローニュ（ドーバー海峡に面した都市、海外リゾート地としても人気がある）は興奮の渦に包まれ、カテリーヌ号で生き残った船員たちは通りに出ることも、カフェに入ることもできなかった、質問攻めにあい、それが言い争いに発展してしばしば喧嘩のもとになるからだ。

カテリーヌ号の船長、ジョルジュ・ファリュはトロール船カテリーヌ号をわざと沈めたのか否か？

ファリュはカテリーヌ号の無線士であるジェルマン・ダンボワを殺したのか否か？

ともあれ、ファリュはデッキの排気管の前にある船室からダンボワを出さないようにしたのか？

ファリュはこの事件に関して船主、デジレ・ヴァン・ムシュロンから指示を受けていたのか？

この件は刑事事件であると同時に民事事件でもあった、というのは保険会社が保険の支払いを拒否したからである。

大勢の専門家が駆り出され、これら海軍将校、遠洋海や短距離航路の船長、船主、造船技師、機械整備士たちに囲まれて、G7の名声などは影を潜めるしかなかった。

しかもパリを出発する際、彼は船について詳しいのはカヌーくらいのものだとあっさり認めているのだ。

二人とも事件については概略しか知らされていなかったが、こと船に関しては僕は彼より多少詳しく、ブーローニュへ向かう列車の中で、カテリーヌ号と同じ蒸気式トロール船のような、島の近くで真ダラやオヒョウを釣りに行く漁船についてちょっとした講義を自慢気に彼に授けた。

これらの漁船には大抵いつも二十五人から四十人の乗組員と船長——短距離航路の船長が殆どなので、沿岸航海の免許しか持っていない——副船長、水夫長、無線技士、機関長が一人ずつ、それから船には欠かせない特殊技術者が数人乗っている。

そしてこれらが、この種の船が沖合に出ていく際の基本的事柄であることも付け加えた。

トロール漁船に乗る場合、現在地を測定するのに六分儀を使うことは実は滅多にない、それは船長や水夫の殆どが正しい使い方を知らないからだ。

殊に良く使われるのはコンパスや水深測量器で——水深測量器は水深を測ってから地図に転記するだけで事足りる。

最後に、毎日もしくは必要な場合に、無線技士は無線電信で船の現在地を確認する。

G7は黙って聞いていたが、話が終わるとひとつだけ質問してきた。

「無線技士というのはどこの人間なんだろう?」

「殆どが街の若い連中ですよ。船員上りは稀ですね。彼らと船員たちは全く反りが合わないようなんです、特に海軍士官とはね、というのも上下関係が曖昧でそれがいざこざの原因になるんです……」

僕らはブーローニュに三日間滞在した。審議がかなり手間取り、その間ジョルジュ・ファリュは仮釈放の身だった。


トロール船がシェトランド諸島とエコス島の間にそびえ立つフェル島の岩に座礁したのは、二カ月前のことだった。

数日後、通信士を除いた乗組員たちが生還した。通信士は難破以来行方不明になっている。

特に人の口の端に上るような話題もなく二週間が過ぎた、それから保険会社が支払いを渋っているという噂が広まった。

他の様々な噂も港の居酒屋の間で駆け巡り、とうとう告訴という形で具体化することになる。

告訴は考えられていたより多く行われ、あいにく大抵は根拠ありとみなされた。

船長が船主と結託してわざとカテリーナ号を座礁させたというのがその内容だった。船は老廃化しており、錆による腐食があまりにも進んでいて船員が漁をするのに大きな支障になっていたのだ。

更に、この船の漁獲量たるや惨憺たるものだった。精算の結果は実に二十万フラン以上の赤字だったのである。

この件についてだけでも何ページにも渡る専門家の報告書が製作された上、付属資料、計画書、見積書、機材の目録等々が加えられた。

もうひとつ、カテリーヌ号に高額な保険が掛けられていて、事故があれば全額船主が受け取るようになっていることが明らかになった。

事件の具体性を証明するために、船長たち、通信士たち、そして漁師の雇用主たち等専門家が作業を続けていた。

カテリーヌ号は濃霧の中で消息を絶ったが、その時点では北海に進路を向けており、そのままだとフェア島（シェトランド諸島のひとつ）とオークニー諸島の間か、フェア諸島とシェトランド諸島の間を通過するはずだった。

どちらも通過は比較的簡単で、地図によると水深は殆どのところで約百メートルとあった。

ファリュ船長は質問の全てに答えた。

「私が最後に計測したとき、船はパパ・バンク（北大西洋オークニー諸島に存在する海底地形の名称）の上を通っていて、それから羅針盤で航路を切り替えました。進路に間違いはありません。船はフェア島の南方十度のところを進行しているはずでした……わたしが自分の船を沈めたりするはずがありません……全く理解できません！」

あらゆる意見を鑑みても、この申し開きは理にかなっていない。何故ならファリュに続けて、そのコンパスの正確さは確認したのかと訊けば、その時点までは非の打ち所がないほど正確だったと答えるのが関の山だったろう。

だが、船員たちに対する尋問で、また別のやっかいな事実が明らかになった。

〈退避勧告〉がなされた時、最後まで甲板に残るのは船長と通信士なのは誰もが知ることだ。

カテリーヌ号がフェア島の南方半海里以内の岩にぶつかって亀裂が生じ始めた時、救命ボートを下ろせという指令がなされた。

カテリーヌ号は見る見るうちに沈んでいき、指令は実行された。通信士はキャビンに残り、一心不乱に規則的なS・O・Sを打ち続けているはずだった。

一方船長は、通信士のキャビンから数メートルのところに立って通信士の仕事を見張っていた。刻一刻、いや秒単位で危機が迫ってくる。

やがて、最後のボートに乗った男たちは、船長と通信士を待ったが驚いたことに二人ともやって来ない。

二人は残って完全に沈没する船と運命を共にするつもりなのだろうか。

ようやく船長が一人だけで救命ボートに降り、疲れ切った様子で命令を下した。

「綱をほどけ……」

船員たちは唖然とした。だがファリュは命令を繰り返した。危機はどんどん迫ってくる。綱はほどかれた。

数メートル離れたところにカテリーヌ号のデッキが見えた、後に船員たちは通信士の姿はなかったと口を揃えてはっきり証言した。通信士のキャビンの扉は閉まっていた！

そしてカテリーヌ号は間もなく海の藻屑と消えた。

「あなたはカテリーヌ号を沈めてくれという依頼を受けていたのですか？　あなたはその依頼通りに実行したのですか？　後で通信士に企みを告発されるのを、はっきりと証言されるのを、例えばあなたが間違った進路を取ったと指摘されることが公けになるのを防ごうとしましたか？」

「わたしは依頼など受けていません！　そんなことを実行したりなどしていません！　自分の管轄下

にある船を沈めるなどということはしていません！」

「でも通信士が……」

「わたしは何も知りません！」

ファリュ船長の二十五年間勤続を讃えた数々の勤続証や、清廉潔白な人物という評判をとっている事実などが提出された。

船主のデジレ・ヴァン・ムシュロンも、同じことを繰り返した。

「わたしは何も知りません。船を失ったことと、保険会社がもらえるはずの保険金を払わないという以外はね。わたしはファリュに依頼などしていません……。わたしは破産だ！」

最後に、副船長、ブルターニュ出身で三十代のケルグレが尋問されたがそれ以上のことは何も知らなかった！　この事件で何が起こったのか知る者は誰もいない！。

副船長は、船長が船から降りてくるのも見ていなかった、というのは最初の救命ボートを指揮し、難破船からは離れたところに浮かんでいたからだ。

それに座礁した時、彼は十五分と船にはいなかった。

「コンパスは正常でした！」彼が確信を持って言えるのはそれだけだった。

たったそれだけ、だが非常に重要な証言だ。何故か、もしコンパスが正常でパパ・バンクの上での場所が確認されていれば、そしてもし風速が正常なら、いったいどうしてフェア諸島のど真ん中に進んでいくはめになったのだろう？

港の船乗り全員の間で、どんな話が交されているか想像してみたら？　船主は事件の前から世間の評判が悪かった。小規模経営で一度に二隻以上の船を所有しようとしない。

船に避難勧告がなされた時、最後まで甲板に残るのは船長と通信士だ。

それもいつも古いオンボロ船で、老朽化するのも時間の問題という代物だった。

通信士については殆ど情報がない。年は二十二歳。ルーアン（フランス西部の都市）出身。航海に出るのはまだ二度目で、漁師たちからは毛虫のように嫌われていた、というのも彼は小説に囲まれた自分のキャビンに閉じこもりきりだったからだ。

僕はG7（ジェ・セット）が呈したいくつかの疑問を覚えている。

「ファリュのような船長連中は時には長いこと失業していることがあるのだろうか？」

「それはありますね。ドライドックには使われていない船が常に数隻入っていますから」

「出発前、カテリーヌ号はどのくらいドックにあったのだろう？」

「三カ月です。船長がその前に乗っていた四本マストの船は解体中でした」


ここで受けた印象を誤解されないように表現するには、控え目とは言えない言葉を使わざるを得ない。この事件に警察が介入するのは、とどのつまり人の家に土足で上がり込むのと同じようなものだと僕は思っている。

港での人々の熱狂的興奮ぶりを目に焼きつけるべきだ！　そして船の男たちのこの種の出来事に関する声にも耳を傾けるべきなのだ。

大洋における出来事はどこか厳粛で、おごそかで、いささか独特で、陸に暮らしている者の目を見張らせる。

その上に列車の運転手が自らの意思で汽車を壁に強く押し付けることで得られる気持ちの高ぶりを

想像してみてたら？

最初僕たちはブーローニュに三日間滞在したと言った。三日目が終わる頃には僕はあちこち走り回ってへとへとになっていた。おまけに矛盾だらけの話を聞かされ頭も痛くなっていた。

それで僕はＧ７が船主にした最後の質問を忘れるところだった。

「毎日船と無線で通信を交わしていましたか？」

「毎日ではありません！　でも必要な場合は毎回交信しています」

「ファリュは無線機を使えたのですか？」

「全くだめでした！　それに無線士のキャビンの中では無線士が絶対なんです。通信士の許可がなければ誰も入れません」

それだけだった。聞き逃した事はないと思う。三日目の夜、Ｇ７は静かにこう言った。

「もうここでするべきことは何もない……。あとは向こうでなんとかするさ」

僕は訊いた。

「向こうって彼等の事ですか？　それとも彼の事ですか？」

僕はファリュのことを考えていたのだ。

「彼のことでもあり、彼等のことでもある」Ｇ７は不機嫌そうに呟いた。

「はっきりしている事は一つだけだ、そうだろ？」

「何でしょう？」

「ファリュが通信士を殺したことさ！　何らかの方法でね！　撃ち殺したか、刺し殺したか、キャビンに閉じ込めたか、この可能性が一番高いかな……。はっきりした証言もあるし。それに救出された際、ゲルマン・ダンボワ通信士の姿がなかった理由の説明は他にないじゃないか……。ファリュは否定もしていない！……。自白はしていないが、否定もしていない……。ところがそんな行動に及んだ一方で、彼は考え得る最悪のシナリオに対する準備をしていた。言うなれば報いを受ける方向に舵を取っていた、見せしめになるような報いを受ける方向に」

「まさに狂気の沙汰だ！　物静かで冷静沈着なファリュのような海の男は、激しい怒りに襲われた瞬間か、空想の世界の中か、どちらかでのみしか狂気に捕らわれることはない」

「やっとわかったかな？　ファリュはカテリーヌ号の指揮権を担っていた。船主は彼に船が遭難にあってくれたら、とそれとなく仄めかした。三カ月前からファリュは陸に上がっていたので、金を必要としていた」

「ファリュはそれでも船を出港させる。誰にも無理に船を沈めろと言えないことを知りつつ」

「帰路で濃霧にまかれた。その瞬間から交信で与えられる方位を伝えてくれる通信士の言うままに船を進ませた」

「ファリュは指示に疑いを持つことなく船を進めていった。悲劇は起こった。ファリュにはわかっていた。彼自身がどうあれ、船を沈めたのは自分の責任にされるのだと。そして何の申し開きもできないということも。言ってみれば出航時の船主の依頼を引き受けた形になったのだから！」

「彼は名誉を傷つけられた！　裏切られた！　船長だけが責任を取らされる！　船員法には詳しいだ

ろう！」

「さっき話した彼の怒りを説明するには十分じゃないか？」

「それで今のファリュの沈黙も同時に説明できないかな？」

「その見解を判事に話したのですか？」

G7(ジェ・セット)は肩をすくめた。そして投げ出すように言った。

「海の男たちの間で勝手にやらせればいいさ！」

僕はG7が一カ月後に知らされた事件の結末をその時予測していたかどうかは知らない。でも僕はそんな気がしていた。裁判の最中、ジョルジュ・ファリュは船主のヴァン・ムシュロンの頭を銃で打ち抜き、彼もその場で自殺した。

第三話　引っ越しの神様

不毛な夜だった、正直なところ、夜明け前の一番つらい数時間、引っ越しの神様の登場を薄暗く閉め切った部屋の中で共に待ち受けるため、僕に三百キロメートル近い道のりを踏破させたＧ７（ジェ・セット）を恨めしく思っていた。

僕らは前日の夜、ニヴェルネーの小さな村に到着した。屋敷の主人、エドガー・マルティノーが駅に迎えの車を回してくれていた。彼は地元住民が城と呼んでいる自宅の外付け階段で待っていた。

それは両側に翼面のついている年季の入った建物で、ルイ十四世時代様式ではあるが、壁も屋根も、いまや正確に直角ではない。

それでも建物は十分すぎるほどの品位を漂わせ、一本の小さな塔が荘厳な城ともいえる趣を与えている。また、庭園もこの上なく美しい。

農家の人々が路上に集まって僕たちが通るのを眺めていても、僕たちが引っ越しの神様と接触するのを見物しようと期待している物好きたちがいると聞いても、意外ではなかった。

Ｇ７がここ一年の間、村で話題の中心となっている神様をお縄にしようとわざわざパリからやってきたことが知れ渡っているのは承知の上だったからだ。

その話は、年金生活者デュプイ・モレル老夫人、騎兵隊士官の未亡人、がある朝、昨晩までは部屋の隅に置いてあった、持ち物の中で一番重い長持ち（衣服・調度品などを入れる蓋つきの長方形の大きな箱）が、部屋の真ん中に移動しているのを見つけて大きな悲鳴を上げた時から始まった。

交霊術好きな夫人は、最初誰からも相手にされなかった。

だが長持ちには部屋の隅に戻してもすぐに移動する習慣がつき、そこには尋常でない何かの力が取りついていると回りの人々も認めざるを得なくなったのである。

この長持ちは大きくて、かなりの重さがあった。モダンなアパルトマンに搬入できないというもっともな理由で、もう造られていないアンティーク家具のひとつだった
デュプイ・モレル夫人の使用人は同じく高齢の家政婦と七十二歳の庭師の二人だけで、城には他に誰もいない。

だがこの話はだんだん村中に広がっていき、その長持ちは今まで置かれていた場所が気に入らないのだと信じられるようになった。

マルティノーだけが、この噂を笑い飛ばしていた。そのために古くからの友人であるモレル夫人との間ももつれた。だが、売ろうとしても誰にも売れない呪われた城の買い手としてマルティノーが名乗りをあげてくれたため、モレル夫人は全てを水に流すことにしたのである。

城は当然買い叩かれ、所有権は評価額の半分にも満たない価格で手放されることとなった。

マルティノーは聞きたがり屋たちを捕まえては、自分が城に住む限り、引っ越しの神様は手出しをするようなまねはしないと触れ回っていた。

だが数日後、彼の様子が変わった。何かに怯えているように見えたのだ。人々は引っ越しの神様がまた長持ちを動かすようになり、今度は彼が近いうちに城を売りに出すだろうと囁きあった。

これがいきさつの全てだ。遠くで聞いている分には馬鹿げた話に思えた。だが、現地を訪れて、謎と不安がない交ぜになった表情を浮かべている人々ばかりを目にし、声を潜めた会話ばかり聞こえてくる現状を見て、村長がこの事態を打開するためにパリの刑事に助けを求めてきた事情がよくわかった。

刑事は、Ｇ７（ジエ・セット）のことだが、親切にも僕を同伴し、ありがた迷惑もいいところなのだが、そのあと長持ちのある部屋で何時間も徹夜をさせてくれるという、親切心の持ち主であった。

僕らが一晩過ごした例の部屋というのは衣類整理室で、白ワインとサンドイッチを手の届く範囲に置きながらその晩を過ごした。

長持ちはいつもの場所、左側の壁際にあり、僕たちは時々動いた跡のないことを確かめるため暗闇の中で目を凝らした。

そしてその部屋に夜明けまでいたが、二人共明かりもつけず、口もきかず、煙草も吸わなかった。引っ越しの神様を怖がらせないように。

この作戦を提案したのはＧ７だったが、これには僕も若干驚いていた。

実際この建物に入って以来、彼からは必ずこの幽霊事件を解決してみせようとする気概のようなものを感じていた。何があっても彼は馬鹿にしないし、嘲笑もしないのだ。

所有者であるマルティノー自身も、ゴール人の気骨を持ち、交霊術の信徒でも臆病者でもないのだから妙だった。

でも彼もまた動揺する様になっていて、宵のうちに僕たちに神様の戦法を説明をしてくれた。

長持ちは壁際に置いてある。よく街の家でしているように四本の脚を厚いガラス板の上に乗せている。

G7にけしかけられて、僕は長持ちを持ち上げようとした、というよりほんの数センチ動かそうとしてみたが無駄骨に終わった。一本ずつ試しても五、六ミリ持ち上げるのがやっとだ。

これは長持ちではない、建造物だった。そしてマルティノーが大量の古本、フランスの革命史やミシュレ（歴史家）全集全巻を入れているのでますます重くなっていた。

「朝になると、部屋の中央に移動しているんですよ！ ここです、ほら！……。明日元の場所に戻すことになるでしょう。男三人がかりの仕事になります……。そして十二時間後にはまた同じところへ移動してしまっているのです……」

僕は信じていなかった。彼、G7は占い師のように真剣だった。そしてマルティノーの、一晩中見張って欲しいという頼みを喜んで引き受けたのだ。

彼が寝たかどうかはわからない。僕の方は、一、二度まどろんだ、そして最後に僕が目を覚ました時にには夜明けの光が部屋を照らしていて、古い長持ちはまだいつものところにあった。

僕は刑事に皮肉っぽい視線を投げた。

「動いていないじゃありませんか！」僕は言った。

「確かに動いていない。じゃあ、外に出て一服するかな？」

僕はいそいそと彼の後をついていった。だが庭は朝の冷たい露が降りていて、思いの外居心地が悪かったので、五分もしないうちに僕は部屋に帰ろうと言い出した。

五分間！ 部屋に帰ると長持ちは部屋のど真ん中にあった、ガラスの台をそれぞれの場所に残して。

その時まで、僕はＧ７のチェスに対する熱意と警察官という職業の資質の間にはある種の相関関係があると信じていたが、それは間違っていると思い始めた。

実際、チェス盤を前にすると僕の方がずっと強い。

だが僕の警察官としての資質はとても稚拙だ。

これ程やる気があるのにも拘わらず！　なので、Ｇ７が白ワインを飲み干している間に、僕は多くの観察事項を書き留めた。

例えば、天井は三十センチ間隔で英国風のむき出しになった梁が渡されている。

その中の二本の梁の中心には頑丈な鉤が吊り燭台を吊るすために取り付けられていた。

それに加えて、部屋の隅のひとつは他の隅に比べて鋭角になっているのだが、この家全てが結局のところ不規則な作りであることも付け足した。

最後に、床は驚くほど丁寧に磨かれていた。僕は傷がついていないかと探してみたが、無駄だった。もう一度長持ちを動かそうとしてみた。怒りに似た気持ちがこみあげてきたのだ。数分後、僕は汗だくになったが、長持ちは数ミリメートル動いたか動かないか、それだけだった。

ある考えが浮かんだ。長持ちを開けてみた。中に本が入っていないか、それらが急いで山積みになっていないかを期待して。

何故なら、その神様はたった五分で長持ちを動かしたのだ。本を取り出して、また丁寧に戻す時間はなかったはずだ。Ｇ７は苦笑していた。僕はいらついた。

「今、この建物に何人住んでいるか位は知ってますよね？」僕は語気を荒げた。

「そんなのはどうでもいいことだよ」

一本の小さな塔が荘厳な城とも言える趣を与えている古い屋敷。

「どうでもいいとはどういう事ですか？　あなたは引っ越しの神様の仕業だなんていうつもりじゃ……」

「君は自分を並の力を持った男と思っている、だろう？　かなりの力持ちだとしても……。それは無理だな」

「でも怪力の巨人がいるかもしれない……」

「それはあり得ない！　それにその巨人とやらがモレル夫人のいた頃、ここにすでにいただろうか……。何故って神様はその頃すでに現れている……。一番重要な点はまさにそこだ。今度はわたしが質問させてもらおう……もしこの部屋に侵入することになったら、君はどうする？」

僕は赤面した。実を言うと現場をその観点からしっかりと見ていなかったのだ。僕は窓に近づいた。

「簡単だ！　わかりました。子供でも入れます！　ここは二階ですが、果樹園の梨の木がまるで図ったように伸びています。まさに梯子そのものですよ。ただあなたの持論では意味のないことでしょうけど……」

「そう思うかい？」

「だって、悔しいけど、男一人でこの長持ちを動かすことはできないとあなた自身が言ったばかりですよね。二人や三人でやって来るのでなければ」

僕は言葉を切った。僕の勝ちだ。

「それに、少し前に外に出たことを忘れてます。その時屋敷のこの側から……」

彼は相変わらず笑みを浮かべていた。僕はもう、ジョセフ・ルボルニュ（ジョルジュ・シムノン『十三の秘密』に登場する安楽椅子探偵）方式、彼のもうひとつの得意分野における才能に慣れていなければならなかったのだが、今回のＧ７には特に面食らった。

僕は徹夜で朝食もとっていなかったので、怒りを爆発させる寸前だった。だがそこへマルティノーが部屋着をまとい、まだ乱れたままの髪で入って来た。

彼は足をすぐに止めて長持ちを見やった。

「それで……あなた方はご覧になりましたか？……」マルティノーはくぐもった声で訊ねた。

「おっしゃる通りでした！」G７は落ち着いて答えた。

「それで……それを捕まえては頂けなかったのですか？……。それを……撃ったりは……しなかったのですか？」

「ええ、しませんでした！」

マルティノーは長持ちの周りを二度回り、触れてみてからG７の方を見るからに不安そうな表情で見つめた。

「あなた方がいたというのに！」彼ははっきりとそう言った。「少なくともうちの使用人ではなかったのですか？」

「違うと思います。お宅の使用人についてお訊かせ頂けますか？」

「まず料理人のウジェニイ、太った四十がらみのおしゃべりな女性……」

「その他は……」

「それからウジェニイの息子、十五歳で馬の世話をさせています……」

「他には……」

「あとは召使い、背の高い、多少抜けたところのある青年です」

「それから？」

「その三人だけです」マルティノーは意気消沈して言った。

「ではどうぞ朝の支度にいらしてください。きっと顔も洗わずにいらしたのでしょうから……」

「でも神様は？……どうお考えなのですか？」

「庭の奥のあの小屋では誰が寝起きしているのですか？」

「どの小屋ですか？」

G7はマルティノーを窓際に連れて行った。


その小屋のことは初耳だった。マルティノーも僕と同じくらい驚いているようだった。

だが、やがて僕は理解した、G7は我らが城主を油断させておいて、彼の手を素早く摑もうとしただけだったのだ。

G7は顔から血の気の引いた屋敷の所有者の手の匂いを嗅ぎ始めた。

「ワックス、そうですね」彼は言った。「そう！　ワックスです！　蠟ではありません！　軟石鹸（サボンノワール、柔らかいのり状の石鹸。カリ石鹸）を除けば、これくらい木製の長持ちを同じ木製の床の上で滑らせるのに適したものはありません。その上傷もつかないし、すでに蠟で磨かれている床の上に跡のつく心配もない、雑巾で一拭きすればいいだけだ……」

マルティノーはこの捜査結果にショックを受けて崩れ折れた。

「わたしは続ける以外なかったんです！」彼はやっとそれだけを惨めな様子で呟くように言った。「それはそうでしょう！　そうしなければ、あなたが引っ越しの神様の小細工で恩恵を受けた時、非難の的になっていたでしょうから」

マルティノーは黙って頷き、呻くような声を出した。

「最初にやったのはわたしじゃない……」

「わたしはすぐにピンときました。それで長持ちに近い床にワインを一滴落として確認してみました。ワインはすぐに部屋の真ん中に流れて行き、そこで止まりました。言い換えれば、床がほんの少し傾いていたのです。油の塊さえあれば労せずして長持ちを移動できる傾きでした……」

「長持ちの脚に時々ワックスを塗り、ガラスの台を少しずつずらし、あとは次々と脚を押すだけで十分でした……」

「わたしは監獄行きだと思いますか？　結局のところわたしは何も盗んでいません。前の所有者は売ったのと同じ金額で家を買うことができました……」

Ｇ７の耳には届いていないようだった。彼は自分の考えを進めていたのだ。

そもそも、今回彼にとって大切なことはこの結果の司法的な判断なのだろうか？　彼は裁き手ではない。パズルの謎解きを頼まれ、ケリはつけた、それだけだ！

「いいですか？　答えをくれたのはあなた自身ですよ。だから話し過ぎは危ないのです。あなたはわたしに長持ちはいつも同じところに移動すると言ってましたよね……」

そして彼は僕に好意のこもった皮肉っぽい視線を投げて締めくくった。

「子供にだってわかる簡単なことさ！」

第四話　入れ墨の男

無駄とは知りつつ僕は独り呟いた、僕らは真実追及のため、正義を守るため、非劇の主人公たちのためにもここ来ているのだと。当初は肩身の狭い思いで、Ｇ７（ジェ・セット）に腰巾着のようにはりつき、彼の真似をして息を押し殺し、のぞき窓から視線を投げかけていた。

のぞき窓はその名にふさわしく非常に便利なものだった。小さく仕切られた部屋からは、疑いようもないどこにでもある平凡な鏡に見えた。

実のところそれはガラス板で、その後ろは壁ではなく、暗い小部屋だった。

僕たちはその中にいた。こちらの姿は見えないが、鏡の向こう側には灯りに煌々と照らされた人々が見える。

男はいつもの通り、自分の簡易ベッドの端に腰をかけていた。顎を両手の上に置き、これもいつもと変わらない不安気で曰く言い難い表情は、彼に関する見立てを三分、四分するに足るものだった。

精神科医たちは口を揃えて「狂っている」と言った

「振りをしているだけだ！」著名な学識者たちはそう主張した。

「変質者だ！」

「ただのごろつきだ！」

「ちゃんとした紳士で名を隠している……」

さすがにここまで言う者はいなかった。

「耳が聞こえないのだ、それだけだ！」

彼は動かない。僕とＧ７が案内されて小部屋に入ったのも見ていなかった。

女性はドアの近くに立っていた。僕たちの存在には気づいていない。

僕らは彼女の鼻孔の震え、ハンドバッグの留め金の上でしきりに動かしている指を観察することができた。

彼女はもしかすると。話しかけるために男に近づこうとして、それを仕草で表しているのだろうか？

強烈なインパクトを与える謎に満ちたその男は、彼女の夫なのか？　単なる風変りなペテン師なのか？

数分前、ヴァンセンヌの森（パリ中心部から東に四キロほど行った場所に広がる森林公園）の中心部に建つこの神経質性兆候のある患者の専門治療で有名な私立療養所で、彼女は打ち沈んだ声で僕らに語っていた。

「私にはわかりません！　もう何もわからないんです。時折、彼のような気がすることもあります。でも次の瞬間にはそうじゃないと思えてしまうんです……」

「あなたのご主人は右の前腕に入れ墨をしていましたか？」

「わたしは……いいえ！……というよりも一度も注意して見たことはありません」

「風変りなところのある方でしたか？」

「神経質でした、それは間違いありません……よく気分屋になる事があって……。言い表せない程落ち込んでいることがありました……」

「夜ご主人がいなくなるのに気づかれたことはないのですか?」

「ありません……」

「でもあなたの寝室は彼の寝室の隣なんですよね……」

「眠りが深いものですから……」

その彼女が今、彼と面と向き合っている。あえて目を挙げようとせず、ただ、床を見つめたままだ。事情が事情なので彼女は黒ずくめの服に身を包んでいた。青ざめてはいたが、誰をも振り向かせるような気品が漂っている。まだ三十歳前後だ。

二人の間には沈黙が流れ、お互い身動きだにしない。僕には耐えられない光景だった。

(何か話さなければ、行動しなければ!……)僕は思った。

だが二人は動かなかった! 視線も交わさない! それでもお互いの息づかいは感じているはずだ!

部屋は白く、明るかった。留置場という訳ではなく、狂人用の独房でももちろんなかった。

一時的にせよ、この男をこの施設のファーストクラスに収容するのはためらわれた、というのも、つまり、彼がただのごろつきではないという証明はなかったからである。

だがもし彼がサン・ボネ伯爵だったら!

事件を世間には隠しておくことで意見は一致した。新聞には一行たりとも記事が載ることはなかった。僕たち関係者三十人ばかりで――僕だけが素人だったが――この不可解な事件を全員で検討していた。

ある晩、オッシュ通りを巡回していた警官が、男が一人、屋根の樋伝いによじ登ろうとしているのを見つけた。男は逮捕され、警察署へ送られた。

男はだんまりを決め込んで質問にも答えようとしなかった。

服装はごくありふれたものだった。くたびれたスーツ。安物の靴。鳥打帽。上着の下には自転車競技用のサイクルジャージ。

次の日の朝になって、管轄の警察署長はホテルの支配人に、浮浪者がホテルに押し入ろうとしていたことを報告すべきだと考えた。

ところが、このホテルに滞在中のサン・ボネ伯爵夫人が、夫が消えたということでかなりの興奮状態に陥っていた。彼はいつものように夜の十一時ごろ床についた。夫人はなんの物音も聞いていない。夫人は三十歳、夫は二十八歳だった。結婚してまだ四年、理想的なカップルで、夫婦揃って同じように社交界に属し、ほぼ同じくらい所有している財産を享受し、その上健康にも恵まれていた。

署長がこの浮浪者を何とか喋らせたいという一心でオッシュ通りに連れてこようと考えたのはまさに偶然としか言いようがなかった。そこで思いがけない事実が判明したのである。

その男は、相変わらず口は閉じたままだったが、サン・ボネ伯爵に酷似していたのだ。伯爵夫人は時には夫であるかも知れないと言った、その舌の根も乾かないうちに躊躇いながら違うと言い、果ては混乱の挙げ句また同じことを言い始める。

事情を良く知っている唯一の使用人、伯爵の部屋付きの召使いの反応も同じようなものだった。伯爵の兄、イヴ・ド・サン・ボネさえ、似たような態度を取った。

「弟であって……弟ではない！……」

一番厄介な問題は右の前腕に彫られた、二本の斧の上に描かれている矢で射貫かれたハートの入れ墨だった。

「わたしは伯爵が腕にそのような絵を彫っているなんて全く知りませんでした……」部屋付きの召使いは言った。

「でもよく着替えを手伝ったのだろう……」

「はい……」

「服を脱いだあとの腕を見た……」

「わかりません……。注意して見ていませんでした……」

ただの男、もしくは入れ墨の男、他に呼びようのないこの男をどう扱うべきだろうか？

収容する際も最初はフレンヌ（刑務所の所在地）に送ることが検討された。だがもしこの男がサン・ボネ伯爵だったら、とんでもない過ちを犯すことにはならないだろうか？

それで結局ヴァンセンヌの〈安息の家〉に一時的に収容することになったのだった。

男はあらゆる角度から検査を受けた。一流の精神科医たちが診療した。

意見は割れた。

そして男は相変わらず口を開かなかった！　質問に対して一言も答えない。

あらゆる手が尽くされた。通訳が十二カ国語を使って調査官からの彼への質問を翻訳した。ろうあ学校の教授まで召喚された。

だが何の効果もなかった！　こっそり行われた威嚇行為以上の効果もあげられなかった。軽い暴力を振るう……温水の次に冷水のシャワーをかける、二日間ご馳走を与えた後に絶食させる、おいしそうに食べている最中に食事を下げる。そしてまた空腹。それから胸のむかつくようなにんにくのソーセージ。

男は逆らいもせずに、食事を与えられる時は食べ、与えられない時は絶食していた。

仰々しいディナー用のテーブルを整え、男を観察した。彼は躊躇せずにマナーにのっとってエスカルゴ挟みやフィンガーボールを使った。

次の日には、大きなナイフを使い、手慣れた様子でフランスパンとソーセージを切り分けている。

彼は背が高く、痩せていて、青白く、瞳には安らかな色が広がっていた。

それを落ち着きと位置づけるもの、茶番と言うもの、そして、要するに愚鈍なだけだと決めつけるものもいた。

その間にも、僕たちは今の男が偽物だった場合に備えて、本物のサン・ボネ伯爵を探し回っていた。

ホテルを隈なく捜索、特に貴族の部屋を捜索したのだが、結局徒労に終わった。

全員の一致した意見は、この男には気品があり、異常なところは全く見られないということだった。

彼の神経過敏？　人々は無意識に彼のことを大げさに考えているのでは？

伯爵は毎日を競馬場と自宅のベリーの城、彼が熱をあげている、父親の趣味だった猟犬の飼育を大規模にしている城のどちらかで過ごしていた。

この八分間の長さがわかるだろうか？　僕はストップウォッチで測ってみた。

ぴったり八分間！

男はうつろな眼差しのままベッドの端に腰をかけている。

若い女性はドアの側に立ったまま息を殺し、あえて動こうとはしない。

僕の横で完璧なほど二人の対峙を予想していたG７(ジェ・セット)は冷静そのものだった。僕が体中を火照らせているというのに。もうこの苦しみを、とりわけこの女性の苦しみを終わらせて欲しい！

彼女は男を見つめながら、彼が自分の夫なのか否かを自問しているのだ！

「君はどう思う？」唐突にG７が僕の耳元で囁いた。

「さあ、戸を開けよう！」

「男は身じろぎひとつしていませんよ！」

そんなことはできない。八分間だ、僕は繰り返した！　時計の文字盤の上に刻まれた本物の八分間！

「連中は裕福です……」

「わかっている……でもそれだけが全てとは思わないだろう？　開けてくれ！」

「あんな行動をとる動機を見つけて下さい！」

「もういいよ……」

「ではそれ以外の仮説を立てて下さい。消えた伯爵と彼にそっくりのごろつきとの間の……」

僕はそこでやめた。苛つくといつも、靴の中で足がむずむずしてくる。親指の間隔が広がるのだ。

「どのくらいの答えがあると思うかい？　もっともらしい答えもいれて！……少なくとも六つはある……」

数え立てられるのが怖かった。だが彼は小部屋のドアへと向かっていった。その数分後には僕たちは面会室にいた。伯爵夫人、G７、そして僕。

「ご存知の方でしたか？　話かけられましたか？」G７は最大限の優しさをこめて訊ねた。

「ええ……話しかけてみました……」彼女は言った。

「答えてくれましたか？」

彼女は躊躇した。

「いいえ……わかりません……何もわかりません……それでもあの人のような気がするんです……気はするんですが理性がそう思うのを邪魔します……」

「お義兄さんもわたしに同じことを言いました……。もうひとつお伺いしてもいいですか？　あなたのご主人は夢遊病の発作を起こしたことはありませんか？……」

「それはないと思います……というか、確かとても若い頃に、時々夜中に起きだしたとかいうことを聞いたような……それからはもうありません……」

「ご主人は嫉妬深い方ですか？」

僕は身震いした。それほど思いがけない質問だったのだ。だがサン・ボネ夫人は動揺しなかった。彼女はわずかに悲しそうな微笑みを浮かべた。

「他の殿方と同じです……。でもわたしは殆ど出掛けませんでした！」

「来客が多かったとか」

「いいえ、決して！……ベリー城の中だけで、ただ、近くの方数人と狩りをするくらいで……」

G7は立ち上がり、先ほどの部屋に取って返し、ドアを開けて叫んだ。

「こちらへ来たまえ！」

男は動こうとしなかった。G7は肩を掴んで廊下に押し出し、面会室に入れた。

「座ってくれ」

男が従わないのを見て、彼は力づくで座らせた。

サン・ボネ夫人は唖然と立ち尽くし、不安そうに片手を胸にあてた。


こんな棒で殴るような乱暴な仕打ちだった、僕は耳まで赤くなった。

「サン・ボネ夫人は」G7は入れ墨男の顔を見つめて言った。「数カ月前から君の兄と不倫関係にあったんだ！」

文字通り、二個の起動装置だった。伯爵夫人はいきなり二歩下がり、身を守ろうと前方に両手を伸ばした。

男は両こぶしを握り締め、目を充血させて立ち上がった。

「なんだって？」

二週間目にして初めて男の口から出た言葉だった！

G7の合図で、夫婦を差し向かいにするため、彼についてすぐ出られるよう僕はドアの方へ移動した。

療養所の中庭でG7はため息をついた。

「ヒヤヒヤだったよ！　それに誓って言うが、あんなひどいことをするのは生易しいことではない。でも仕方なかったんだ、あの哀れな青年には少なからず同情していた……。こちらの捜査ではだいたい確信の持てるところまでいっていたし、いずれにしても心の動きは十分に読めていたんだ……」

「夫人が病室で見せた態度は！……そっくりだったよ！……。伯爵の兄が口裏を合わせるようにと言

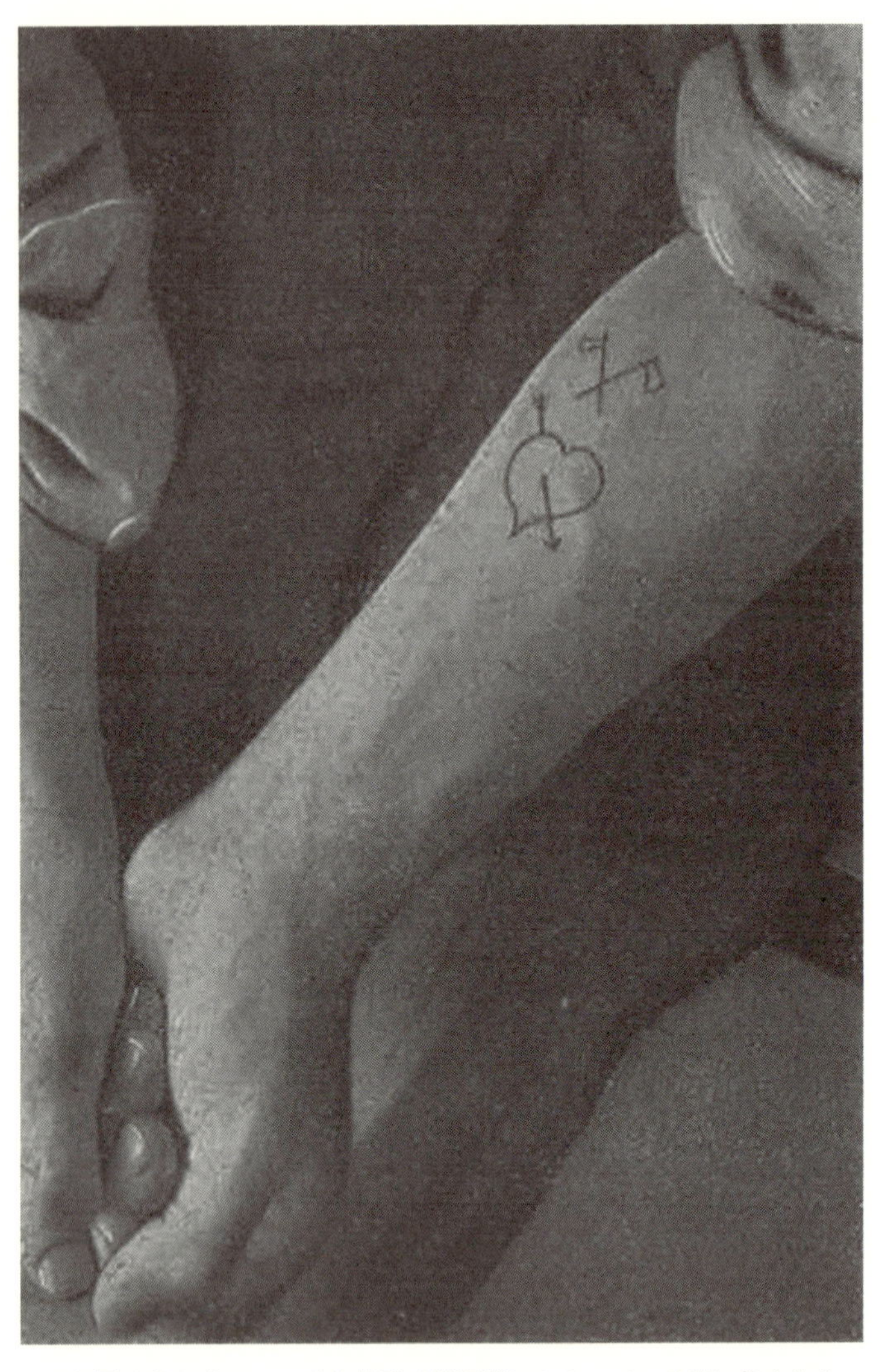

この入れ墨は恐らくサン・ボネ伯爵が催眠術にかかっている間に施された……

ったのさ！……」

「疑惑はそれこそ満足のいくほどあった。疑惑が確信に至るまでの進展は少しずつだったが……」

「あなたは、夫人はあの男が夫か夫でないかを断言することが、いつでもできると思っていたのですね……いつでも！」

「しかし、それを急ぎ過ぎて疑いがかかるのを避けなければならなかった。彼女はもう一、二週間かけて、入れ墨の男はサン・ボネ伯爵であると納得させる、そうすれば伯爵は狂人としてずっと閉じ込められることになる……」

「それで得をするのは？　伯爵夫人と伯爵の兄……」

「伯爵夫人は殆ど外出もしないし来客も来なかった、独身の義兄イヴ・ド・サン・ボネ以外は……」

「精力的な兄は、弟が子供の頃に夢遊病だったことを思い出した！」

「夢遊病者に催眠術をかけるのは赤子の手をひねるようなものだ……。サン・ボネ伯爵はすでにかなりの気分屋だったというし、もともとおかしいところがあったのではないだろうか？……」

「それで狂人ということにしておいた……」

「そして入れ墨は、恐らく気の毒な伯爵が催眠術にかかっている間に施されたのだろう……。そのあと夜さまよい出たのは、催眠術をかけた兄の指示によるものだったんだ……」

「サン・ボネ伯爵は警察で我に返った時、自分のしたことに恐れ、おののいた。彼はアレー教授の施術（二重人格ものの当時の代表的舞台劇に出てくる検察官アレー）を見たことがあったのだから……。そして二重人格の神秘についても良く心得ていた……」

「伯爵は自分を狂人だと信じ込んだ……。そして自分を別人だと思わせる方を選んだんだよ」

第五話　死体紛失事件

手短に言うと、まず夜の十一時頃G7（ジェ・セット）に事を知らせる一本の電話が入り、それが僕たちを一時間後の汽車に乗せるのに十分な理由だったたという次第である。

同じ日の午後四時、ロワール川沿いのちっぽけな村トラシーで、川に流されている若い女性が発見された。

住民が小舟を出して引き上げる。もう息はなかったのだが、ひとりのブドウ園労働者が車でプイィ村まで行き、医者を連れてくる。

医者は二時間人工呼吸を施すも、徒労に終わる。

誰も面識のないこの女性が意識を取り戻すことはなかった。村長は不在。村には自警団も警察もない。プイィ村の巡査部長の巡回は明日まで来ない。

村の踏切番の家の裏手に使っていない小さな居住用の部屋があった。死体はそこに運び込まれる。日も暮れたので、人々は家路についた。

その夜の十時頃、踏切番は貨物車を別の線路に移すため家を出る。そして死体の置いてある小部屋を通りがかり、自分で閉めたドアが細々と開いているのを見て仰天する。

彼は怖くなり、妻を連れてくる。二人は燭台（カンテラ）をかざし、ドアの隙間から中を覗き込む。

死体は消えていた！　部屋はもぬけの殻だ！

　朝の六時、僕たちはもう現場にいた。駅からは大騒ぎで小屋を取り囲んでいる村の人たちが見えた。トラシーの村はロワール川の右岸の小高い場所に位置していて、そこは川幅がとても広く、砂でできた大きな島が散らばっている。

　村の正面にはサンセール城が見えているが、サン・サトウル村に通じる吊り橋まで行くのと同様、大変な遠回りをしなければならないので、この村は離れ小島のようになっている。

　駅から見えた人々は、その殆どがブドウ栽培に携わっており、中には踏切番からの急報を受け警察の到着を待ちながら路上で一夜を明かす者もいた。

　警察は僕たちの少し前に到着していた。彼らのごく一般的な事情聴取の結果書かれた調書は極めて曖昧なものだった。

　事実ははっきりしている。若い女性は二時間にわたる人工呼吸でも息を吹き返さず、医師は迷うことなく死亡診断書にサインをしたということである。

　ただ、かつて船の操縦士をしていたという男が経験した昔話をしたというそれだけのことで、人々の心が乱されてしまった。それは海軍下士官の娘が父の不在中に水の中に落ち、一時間後にやっと引き上げられ、蘇生施術を行った二人の医師に死亡宣告されたが、戻って来た父親が娘の体の上にかがみこみ、十時間もの間、規則正しい蘇生運動を続けた結果、娘は少しずつ息を吹き返したという話だ

死体は踏切番の家に安置された……

った。

この話の及ぼした影響を表現するのは無理だったろう。人々はそれを聞いた途端、全身に震えを覚え、踏切番は死体の入った小部屋の方をもはや見ようともしなかった。

G7は身分をあかす必要はないと考えていた。僕たちは単なる野次馬を装って現場に赴き、一部始終を見聞きした。今は八月で二週間近くも雨は降っていなかったが、道路の土の表面についた痕跡を探すと言い張る者もいた。

巡査部長にはどうしたものか判断がつかなかった。彼は、話したがり屋の人々の証言を全て書き留め、メモ帳は何ページにも渡り丁寧な太い文字で真っ黒になっていった。

朝の十時近くに、事件は急展開する。一台の車がレ・ロッジュ、ロワール川の上流四キロメートルのところにあるトレシーと同規模の村から到着し、興奮した太った女性が降りてきた。

彼女は泣き、叫び、そして悲嘆にくれる。老農夫が黙って彼女についていた。

「わたしの娘でしょ、そうでしょ?」

人々は前日溺死した娘の服装について詳細に語って聞かせたが、髪の色が違うので少し揉めた。だが疑いの余地はない。

溺死した女性は両親がレ・ロッジュから駆けつけてきたばかりの、アンジェリック・ブウリオに間違いなかった。

父親はこの出来事に打ちひしがれる余り口を聞くこともできず、呆然と周りを眺めているだけだ。だが母親は甲高い大声で、二人分を一人で喋りまくっていた。

「あのガストンの仕業に違いないわ……」

周りの人々は耳をそばだてた。話によると、十九歳のアンジェリックは、サン・サトゥル村の税務署に勤めている、とても貧しく、まだ兵役にも行っていない青年に夢中だったらしい。

当然、ブウリオ夫妻は二人の結婚に反対していた。夫妻の望む別の結婚相手は身近にいる、プイィのブドウ園主、三十歳で金持ちの青年だった。

その彼との結婚は二カ月後に迫っていた。

警察、両親、空になった小部屋をいつまでも取り巻いている野次馬を残し、僕たちは真っ先にサン・サトゥルに到着した。

税務署の事務所に入ったのは十一時でガストン自身、正確に言うとガストン・ヴェルデュリエが窓口に顔を出した。

彼は背の高い二十歳の青年で、目には不安の色を浮かべ、ちょっとした感情の高ぶりにでもあおうものなら震えだしそうな唇をしていた。

「僕らと一緒に少しだけ外に出て頂けませんか……」

「でも……」

ヴェルデュリエは、まだ正午には間のある壁掛け時計を示した。

「ここでお話しした方がいいですか？　アンジェリックさんの件ですが……」

ヴェルデュリエはいきなり帽子を摑んで、僕たちの後をついて外に出た。

「昨日の午後ですが、彼女とは何時に別れましたか？」

「それは……何のことをおっしゃっているのでしょう？　昨日僕たちは会っていませんけど……」

「彼女を愛していたのですよね」

「はい……」

「彼女もあなたを愛していましたか？」

「ええ。もちろんです……」

「アンジェリックさんが他の男と一緒になるのを望んではいなかった……」

「あり得ません！……」

「何がですか？　何があり得ないのですか？」

「僕はアンジェリックを殺したりしていません！」

「と言うことは何かご存知なんですね？」

「いいえ……いや……詳しいことはわかりませんが、彼女は見つかったのでしょう？」

「ええ、発見されました。もうすぐ警察がここに来ますよ……」

「あなた方はどなたですか？」

「それはどうでもいいことです。あなたは何をご存知なんですか？　どうしてわたしが何も言わないうちに、殺していないとはっきりおっしゃったのですか？」

「アンジェリックがその結婚話を受け入れないだろうと知っていたからです……。僕に何度も、死んだ方がましだと言っていました……」

「あなたの方は？……」

僕たち三人は吊り橋を渡っていた。遠くにトラシーの村の赤い屋根が見える。

「僕にはどうしようもありません……」

「昨日の午後は事務所で働いていましたか？　嘘をついても無駄ですよ！　あなたの上司に訊きます

から……」

「いえ……僕は休暇を取っていました……」

「で、アンジェリックと会っていた」

「はい……レ・ロッジュの近くで……一緒に散歩をしていました……」

「別れた時、彼女は生きていましたか？」

「もちろんです！」

「辺りをうろついていた者はいませんでしたか？……例えば……グロスジャン、確かアンジェリックが結婚を決められた相手でしたよね？」

「いいえ、見かけませんでした……」

青年は苦しそうに息を切らせていた。顔には汗をかき、唇は青ざめている。

「彼女に会いに行くのですか？」青年は訊いた。

「そうです！」

「ああ！……行くのですか……」

ガストンは立ち止まった。

「どうしてかな？　最後まで見届ける勇気がないのですか？……」

「もし……僕が……でもわかってもらわなければ……」

突然彼は声をあげて泣きじゃくり始めた。Ｇ７は彼を泣くがままにしておき、踏切番の家の前に着くまで一言も話しかけなかった。小屋に着くと人々はガストン・ヴェルデュリエが通れるよう道をあけた。

ガストンは両手で顔を覆っていた。そして訊いた。

「どこにいるんですか？」

だがすでにアンジェリックの母親が激しい罵詈雑言を浴びせ、その場は悲劇と喜劇の入り混じった収集のつかない状態になった。すんでのところで、彼女は戦いから身を引いた。

「プイィで申し開きをしてもらいます！」巡査部長が割って入り、青年の手首を捉えた。

ガストンは恐ろしさで呆然としていた。僕は今まであんなに引きつった表情はみたことがない。彼は目を走らせて僕たちを探した、まるでこの場から救い出してくれることを期待しているように。

「僕は殺してない、誓って殺してない！」彼は叫んだが、街へ連れて行く荷馬車へ押し込められてしまった。

ガストンの泣き叫ぶ声は百メートル離れた荷馬車からも聞こえて来た。

一連の出来事は瞬く間に起こり、あまりにも奇妙な雰囲気に飲まれた僕はこの事件に関する自分の見解すら頭に浮かんでこなかった。

生きている娘を見せられても、僕は驚かなかっただろうし許婚者(いいなずけ)の士官が彼女を殺したと言われても、眉一つ動かさなかっただろう。

太陽が眩しく輝いていた。踏切番の白い部屋は光を受けて煌めいている。

人々はいつまでもその場を去ろうとせず、娘の遺体がどこにあるかも知らない両親の狼狽する様はどこかひどく悲劇的だった、この状況下では滑稽(こっけい)という側面もあったのではあるが。

G7(ジェ・セット)はまだ、この場面で正体を明かして登場する気はなかった。ただ周りを見回し、耳をそばだてている。

「ちょっと！」彼は突然、命を取り留めた娘の話をした、元船の操縦士を指さした。「あなたは昨日の夜、サン・サトゥルにいましたか？」

「いましたとも、そこに住んでいるんですから」

「で、カフェに行きませんでした？」

「ええ、食前酒を飲みました。でもどうしてそんなこと、訊くんですか？」

「そこでさっきの話をしましたか？」

「どんな話ですか？」

おそらくG7にはよくわかっていたのだろう、というのも、彼は無造作に背中を向け、僕についてくるように合図したからだ。

「急ぐことはないさ！」彼は言った。プイィ行きの列車は二時にある。それまでホテルを兼ねたレストランで昼食をとり、地元の白ワインを味わう時間があった。

「でも……」

「でも……何だい？」驚くほど自然な口調だった、まるで新鮮な空気を吸い、地元の名物料理に舌鼓を打つためだけにここにいるかのように。

だがこの様子で、僕には彼がもうすでに事件の解決を見ているのがわかった。

二時間後、僕らはガストンの目の前にいた、ガストンは、頭を垂れ、視線をさまよわせ、巡査部長の尋問に執拗に抵抗していた。

彼は両目一杯に涙を浮かべ、その顔には紫がかった殴打の跡がつき、指の爪は根元まで嚙み減らされていた。

「僕はやってません！……絶対に違います……」怒りと謙虚さを一緒くたにして、すすり泣いている。

「だが、君自身も自殺しなかった！」突然G7が静かに言った。

僕が予想だにしなかった発言だった。ガストンもまた、飛び上がるほど驚き、どこか取り乱した色を瞳に浮かべて鋭い視線を彼に向けた。

「どうして……どうしてそんなことがわかるのですか？……」

G7は溢れる程の思いやりをこめた苦笑を唇に浮かべた。

「君を見ただけで、答えを引き出すのは十分だった……。君には最後の勇気がなかったという答えをね！……最後の口づけ！……最後の抱擁！……お互い別れるより、二人で死んだ方がましだった！……アンジェリック、彼女は川の流れに身を投げた……そして君、君は急に我に返った。流されていく身体を見て、君は怖気づき、その場に立ったまま凍り付いた。胸の奥に戦慄が走った……」

「もうよしてくれ！……」

「夜、サン・サトゥルで、君はカフェにいた。心を静めようと酒を飲んでいたんだ。ある男がずっとするような話をしていた……。トラシーで川から若い女性を引き上げた……手遅れだと思われている女性……。だがその男には、こんな経験があった……。彼は昔同じような場面に出くわしたことがある、昔……」

「君はその話を聞いて手足が震えるのを感じた。もしかしたらアンジェリックは生きたまま埋葬されたかもしれない……」

「君は店を飛び出し……トラシーに着き……死体を盗み出して近くの森に運んだ……」

「君は死者を生き返らせようとした！……少なくとも僕はそう思いたい、だろう？……君がそうしたのは過ちを償うためだった！……逆にアンジェリックが息を吹き返し、君の卑怯な態度を責めたりしないようにということではないよね……」

ガストンはぞっとするような叫び声をあげた。

「残念ながら！　彼女は完全に死んでいた……」Ｇ７は続けた。

更に重みのある声だった。

「さあ！　死体をどこに置いたか言うんだ……」

そして五分後、外に出たＧ７はむさぼるように深く息を吸い込み、ため息をついた。

「何故かな……こんな忌まわしい犯罪なのに、それでも関わっておいて良かったと思うんだ！……」

警官たちが二十歳の青年を森の方に引き立てていく間、多分僕のように、Ｇ７も胸の上に重りが置かれたような心持ちだったのだろう。

第六話　ハン・ペテル

僕は、肖像画を描くことをこよなく愛したデューラー（ドイツのルネサンス画家）のデッサンを彷彿とさせる彼の鮮明な顔立ちも、そして彼の容姿のどんなに些細な部分も——その些細な部分が更に印象深いのだが——生涯忘れることはないだろう。

ポルクロール島（地中海に浮かぶ南仏イエール諸島のひとつ）にまで足をのばすのは、降り注ぐ太陽も、暑さも、人生の喜びもそして楽天主義（オプティミズム）も、本土のコートダジュールで船を降りるより遥かに魅力的である。

半径五キロメートルの島の中心にある住民二百人の村。ヨットだけが寄港できる小さな港。

イエールからはたった一時間のところだが、それなのに遠くに来たような感覚に陥るのは、その奔放さがどことなくアフリカの色香を彷彿とさせるからだろう。

家々は白、バラ色、緑色、そして青色に塗られ、あちこちにユーカリ、ミモザ、そして竹の花が咲き乱れている。住民は歌っているかのように喋り、年金生活者達は頭にニワトコの冠をかぶり亜麻の服をまとっている。

彼らは埠頭で釣りをしているが周囲の海は湖のように静かで、その色は絵はがきのように青い。

G7（ジェ・セット）と僕は、車に乗せられてこの素晴らしい景色の中を通り抜けた。南仏の農家風に造られた村役場のドアが開くと、そこは計らずも留置場にしつらえられた審議室だった。

外からはセミの鳴き声が聞こえ、窓ガラスからは太陽のきらめく光の束が差し込んでいる中で、ハン・ペテルは、僕たちが着くまでは座っていたが、歓迎するでもなく、かといって敵視するでもなく立ち上がって出迎えた。

僕たちを案内した警官は太っていて、茶色い顎ひげを生やしている。話す声はバリトン歌手のようだ。

ハン・ペテルは、背が高く痩せていて、顔色は蒼白く、目は透明といってもいいほど澄んでいる。髪はブロンド――白に近いブロンドだ。

そしてスウェーデンか、ノルウェーか、フィンランドのような北国でしか見かけないような緑がかったラシャの上着を着ていた。

顔立ちは先に述べたようにドライポイント版画（金属版を直に印刻し、描画をする直接凹版技法〔直刻法〕のひとつ）のように彫が深い。その薄い唇には不思議な微笑が浮かんでいる。

「こいつです！」警官は叫んだ。

事件が爆弾のように破裂した島での、たった一人の警官だ。

僕は一連の出来事を要約したいのだが、同時にこの事件の要となる環境についても把握してみたいと思っている。

ポルクロールは桃源郷だ。そして、ルスト・ド・ディエウはそのポルクロールの中の桃源郷である。

このルスト・ド・ディエウという名は、言うなれば〈神の家〉という意味である。白く塗られたこの大きな家からは村と港が一望できる。村は丘を背にしており、ルストは丘の中腹に建っているからだ。

イギリス人やアメリカ人達は、質素だが、唯一無二の場所に位置するこの館に法外な価格をつけた。港に入るとすぐに目に入るのがこのルストだ。そして島のどこからでも常にユーカリに囲まれた館の赤い屋根を見ることができる。

四日前までは、年金生活者のジュスタン・ブドウが館に一人で住んでいた。毎日ラミラル（退役海軍兵）と呼ばれている男がひとり、彼の身の回りの世話に来ていた。

ブドウは温和な人物で、白の上下にニワトコの冠をかぶり、薄い青と金色に塗られた小舟に乗り、キュウセン釣りをして時を過ごしていた。

八月十三日の月曜日、まさにその日、ラミラルは朝九時になってもブドウが起きてこないのを不審に思ったため仕方なく最初の窓から家の中に入った。この窓はいつも鍵がかかっていなかったからだ。そこで見たものはベッドの脇で胸から血を流して死んでいる雇い主だった。

警報が発せられ、村中の人々が駆けつけた。たった一人の警官は制服を着る暇もなく、村長は徽章（きしょう）を付ける間もなく駆けつけた。

ブドウは心臓のど真ん中を銃で打ち抜かれて死んでいた。

それからしばらく後、何の当てもないまま家を探し回っていた人々は小屋の中の麦わらの束の上に寝ている浮浪者を発見した。

それがハン・ペテルで、彼は三日前にやって来て以来、島をうろつき、挙動不審で買い物もせず、オーベルジュ（宿泊できるレストラン）で食事をすることもなければ、ベッドで眠ることもない、ハン・ペテルが金を持っているところを見たものは結局一人もいなかった。

彼はリンチに近い目に合わされた。体中に青あざをつくり、目の上に打撲傷を負っただけで何とかすんだが、監獄がないため、村役場に留置された。

ただすぐにやっかいな問題にぶち当たった、拳銃が見つからないのだ。部屋にも、小屋にもなく、ペテルのポケットにもない。

ペテルは文無しだった、ポケットを探っても一銭も出てこなかった。


そして島は司法警察に助けを求め、G7（ジェ・セット）がやって来たという訳だ。

繰り返して言うが、僕はペテルを見た瞬間の彼の容貌を忘れることはないだろう。彼はそれほどまでに異邦人に見えた！　そして南仏人達に囲まれて非常にとまどっていた！　一言で表わすと哀れを誘ったのだ！

ペテルは身分証明書を持っていたが、それは一目で偽造、少なくとも書き換えられたものだとわかる代物だった。

証明書の一通によるとデンマーク人、二通目によるとフィンランド人、三通目にはメッツレンブルグ（ドイツ北東部）のドイツ人とあった。

職業は水夫、炭鉱労働者、錠前職人とある。変わったパスポートがあり、外国のビザがあったが文字が不可解なところから中国のものと判断された。

僕は最初彼はフランス語が話せないと思っていたが、後になって一言一句の間違いもなく理解しているのがわかった、が、それに反して、話す時はおどおどと、ゆっくり、一風変わった穏やかさをこめてしか話せず、それがどんなに些細な答えにも独特の深刻さを与えていた。

靴はつま先が破れていて、紐を使って修理が施されていた。服は汚れて擦り切れている。シャツは着ておらず、下着は与えられたに違いない古いメリヤス下着に取り換えられていた。

G7の最初の質問はこうだった。

「ここで何をしているのですか?」

「僕は……」

型通りの答えだ。その答えには曖昧な仕草が伴っていて、正直に言うと、僕の胸は少し痛んだ。

この男は三十五歳ではなかった。数日来髭を剃っていない。瞼には濃いくまができている。それでもその容貌はある種の美しさを保っていた。

放浪者には間違いなかった。だがただの放浪者ではない。

「君が殺したのですか?」

「違います! 僕は眠っていました……」

「何時頃ルストに忍び込んだのですか?」

「夜です」

「玄関から?」

「壁から!」

「金は持っていないのですか?」

「はい、一銭も!」

「食事もしていない?」

ペテルはウニという言葉は知らなかったが、身振り手振りで岩に囲まれた入江で採っていたこと、そして三日間というものそれしか口にしていないことを説明した。

「仕事を探していた？」

彼はまるで突拍子もない質問をされたように、肩をすくめた。そして恐らく僕たちが放浪者について無知であることを許すと言っているような微笑みを浮かべた。

「僕は殺していません。眠っていたのです」

「何か聞こえませんでしたか？」

「眠っていたのですから！」

それだけだった。それ以上は何も訊き出せなかった。

僕らはルストを訪れ、Ｇ７は僕に被害者の部屋で拳銃を撃つように指示し、自分はハン・ペテルが眠っていた小屋に腰を落ち着けた。

間もなく彼はこう断定した。

「どんなに熟睡していても、拳銃の音を聞けば目が覚める！」

僕はその言葉にがっかりした。何故か僕はペテルに好感を抱き、彼の肩を持っていたのだ。

「例を挙げると！」Ｇ７は続けた。「警官がここに来た時、ドアが閉まっていたかどうかは非常に興味のある問題だ」

「何故ですか？」

彼は僕に鍵のないドアを指し示した、ドアは掛け金で外から閉まるようになっている。彼は断言した。

何故ならドアは中からは閉められないからだ。

「何故ならこのドアは内側からでは閉まらないからだ！」

警官の答えははっきりしていた、証人に確認したところ、ペテルを見つけた時ドアは閉まっていた。しかも、もし掛け金が閉まっていなかったとしたらドアはひとりでに開いていたはずだ、このドアは不安定なのだから。

G7は気乗りしない調子ですでに事情聴取を始めていた。だがこの発見で彼の士気は俄然高まった。

そして二時間以上もかかる一連の事情聴取に取り掛かった。

G7が聞いたり話したりしている間、僕は聞いたことを次のようにカードで要約した。


「ブドウのカード。――ジュスタン・ブドウ、独身、一八七七年イエールにて植栽業の家に生まれる。二十歳でインドシナへ渡る。そこで財をなし、五十歳でルスト・ド・ディエウを購入して居住。親族は甥一人のみ」

「マロネのカード。――ジャン・マロネ、ジョセフィーヌ・マロネ――ジュスタン・ブドウの姉――の一人息子。ブドウ家に生まれる。十八歳以降両親はいない。叔父の死の年には二十七歳。唯一の相続人。両親より多少の財産を相続。長く愛人関係にあった女性とパリで結婚。夏はコートダジュールで洋上ヨット生活を送る」


そのヨット、レパタン号は事件の日のひと月前からポルクロールの港に停泊していた。マロネとその妻は使用人なしのヨット生活をしていた。ヨットを出す日はあまりなく、天気の良い日を選んでサン・ラファエル方面、ツーロン、またはポートクロス方面を航海するだけだった。

僕はレパタン号をこの目で見た。長さ八メートル半の白い船で、客室ひとつの、地中海ではどこでも見かける船だ。

マロネも見た。背が高くすらりとした青年で洗練されており、金持ちのドラ息子の条件を全て備えていた。

マロネとハン・ペテルが並んでいるところも見た、犯罪のあった屋敷の中、遺体が発見された場所で――だが遺体はもうなかった、二日前に埋葬されたはずだった。

これは僕の一風変わった判官びいきの気質のせいなのだろうか？　二人の無言の対峙は相も変わらず僕の胸を刺した。

G7から二人への質問は何もなかった。ただ観察しているだけだった。

マロネは、自分から何か言わなければと思ったのだろう。

「わたしはこの男を埠頭で見かけています、何時間もうろうろしていました。彼が殺したとお思いですか？」

「あなたは叔父さんと良く一緒に小舟で釣りに行きましたか？」

「ええ、何度か」

「荒天にあったことは一度もなかった？」

「ここ数週間は風ひとつ吹きませんでした」

G7はにっこりして僕を目で探した。

僕には彼が、G7が、事件の解決に至ったことがわかった。そして僕はいつものことだが少し苛立っていた。

いつものやり方なのだが、G7（ジェ・セット）は自分の意図を悟られないようにしたまま、二人の青年を警官の監視下に置いた。

外にでると、彼は言った。

「さあ、いよいよ逮捕だ」

「二人ともですか？」

「そう！　二人ともだ。外からしか閉められないあのドアのおかげだ、わかるかい？　つまりハン・ペテルが犯行時一人きりだったら小屋に入ってドアに鍵をかけることはできなかったはずだ！　彼の意思に反して誰かが鍵を閉めたとしたら、その時は彼はシロ、彼の主張通り……簡単なことさ……だがそれならばなおのこと、ペテルは銃声を聞いたことになる……答えはたったひとつ、彼は殺していない、だが共犯だった……」

僕たちは埠頭を歩いていた。そこではとても厚化粧で、肌を露出させたマロネ夫人がヨットのデッキの上に置かれたロッキングチェアの上で揺られていた。

「二人は焦り始めたんだ、そうだろう？……一人だけの叔父はしたたかで、百歳までも生きそうだ！……小舟で一緒に釣りをしたはいいが……。風ひとつ吹かず、老人を船べりから突き落として、船の横揺れのせいでしたという言い訳もできない……」

「危険を冒さずに殺す方法はこの手の他では難しい」

「そこへペテルがやってきた、放浪者だから、運任せ、次にどこへ行くのかさえわからない……」

「マロネは思った、彼なら仲間に引き入れることができる。このろくでなしに疑いがかかるよう仕向ける……。あらぬ方向に数週間の取り調べが続き、証拠不十分でペテルは釈放されるはずだ……しかし、間違った方向へ進んでかなり長引いた審理が出発点に戻って最終的に正しい結論が出る、ということは滅多にない……」

「そして事件は葬り去られる羽目になる……」

「という次第でマロネは、ペテルを使って手筈を整えた……。彼は自らペテルを小屋の中へ連れて行った……ある期間被告でいるために彼がペテルに幾ら払うと約束したか、わたしは知らない」

「たったひとつ見逃した点はこのドアが外からしか閉められないという事だった……」

「という訳であの立派な紳士は恐らく残りの人生を牢の中で過ごすことになるだろう……」

僕は何の感傷に浸っていたのだ？　程度の差こそあれ人々の心の琴線に触れる、持たざるものの不思議な力に惑わされたのか？

僕はペテルを釈放してもらう許可を取り付けた。そして釈放の後、彼の告白を聞くためにあらゆる手を尽くした。

だが、それは叶わなかった。

ペテルはどこかで、静かに、威厳さえ漂わせ、空腹のままあのボロ靴を引きずって彷徨っている。

第七話　黄色い犬

不愉快な事件だ！　僕は到着するなりそう感じた。ミュルーズ（フランス東部アルザス地方の街）近くのこの村の空は雲に覆われ、雨模様だった。吹きつける西風が僕たちめがけて服や顔に雨粒の束を叩きつけた。二人とも泥まみれだった。片方の靴の中に突然水がしみ込んできた。

「カーテンが揺れるくらいが関の山でしょうね！」

僕は不満気に呟いた。

その通りだった。僕たちのいる村には駅がなく、峡谷にある村から七キロも歩かされた。二台の自転車と、荷馬車一台が追い越していった。そして僕たちの来訪は注目の的だった！　家々の前を通り過ぎるとカーテンがかすかに揺れた。鶏に一握りの餌をやるという口実で家から出てきた住民もいた。

挨拶ひとつなく、浴びせられるのは疑り深い視線。

僕がこういった類いの事件を経験するのは初めてだったが、まさにそんなことだろうと思っていた通りだった。言外の意味、遠回しのそしり、前言の撤回、そして何よりも猜疑心！　どろどろとして、底知れぬ、不可解で意欲を失わせる猜疑心。

村の住民は六百人。そのうち四百人はドイツ語、というよりも、アルザス語（ライン上部地方オーラン県の方言）しか話さない。

教会は二つあった。ひとつはスイス人の牧師がいるプロテスタント教会、もうひとつはカトリック教会である。

要するに、憎しみと妬みとが一体となったその人間性に、詰まるところ田舎そのものに、未来永劫うんざりさせられる土地だ。

夏の景色は素晴らしいに違いない。だが僕たちが行ったのは階段状の丘々の間を風が吹きすさぶ十一月だった。どんよりと曇った空から、そして斜面から雨が流れ落ちてくる。

「最初、黄色い犬の遠吠えが聞こえたんです！」

僕はそのセリフを覚えている、というのも事情聴取の時、最初に聞いた言葉だからだ。そのあとの聴取でも耳鳴りがするほどこのセリフを聞かされることになる。

「黄色い犬とはどんな犬ですか？」

僕たちがいたのは、しばらくの間事情聴取に使えるようにとしつらえられた職員室だった。

証人は、農家の使用人で、フランス語と訛りのあるドイツ語をない交ぜにして話しながら、熱に浮かされたように両手を固く握っていた。

「黄色い犬なんです！　その度に聞こえるんです……」

「どんなことがあったのか話して下さい……」

「主人の家人が丁度寝た時間……わたしは納屋にいました。母屋の裏手百メートルくらいのところで、わたしの寝場所です……黄色い犬の鳴き声が聞こえてきました、大きな悲鳴がしたすぐ後です……わたしはわらの山に隠れました……朝になって初めて……」

G7（ジェ・セット）は僕の方にそれとわかる視線を投げ、僕は始まった聴取について彼が僕と同じ考えなのだと理解した。彼に何度も言われているように、最も狡猾な悪人たちの犯罪を相手にする方が、最も素朴な村人たちと村の犯罪を相手にするよりずっと良い。村の犯罪というのはそれほど、より頭を悩ませるものなのだ。

村人たちは両手を動かし、不安そうな視線をドアの方に注ぎ、話に区切りをつけず、結局は黄色い犬のことと、超常的怪奇物語を仄めかす。僕たちは事情聴取の間中毎回この話を聞かされる羽目になった。

事件そのものは、至って単純だった。七日前、農夫夫妻が自宅の室内で鉄棒のようなもので殴り殺され、発見された。犯行の動機は盗みだった。聴取したばかりの使用人フランソワは、音は聞いたが恐ろしさのあまり歯を震わせながら納屋の中で一晩を過ごしていた。

それを遡ること一カ月、あらゆる面で類似した犯行が、ここから二キロほど離れたところで起こっていた。被害者は一人息子を兵役に取られて以来一人暮らしをしていた老婦人だった。

また、三週間前にも、犯行が行われて三人が殺され、その上被害者の一人である十三歳の少女は凌辱されていた。

これらの犯行の度に、毛を逆立て、唸り声をあげ、青白い微光を放つ黄色い犬の話になる。犯行現場の近くで見たとか聞いたとかいう者が出てくるのだ。

四つ目の事件、二カ月前のことだが、村の入り口にある谷の中腹にある仕事場で、妻を亡くしてから十年来一人暮らしをしているリベールという鍛冶屋が、真夜中に異様な物音で目を覚ました。

彼は部屋の中にぼんやりとした人影を見つけた。リベールはベッドから飛び出してその人影に殴りかかった。腕には自信があったが、この時は犯人の方が強かった。だが犯人は結局逃走した。

しかしリベールは、はっきりと、夜の訪問者に影のように寄り添った黄色い犬を目撃した……。これら詳細の全てを、僕たちは聞きとり、不必要な情報、特に曖昧なものは取り除くという作業に時間を費やした。

具体的で明瞭な証言はリベール、黄色い犬の話に左右されるような迷信家には思えない彼の話を除いては得られなかった。

リベールが言っていたように、彼が腕力だけで助かったことに間違いはない。そして盗まれたものは部屋に置いてあった数百フランだけで免れた。

他の住民たちをこれほど苛つかせるのも無理はない程、事件は極めて深刻化していた。

数週間で五人の犠牲者！　しかも手がかりは何一つ残されていない！

殺人を犯しても、何の良心の呵責もなく、窃盗の重大さも何とも思わない最悪の犯人が目と鼻の先にいるのだ。

人々は日の沈む午後三時半から家の中に閉じこもってしまう。何という警戒心の強さだろう？

ドアをノックしようものなら、銃の安全装置を外す独特の音が聞こえてくるに違いない。

「で、結局この土地に黄色い犬はいるんですか？」

「います。その犬です」

「見たことはありますか？」

「見たことがあると皆言っています……」

「訊きたいのは問題の四つの事件とは関係なく、見た人がいるかどうかですが……」

村人たちは質問の意味がわからないか、またはわからない振りをしていた。村の司祭の通訳として

「カーテンが揺れるくらいが関の山でしょうね！」僕は不満げに呟いた。

の役目が更に物事をややこしくし、プロテスタントの証人達の警戒心を煽っていたのだ。

これでは頭をかきむしる以外ない。という訳でG7は村長に三里四方（約十二キロメートル）の土地の全ての犬を連れてきてもらうように頼んだ。

それには近隣地区の村長たちとの話し合いが必要で、そこでひと悶着あった。

だが最終的に翌々日の朝、四百頭近い犬が村役場の前に集められ、その間辺りはさながら革命でも起きたような雰囲気に包まれた。

リベールが問題の犬を真近で見たという証人だった。彼にその小さな動物園の間をぬって見て回ってもらった。

「いえ、いません。犬の毛の黄色ではなく、本当の黄色なんです！　何と言うか……例えばカナリアのような！」

犬が黄色！　僕は驚きを隠せなかった。

「もしかして！」僕はG7に囁きかけた。「黄色い犬というのは犯人の創作ではないでしょうか？　すでに迷信深くなっている村人たちに衝撃を与え、恐怖に怯えさせて抵抗力を根こそぎにしてしまおうという魂胆では？……オークルがかった黄色なんてどうでもよくて……」

彼も同じ考えだった。G7は、恐らくだが、ペンキのあとが残っていないかという望みを抱き、集まった犬たちの毛を爪で撫でて回った。

リベールはこうも言っていた。

「あの犬の毛は逆立っていた……」

そこで僕たちは毛が逆立ちそうな犬を探してみた。僕たちのしていることがどんなに馬鹿々々しく見えようが、笑う気にはならなかった。

僕たちは、真剣かつ警戒心の鎧で身を固めた人々に囲まれていた。数え切れない視線が注がれている。

全員が奇跡を待っているようだ、殺人者と、その黄色い犬を見つけ出すという奇跡を！

それは上辺だけの殺伐さなのだろうか？　それとも苛立ちはこれほどまでにも伝染するものなのだろうか？

僕はこれが何か超自然的なものだとは考えなかったが、途方もない出来事である事には違いないと想像を膨らませた、今までに全く比類のない、山の中で存在しそうもない黄色い犬と独りで暮らしている残忍な強盗犯……。

「ほら！……これは多少似ている……でももっと黄色だ……」

リベールは、セントバーナード系の雑種であるアルザス地方の大きな牧羊犬を指さした、その犬は一番近い色で、厚い赤みを帯びた唇を垂らしていた。

色は褐色だったが、黄色ではない。犬を引いてきた男は、明らかに不愉快な様子でG７の質問に答えた。

彼の職業は木こりだった。警察は彼が明らかに密猟で生活していると非難していた。家は二十世紀の住宅というより、小屋と言う方がふさわしく、森の真ん中に建っていた。

彼には妻と少なくとも十人の子供がいて、想像もつかないほどに散らかった、不潔な環境の中で暮らしていた。

外からはとてもシンプルでのんびりと見える村々の真実と秘密を陽のもとに晒すには、こういった出来事が必要なのだ。

ペテルマンというこの木こりには実は妻が二人いて、一人は子供たちの母で、もう一人は血のつながりのない一番年上の少女だったが、彼女との同棲は正妻も認めていることもわかった。

それから数時間、僕たちはこのシラミだらけの、飼い猫やツグミまでひしめく巣窟を探し回った。

しかし、収穫は上着のポケットに隠せるくらいの分解式ピストルと罠と、狩猟用の大きな弾だけだった。

「黄色い犬！……これはもう悪夢だ！……君もうんざりし始めているんじゃないかい？……。僕は、ここに一週間でもいたら黄色い犬どころか幽霊だって信じ始めるだろう……。誰が聞いて、誰が見たのかという情報を正しく把握することさえできないんだ……」

僕らは暗中模索を続けていた——なんと情けないことか！　——このような先の見えない状況の中で、人々はぴったりと家の戸を閉ざし、話す時は声をひそめ、忍び足で歩き、警戒するように頭を前につきだしている。

実を言えば、僕は次の犯行を待っていた。日暮れにあの有名な犬の遠吠えを聞くのを心待ちにしていた。

村の周囲には、高価なお宝が、盗んでくださいと言わんばかりに待っている裕福な家が距離を置いて何軒もあった。

こういった家の殆どでは事件以来、少なくとも男一人が、毎晩銃を手放さずにドアの後ろに立って寝ずの番をしていると、後で知ることになった。いつも言うようだが、このような出来事は離れた場所で耳にすると馬鹿げて思えるものだ。

しかし……強風が吹き！　雨が降り！　山々は荒涼とし、そして逞しい男たちがいかつい顔つきで意味不明の方言で話をしている、そんな真っ只中にいたら！

G７（ジェ・セット）は何の手がかりも得ていない。とにかく僕たちのスケジュールは不規則で、一日の大部分を村とその周辺をさまようことに費やしていた。

「結局この黄色い犬というのはそれでも……」僕は四日目の夜に話を始めようとした。

「黄色い犬のことは放っておいてくれ！」G７は不愉快そうに言った。「もうその話は聞きたくないんだ……わたしは……」

「諦めるのですか？」

G７の眼差しに僕は圧倒された。

「一時間以内に殺人犯を捕まえる！」彼はきっぱりとそう言った。「見たかったら一緒に来てくれ……」

「おーい！　リベール！……」

僕たちは鍛冶屋の前で足を止めた。G７は敷居の上に立ち、不審そうに彼の方を見ている鍛冶屋に話しかけた。

「さっきそれらしい犬を見つけたので来てくれないかな……それが例の犬じゃないかと思うんだが……」

鍛治屋は躊躇したが、皮の前掛けを引きはがし、重い足取りで僕たちについてきた。その途中、彼は二、三度話しかけようとしたが、Ｇ７は全く受け付けなかった。

僕たちは村役場に到着し、Ｇ７はドアを開けた。

「入って下さい！……」

彼はそう言って、リベールを先に通した。リベールはぼそぼそと呟くように言った。

「ここに犬がいるのですか？」

彼は三歩踏み込んだだけで、何の動物もいないのに気づいた。驚くほど素早い反応だった。くるりと向きを変え、わめき、そして全力でＧ７めがけて突進してきた。

まともにぶつかったらＧ７はひとたまりもなかっただろう。だが彼はそれを予測していたに違いない。ドアのノブから手を放さず、即座に鍵をかけた。凶暴な男と化したリベールはわめき散らしながらドアをゆすぶったが無駄だった。

「もうわかったね？　おかげでわたしはアホらしい本物の犬市場まで開くはめになった！　これがパリ本庁に知れたらわたしの評判は地に落ちてもおかしくないよ……」

「最初から、犬が素晴らしい黄色だと聞いた時から、話がうまく出来過ぎていた時からわたしは気づくべきだったんだよ。そんな犬はいるはずがないとね……」

「わたしは馬鹿だった！　リベールの作り上げた架空の黄色い犬を探したんだから……全く抜け目のない奴だ！……一連の殺人を起こす前に、奴は自分自身を被害者にしようと考えた、確実だし、そうすれば自分は絶対に疑われない……」

「強盗の特徴を印象づけるため、奴は黄色い犬という芝居を打った……」

「最初の犯行の際には犬の鳴き声をまねるだけで良かった、それで皆の口に黄色い犬のことが上る様になった……」

「この犬は人々の心の中で実在の犬よりも存在が肥大し始めた……」

「聞いたものがいた！　見たものがいた！……よく人間の心理をついている！　毛が逆立っている！目はらんらんと輝いている！……」

「おまけに黄色い犬は疑いを間違った方に、少しばかり黄色がかった犬を飼っているあのペテルマンの方に向けさせた……」

「リベールは自分の村を実によく知っているよ、それは確かだ！」

次の日の朝村長が列車に乗ろうとしていた私たちに、鍛冶屋は一晩中留置場のドアをゆすったあげく、頭をドアで砕いてしまったと報告に来てくれた。

第八話　モンソオ公園の火事

九月十四日のことだった。午前一時、家々の見回りにあたっていた私設団体の夜警員から、ルール地区の警察署に電話が入った。

「ミュリオ街に警官を数人ほどよこしてもらえないでしょうか……」

彼の話では、主人のビジェ・マルウィは妻と共にヴィシー（フランス中南部オーヴェルニュ地方の温泉保養地）に湯治に出かけ、使用人たちはすでに夫妻が十月に過ごすことになっているシェール城に移っているはずのマルウィ邸の内部で、灯火が動いているのが見えたということだ。

屋敷には当然誰もいない。夜警員は一瞬、屋敷の主か、使用人の一人がもどっているのかもしれないと考えて、ドアベルを鳴らしたが誰も出てこない。その上、最後に懐中電灯の光のようなものが漏れていたのは地下室の換気窓からだ。

警察には書記が一人いるだけだったが、書記は電話で署長に通報し、署長は、事がこの界隈一番の名士の一人であるマルウィ氏に関わるだけに、自ら足を運んだ。

という訳で、三十分後には、署長と警察官三人が夜警員と合流した。夜警員は確信に満ちて言った。

「こそ泥たちはまだ中にいるに違いありません。誰も出てきた形跡はありません。この屋敷の庭園とモンソオ公園を仕切っている柵を見張っていましたから」

ドアベルを押してみる。返事はない。そこで玄関をこじ開けてまっすぐ地下室まで降りて行ったが何の物音も聞こえない。

だが二つ目の地下室へ入ったところで、土間の中央に縦幅一メートル以上、横幅、深さ共に五十センチほどの穴が開けられているのが発見された。

三つ目の地下室も同じだった。積み上げられた石炭の裏で何かがうごめいている。警官たちは拳銃を抜いた。

「手を挙げろ！……」

するとビジェ・マルウィ氏自身が、手にシャベルを持ち、石炭で顔を真黒に汚し、爪を泥だらけにした、哀れな姿で現れた。

今回もまた、僕もＧ７（ジェ・セット）もその場に居合わせた訳ではないのだが、警官たちの慌てる様子、屋敷の主人が声を震わせ、口ごもりながら辻褄の合わない申し開きをする様子が目に見えるようだった。

「わたしは貴重品を安全な場所に保管するために戻って来たんだ……」

警官たちは彼を一人にして引き上げた。それより他に手立てはなかったのだ。だが朝の六時頃、Ｇ７は内密の捜査を依頼された。そして朝八時、彼のオフィスで僕は、低く乾いた声でまずい事態だと告げられた。

「屋敷はまだ燃えている！　近隣の家が心配だ。火事が発見されたのが五時半頃、時すでに遅しだ……」

僕らは野次馬に混じって屋敷が焼け落ちるのを見た。彼らとの違いはただ、僕たちは警官の張った縄の内側にいて物見高い群衆は外側にいたというくらいのものだ。

だがそれもせいぜい数メートルの違いだった。次から次へと焼け落ちてくる壁に近づくことなど到底できることではない。

消防士たちが僕たちを押しのけ、近寄らないで下さいと叫び続けていた。消防隊長がG7に次のように説明した。

「正門の左側に見えるのがビジェ・マルウィ氏の専用のガレージです。その中に置いてあったガソリンが引火したのです。誰かがガソリンを地下室に運び込んだのです……。更に燃えやすい物質を積み重ねたのですね……」

「疑問の余地はないのですか？　放火に間違いないのですね？」

「もちろんですとも！」

「放火犯は逃げる暇があったとお考えですか？」

「それは簡単なことです！　犯人は外に出てから手に持っていた松明(たいまつ)を換気口の隙間から用意していた火種に投げ込むことだってできたのですから……」

署長は責任を痛感していて、何度も何度も自分の取った行動を釈明していた。

「他に何ができたと言うんですか？　いくら何でも彼を逮捕することなどできません！　市民なら誰でも自分の地下室を掘る権利はありますから……」

まさにその通りだ！　それにビジェ・マルウィ氏を問い質すのはまさに腫れ物に触るようなものなのだ。

マルウィ家は大臣、そして、上院議長さえも輩出している。ビジェ家もとりわけ裁判官の職を継ぐ家柄として名高い。

その巨万の富は、まさに、小さな町の年金生活者が見たこともない数字の羅列だった。

署長はまだ僕たちに講義を続けていた。

「父親は一カ月ほど前に他界したのです……彼は何年間もやもめ暮らしをしていて、身体不随、二階の自室にこもりきりでした。ビジェ・マルウィ氏というのはそのたった一人の息子なんです」

「何でも結婚していると聞きましたが？」G7は訊ねた。

「三年前に結婚したばかりです。年は四十歳をとっくに過ぎていますがね。不釣り合いな結婚なんです。ビジェ・マルウィ氏は父親の昔の料理女と結婚したのです。父親は同じ屋根の下で暮らしているにも拘わらず、その女と会うのを拒んでいるようでした」

「奥さんは今もヴィシーに？」

「ついさっき電報を打ちました。彼女の到着を待っているところです……」

G7は、僕は絶えず彼に付きまとっていたのだが、次から次へと話を聞いて回り少しずつこの屋敷の主たちのプロフィールを完成させていった。

それは時間をかけての仕事だった。主たちの肖像画にちょっとだけ絵筆を入れるだけだったが、しばしば全体を再検討しなければならないこともあった。

ビジェ・マルウィ、一カ月前に死んだ父親は僕たちにとって真っ先に明確なイメージを摑んでおかなければならない人物だった。彼は由緒ある血筋の大資本家で、冷淡で厳しく、慈悲のかけらさえない人物だった。ビジェ家の出身で、マルウィ家の娘と結婚した。その暮らしぶりはかなり豪勢で、ある老人の話では二十五年前ミュリロ街の邸宅では宴が頻繁に催され、当時のビジェ・マルウィ夫人はいつ見ても美しかったそうだ。

それもそのはず彼女はパリで五本の指に入る美人だったのだから。

唐突に宴は催されなくなった。夫のビジェ氏が日を追ってひどく嫉妬深くなっているという噂が流れた。

だが身内からはより単純でもっともらしい説明がなされていた。ビジェ・マルウィ夫人が病に倒れ、ゆっくりと病魔に蝕まれているというのだ。肺結核か？　癌か？　もしくは骨髄カリエスだろうか？

人々は何も知らなかった。このような社会では内輪の話になると口数が少なくなる。夫人はあっという間に年をとり、十年後に亡くなった、夫のビジェ・マルウィが身体麻痺で部屋に閉じこもったのとほぼ同じ頃だった。

それからの数年間は、彼の身の回りの者にとって耐え難い日々だったそうだ。主人の気難しく頑固な性格、そして日に何度も爆発し家中に響き渡る怒りの声。

ビジェ・マルウィの息子は？

僕らが聞いた話で作成した彼のプロフィールは平凡だった。人々が彼の噂をすることは殆どない。別の家庭で生まれた上に、善良で目立たない公務員のような男だったのだ。

ごく平凡な人間。目立った欠点もないが、注目に値する能力もない。

彼は切手の収集が趣味で、それが何よりの楽しみだった、というのも世界中に三、四枚しかない貴重な切手を所有していること、それには法外な値がついていることなどを人に話すほどだったからだ。

僕たちが彼について集めた最新の情報は正しいのだろうか？　相変わらず彼の特徴は善良で平凡な人間ということだけなのだろうか？

息子のビジェ・マルウィは妻以外の女性を知らなかったらしい。十七か十八歳の頃、若くて愛くるしい、しかしただの料理女だった彼女に恋をしてしまい、この純愛は彼女が成人するまで続くことになる。

彼は父の死を待ってからといつも言っていたのだが、彼女にせがまれて結婚を決意したのだろう。マルウィ夫人は車を走らせて正午に到着した。喪服を着た小柄な女性で、お世辞にも上品とは言えず、五十歳と言っていたが、それ以上に老けて見えた。平凡だが、精力的な顔立ちだった。絶えず体を動かし、人より大きな声でしゃべり、回り全員が使用人であるかのようにぞんざいに呼びかける、うっとうしい女だ。

「ビジェ・マルウィは罠にはめられたに違いないわ！」夫人は確信に満ちた口調で言った。

彼女には玉の輿にのった庶民の女性たちにありがちな、夫を家族の名前で呼ぶ習慣があったのだ。

「どうしてそう思うのですか？」

「思う？　私は断言しているのよ！……三週間というもの、あの人はいつものあの人じゃなかったわ……正確には老人が死んで数日後、別荘のあるヴィシーに行くためにパリを発ってから……」

「神経質になっていましたか？」

「食欲がなかったわ。それに毎日仕事でパリに行かなければと言っていたの……あの人には相続手続きが頭痛の種で、いつまでも終わらないと言ってこぼしていたのよ……」

「自殺を仄めかしたりしていませんでしたか？」

「あの人が？　自殺ですって？　いったいどうして？　あの人はぬくぬくと暮らせる幸せ者だったのよ……ただ公証人のあんな話がなければ……。でも何のことか見当はつくわ……。あの年寄りはわたしを嫌っていたから、ややこしい遺言状を書いて復讐したのよ……」

火事が発見されたのが五時半頃、時すでに遅しだった……

使用人たちはまだパリにいなかった。僕らは公証人に会った。静かな男だが、人を見下すタイプだった。

「複雑な人間関係ですって？　そんなものはありませんよ！　年をとった使用人たちにもいくらかのお裾分けがありました……。でもビジェ・マルウィの息子は正当に父の全財産を相続したのです……」

「これといった条項は何も？」

「全くありませんでした。本人の最後の意思を記した手紙については、わたしは読んでいません……。手紙は息子さんのビジェ・マルウィ氏に渡しました」

「手紙があったのですか！」

「よくある事です。いつ、どこで死ぬかは誰にもわかりませんよね？　ビジェ・マルウィ氏は息子さんのため、遺言状に息子宛の手紙を添えておいたのです……」

「息子さんはあなたの前でそれを読みましたか？」

「いいえ……」

「何か怪しいとは思いませんでしたか……」

「露ほども思いませんでした……」

三日後の進捗状況は僕も彼も同じようなものだった。警官たちは屋敷の残骸を掘り返して調べ回っていた。Ｇ７（ジェ・セット）と僕は掘り返された残骸の間をぬって何時間も歩き回った。

結局ビジェ・マルウィ氏の捜索は無駄骨だった。彼の行方は杳（よう）として知れず、ホテルにも駅にも国境にも彼の痕跡はなかった。僕は毎日ころころ変わる、当て推量の話を言うのはやめた。地下室でビジェ・マルウィ氏が例の夜自分の墓穴を掘っていたというものから、彼は人を殺したなどというものまで、実に様々な憶測が飛び交っていたのだ。

だが誰を殺したというのだ？

奉公人に欠けている者はいない。ビジェ・マルウィ氏には友人もいなければ愛人もいなかった。

G7が大胆にも元料理女にそんな問いをぶつけた時の彼女の取り乱し様ときたら！

G7の喉を締め上げ、窒息死させるのではないかと思った程だ！

瓦礫の中に死体は見つからなかった。それはまさにコンクリート、石、煉瓦、金属板、その他あらゆる物質の山であり、そこからひん曲がった屑鉄の先端が顔を出していた。

G7は僕に何も言わなかった。それでも僕は彼に何か考えるところがあるのだろうという気がしていた。案の定ビジェ・マルウィ夫人が僕たちの目の前に――まさに言葉通り目の前に――アテネからの電報を突き付けた時も、G7は顔色一つ変えなかった。


『不愉快な勘違いの犠牲となる、委細は後日説明する、至急電信為替にてアテネの局留め郵便あてに送金を頼む』

『ジェラール』

一文無しでアテネの街をさまよい、荷物もなく、パスポートもなく、何度も何度も郵便局へ為替が着いたかどうか問い合わせに足を運ぶ哀れな中年男の姿を想像し、僕は何故か吹き出してしまった。

「幾何学だとね」Ｇ７は、マルウィ夫人に送金を許可した後、そう言った――ついでだが、彼女は何かの犯罪の共犯者になるのを怖れてためらっていたのだ――幾何学だと、僕はあとを続けた。幾何学だと推論の論理的な関係から定理を導き出せない時、それを背理法によって証明する。

「この事件でわたしは同じことをやったんだ。そして最初に見えた真実は、ビジェ・マルウィ氏は何かを隠そうとして穴を掘っていたのではないということだ。何かを隠すのなら穴はひとつで足りる」

「マルウィ氏は何かを探していたんだ」

「それは自分で隠したものじゃない、正確な位置がわからなかったのだから」

「だが警官に見つかり、家に火をつけて逃げることを考えたのはそれがかなりまずいものだったということだ」

「仮にそれが死体だとする。死体こそこの条件下でほぼ唯一のものだ、ビジェ・マルウィ氏は富裕だから盗みの可能性はない」

「そして今度は、公証人から彼に渡された手紙のこと、ビジェ・マルウィ氏の父母について聞いたことを思い出して欲しい」

「老人が殺人を犯したと言うのですか？」僕は訊いた。

「聞くところによると彼は嫉妬深く、妻はとても美しかった。そしてあの邸での宴は急に止み、ビジェ・マルウィ夫人はその時から体調を崩したとも聞いた……」

「彼は妻が愛人といるところに踏み込んだ……」

「復讐の唯一の手段。彼は男を殺した。そして死体を地下室に埋めるか、壁に塗りこめるかしたんだ……」

「でも自分が死んだら、息子が邸を売ったりしないか？　いつか死体が見つかりはしないか？……」

「スキャンダルを避けること！　彼らの世界では、それが社会階級において生命を左右する金科玉条なんだ……ビジェ・マルウィの名は何の汚点もなしに残されなければならない……」

「それで遺言書には手紙が添えられていたのだ。手紙には息子にどんな場合でも決して邸を売ってはいけないとあり、おそらくその理由も書いてあったのだろう……」

「ただ、息子のビジェ・マルウィは先祖代々の気質を持ち合わせていない。気の毒な彼は自分の家に死体があると考えただけでパニック状態になり、死体を厄介払いすることしか考えられなくなる、父の喪中であり、しきたりには反することであるが、誰もいない邸に一人で帰ってこられるように、家人を全員引き連れてヴィシーに出かける……」

「彼は探す……見つかってしまう……警官が去った後も彼は探し続けるが、何も見つからない、焦った彼は署長が舞い戻ってくるのを恐れて、邸全体に火をつけるのが最良の手段としか考えられなくなる……」

「そして自分のしでかしたことに恐ろしくなり、始発の汽車に飛び乗った、所持金が殆どないことさえ考えずに……」

心配することはなかった。二週間後、妻はアテネに夫を探しに行き、そこから二人でインドに向かって出発したのだった。

第九話　コステフィーグ家の盗難

それは去年の六月。僕がＧ７（ジェ・セット）と、あちこち遠出し始めた頃のことだった。

ある晩彼から電話をもらった。

「カマルグ（フランス南部の三角州地帯）に行くことになった。押込み強盗だ。だけど、カマルグ見物をしたいというのでなければ、無理しなくていいよ、あまり面白そうな事件じゃないから」

僕はついて行った。後悔するはずはなかった。まずエーグ・モルト（フランス南東部、ガール県にある中世以来の城砦都市）を訪ねた、城壁に取り囲まれたこの街は最も好奇心を誘う街のひとつだ。

押込み強盗事件は三日前、正しくは六月二十七日に、街から二キロほどのエーグ・モルトと地中海の小さな港、ル・グローデュ・ロワを結びつけている運河の畔、もっと正確に言えば、リオン湾の奥深くにある南仏風農家で発生した。

この農家の持ち主はアビニョンに住んでいるコステフィーグ氏とかいう人物で、鴨狩りの季節にほんの数日訪れる程度だった。

一年の残りの日々は、ブノワという男とその妻が、管理人兼庭師兼召使いとして住んでいた。

事件自体は取るに足りないものであったが、犯行の行われた状況に地方当局は動転した。

盗品は銀製品、多少値打ちのある銃三丁、かなりの量の布製品、服、その他一切合財が持ち去られた。

だが、まずこの地方についてある程度は知っておいてもらった方がいいだろう。その昔エーグ・モルトの城壁は海に浸っていたが、海がおよそ六キロメートル後退し、そのあとには葦の生い茂る沼地が残された。

この沼地は僅かずつ乾いて行き、その水は海へと注ぎ込む運河に流れていくようになっている。この運河の端に、漁業と海水浴客相手を生業とした小さな町が作られた。それがグローデュ・ロワだ。

よってエーグ・モルトとグローデュ・ロワの間には運河以外何もなく、この運河には小高くなった小道が沿うように続き、また両端には水に浸かった荒廃した低い土地が広がっている。

コステフィーグはなぜ運河の右岸に広がる荒涼とした土地に、農家を建てるような酔狂な真似をしたのだろう？　それは彼の事業のためだ。最初はこの地方で広く行われている野生牛の飼育に力を入れようとしたようだが、その後諦めてしまったらしい。

広大な家には、二つの小塔があり、まがい物の城のように見える。その回りには樹木が植えられ、公園のような外観を呈している。

この地の夏はうだるような暑さで蚊に詳しいと自負するなら、ここの蚊の大群の襲撃について知っておく必要があった。

G７と僕は蚊の煙に燻られてそれこそ貪り食われ、到着の翌日には僕の頰は原型をとどめないほど腫れあがり、G７の片目は全く開けられないほど潰れていた。

押込み強盗は、二十七日から二十八日にかけての夜中に入ったことになる。ブノワ夫妻はその夜、いつものように家にいて、詰問されて認めたところによると、コステフィーグ氏自身の部屋で寝ていた。

その部屋は二階にある。窓という窓と鎧戸は、先ほど述べた虫よけのために閉められている。全ての一階の窓には頑丈な格子が僅か十四センチ間隔で取り付けられていたが、これらの窓のひとつから強盗団の少なくとも一人が、格子をはずすことなく部屋の中に忍び込んだのだ。

そしてすぐ大きな扉を開けに行ったのはおそらく子供だ。

強盗たちは誰にも邪魔されずに、どのくらいの間ここで仕事をしていたのか？　それはわからなかった。いずれにせよ、ブノワが階下の食堂に使っている部屋での軽い物音で目を覚ましたのは一時きっかりであった。

彼は妻を起こし、銃を取って寝室から出ようとした。鍵は部屋の中にあった。ところがドアは頑として開かず、彼は無駄な努力に体力を使い果たした
そこで窓の方へ駆け寄ったが、鎧戸も同じように開かなかったという。

そんな場面を誰が想像できただろう！　下の強盗たちは誰にも邪魔されず、物音を聞かれないように気をつける必要も全くなかったのだ。

ゆうに三十分は経った頃、ようやくドアの蝶番をはずして外にでることができたブノワが見たものはドアに横向きに打ち付けてある頑丈な木片だった。

窓も同じだった、いつも庭においてある梯子を使えば二階の窓に手が届く。

当然、強盗たちはもう逃げ去った後だった。どの部屋も大損害を被っていた。強盗たちはくつろいで仕事をしたらしく、どんな小さな片隅、そして食器棚の中までも見逃がすことなく、ジャムの瓶ま

で持って行った――盗品の数は百五十点にも及んだ。

番犬は毒の餌を与えられて死んでいた。

事件の顛末を聞いている間のＧ７は何だかとても楽しそうに見えた。

「で、捜査はどこまで進んでいるんですか?」彼は巡査部長に尋ねた。

「数十人の放浪者をつかまえてみましたが、何も引き出せませんでした。ジプシーたちの馬車五台を隅々まで調べました。それは継続します、というのは先月、サント・マリ・ド・ラ・メールで大きな祭があって、ここからは十五キロのところですが、近辺にはまだジプシーたちがうろうろしているんですよ。警部のご意見は如何ですか?」

気の毒な警官! Ｇ７からの答えは一言程度だろうと思っていたが、返ってきたのは確かにはっきりとした一言、しかし僕にはひどく皮肉っぽく聞こえる一言だった。

「続けて下さい!」

彼にしても警官より捜査が進んでいるとは思えなかったし、一日がかりで家中を調べ回った結果も芳しいものではなかったようだ。

この土地の人々の中には、恐らくブノワは悪人で、自作自演の芝居を打っているのではないかと囁きあっている者がいた。

また一方では、ワイン販売をしているコステフィーグ氏が、商売に行き詰まり、破産するのを恐れて、自ら荷物を運び出したのだと指摘する人々もいた。

実際、様々なデマが飛び交っていた。

次の日だった。僕が、この僕が、偶然のいたずらとしか言いようのない、ひとつの発見をした。街

図表　No.1

の歴史案内書を手にエーグ・モルトを訪ねていて、男性の背ほどの高さの城壁の一つにナイフの先で刻んだ一揃いの記号を見つけたのだ。

その瞬間（とき）は単純にこれらもまた歴史的なものだろうと思っていた。すると、通りがかりの人が一人、僕が失態を犯したように微笑みかけたので、子供のいたずらなのだろうと考えた。

まさにその瞬間、運命の女神がG7を連れて来てくれたのだ。それから半時間後、G7の考えで記号の写真を撮り、その後ゼラチンで問題の石の型を取った。

これでできる限り正確に再生した形を、図表ナンバー1として見ることができるはずだ。

その日のうちに、南仏の全ての警官に壁や柵、道に転がっている石、更に木の幹などに城壁にあったものと多少なりとも似ている記号を探すようにという指令が下った。

この指令はG7が馬鹿らしさをものともせずにその日のうちに出したもので、彼は警官達の間で物笑いの種となった、四日の間は。

というのも情報が押し寄せてきたからだ！　しかし妙なことに各方面から送られてきた、違う場所で違う警官が取ったはずの写真は、全く同一のものだった。

僕にはそれが帽子のように見えた。何はともあれ問題の図表ナンバー2

図表　No.2

はこれである。

Ｇ７は苦労してコステフィーグの農家の捜査を続けることはもうやめた。そして身を落ち着けたのは、とりあえずかなりの涼しさが享受できるエーグ・モルトの警官隊執務室の一部屋だった。

イギリス人やドイツ人で満杯の車がひっきりなしに窓の向かいにある広場に止まった。観光客たちは街の中へ散って行ったのだが、僕はその中の坊主頭の中年男性を覚えている、というのも彼が、その時刻まれた石の模様に異常なほど興味を示したからだ。

「盗難があったのですか？」その男はドイツ語訛りで僕に訊ねた。

僕はびっくりした。だが男の方は僕の質問には答えてくれなかった。教えてくれたのは男がガリシアの田舎医者であるということだけだった。

五日目、カルカソンヌ（フランス南部の都市）から報告資料が届いた。市庁舎の石のひとつを撮ったもので同封の写真にいつもの帽子とは違った記号が写っている、今までのものよりずっと興味深い報告だった。

記号は、図表ナンバー３で、Ｇ７はこの記号に七時間以上集中していたが、とうとうそれを携え、司祭のところへ赴いて行った。

その間も、相変わらず放浪者やジプシーの足止めは続いていた。警官は大型トレーラーを調べたり、各主要道路で怪しげな人物を捕まえては片端から尋問していた。

コステフィーグ氏は、アビニョンの新聞を通して警察の生ぬるい捜査を批判し、

図表　No.3

こんなに荒廃した地で自分の農家から盗まれた多くの、そして各種の品々を発見できないのはとうてい納得できないことだと述べていた。

この話は司祭のところから戻ったG7を喜ばせ、もうパリに帰るしかないと言った。

「調査を投げ出すのですか？」

「一時的にね……」

「犯人を知っているのですか？」

「わたしには、どっちにしろ、いつ、どこで見つかるかわかっている……。犯人たちの口からそう聞いたんだ……」

「それで盗品も見つかるのですか？」

「多分ジャムを除けばね、そう！　間違いなく！」

それは警官隊の意見でもコステフィーグ氏の意見でもなかった。そしてアビニョンの一地方紙は捜査という口実のもと、快適な保養地で過ごすことを申し出たパリの警察官を思い切り皮肉っていた。

G7が素晴らしいグロオ・デュ・ロワの海で海水浴をしているところを描いた風刺画までも紙面に載せた。タイトルは一言「捜査中」。

気の毒なＧ７（ジェ・セット）！　ここひと月、彼が海水浴をしたのはたった一度で、それもサハラ砂漠のような猛暑の中だったのだからどう考えても当然のことなのに！

一カ月の間、僕はG7がカマルグに戻ろうと言いだすのを待っていた。知らせがないのは失敗したという事かも知れない、彼は僕から見るととても繊細なだけに、その繊細さが失敗を仄めかすのを邪魔していることも考えられる。

僕の方はこれら謎の文字を前にして〈憔悴しきって〉しまっていた。

ところが、それから数カ月経ったある晩、いつものように彼が僕に電話をしてきた。

「もしもし！……ちょっと南フランスに行ってみないか？」

十二月二十五日の真夜中、僕らはサント・マリ・ド・ラ・メール教会の回りを行き来していた。広場の四隅には警官が立っている。

零時十分には、警官たちがジプシーの四台のトレーラーを囲んでいた。数台は来たばかり、あとは前日から来ていたものだった、そしてその中の一台から、少数の例外を除いて、コステフィーグ家から盗まれた品が全て発見されたのだ。

「解読に苦労した記号は二つだけだった」警官たちへの挨拶をひと通りすませたあと、宿で夜食を取りながら僕はG7の説明を聞いていた。最初のは産着（うぶぎ）を着た子供、二つ目は短剣という意味だった。

「最初のメッセージは子供じみたものだ。十五世紀と変わらないジプシーの風習がわかりさえすればいい」

「図表ナンバー1はそれを描いた者の紋章だ。鍋。つまり金物屋に関係している」

近辺にはまだジプシーたちがうろうろしている……

「最初に日付〈六月二十七日〉が来て、それから距離〈二キロメートル〉、それから方向〈運河を横切る〉そして最後に場所の指定〈ふたつの小塔のある家〉」

「鍵は不法侵入による盗みに関係したことを意味し、次の記号は集合が日没頃であろうという意味だ。最後に犬が描かれている」

「下に引かれた線の下は返事、というよりいくつかの返事だ」

「説明しよう。最初のジプシーはこう書いた」


金物屋は六月三十日、この家に不法侵入を伴う盗みに入るための仲間を求めている。日没に集合。番犬あり。


「他のジプシーたちも、返事をすれば参加できる。それぞれが紋章をメッセージの下に描く、それで私は前もって、それが髭を生やした男、籠編み職人、車大工、そして最後が刃物屋または研師であることがわかっていた」

「盗みの発案者は数日後にそこを通るだけで必要な人数が集まったかどうか確認できる」

「そのあとのことも全てがジプシーの流儀で行われる」

「いつものように、盗品の分配も後でしか行われない。だがいつ、どこで?」

「あちこちで見つかったジプシーの描いた警官の三角帽子は盗みとは何の関係もなく、警官がきりきり舞いしていることを示していたんだ」

「分配は後で行われる。最後のこういうメッセージを読んでみてくれ」

金物屋、クリスマスの夜〈子供の生誕〉、メール教会、分配する。

「繰り返して言うようだが、子供の記号がなかなかわからなかった、その意味を解読してくれたのは司祭だ」

「短剣について、わたしは長いこと犯行か、最初の研師を暗示しているものと思っていた」

「だが短剣は利益の分配も示していた……」

「実に単純な話じゃないか？」

第十話　古城の秘密

事件は多少の差はあれ強い印象を残すものである、けれど、僕にとってそれは、保存されている調査記録よりも記憶の中で常に息づいている。よくあることだが何も知らされず、当局に届いた大雑把な資料のみで、自分なりに事件に関係する人物像をその気質から想像し、新しい環境、知らない土地に降り立つ。

待っているのは気の高ぶった人々だ。街、あるいは村は噂の嵐の真っ只中にある。そしてこの風聞が解決を必要とする利害関係を包み隠しているのだ。

僕らはいささか不安な気持ちで汽車を降りる。いわば、賭けに臨むような気持ちで。

ある日、僕はこのことをＧ７（ジェ・セット）に話したが、彼は全く関心がなさそうに答えた。

「気のせいさ」

とはいっても、Ｇ７は僕に勝るとも劣らず同じ思いを抱いている、それが証拠にそのような時の彼はいつも沈黙を決め込むのだ。

今回は、背景と惨劇の最小限の内容が示されたのみだったが、それだけで強い感触を得るには十分だった。僕たちが到着したのはたまたま夕方の七時だったがもう十月だったので、辺りは暗かった。

まずは乗り心地の良いとは言えないバスで町から村へと赴いた。村では人々が待っていて、僕たちの様子を窺っていたが、城の方へ向かって歩き始めると、距離をおいてついてきた。

G7が誰にも何一つ訊こうとしないので、人々は驚いていたに違いない、彼は村人から得られる情報を無視して、まっすぐ目的地へと進んだ。

宵闇に包まれた田園。街の住民には聞き慣れない、鳥の羽音……。

そして風で折れ曲がったポプラの暗い並木道。この道の行きつくところに巨大な黒い塊と灰色の雲にくっきりと浮きあがる小塔があり、窓の一点に灯りが見える。

僕たちについてくる黒い影たち……。村人たちは全員そうしないではいられなかったのだ、静かに、間をおいて……。

遂にG7が槌を持ち上げ、重々しく打ち下ろした……。少なくとも五分間は待たなければならなかった。僕が覚えているのは、G7がいつも銃を入れているポケットの中で手を握ったことだ。何が待ち受けているのか僕たちには見当もつかなかった
この事件について知っていたことは、悪夢か幻覚、または狂人用の独房という類のものだ。一言で言えば、三人の男がこの城の僕たちが今立っている正面玄関で突然姿を消した。そして人々から三人の失踪に四人目が関係あるのではないかとの告発があったのだ。

四人目というのは城主のブュック伯爵で、動機はまだ謎だが、城の使用人殺しの疑いがかかっていた。

窓の縁から身を乗り出している伯爵の姿が僕たちの目に入った。バスの運転手が、彼は必ず銃で応戦に出るだろうと警告してくれていたのだが、そんな気配はまるでなかった。少し経ってから玄関ドアが細めに開き、暗い玄関ホールに背の高い人影を見分けることができた。人影は僕たちに言った。

「もしかして警察の方ですか？　どうぞお入り下さい」

玄関ドアは僕たちの後ろでぴしゃりと閉まった。それからもうひとつのドアが押し開けられ、僕たちは煌々と照らされたゴシック様式の書斎に足を踏み入れた。

伯爵は大きな男だった。青白い顔はおそらく生まれつきに違いなく、瞳には疲れの色が浮かび、全体の身のこなしからは倦怠感がにじみ出ていて、そのせいだろうか、どこか気品が感じられた。彼は僕たちに座れとは言わないまま椅子を指し示した。そしていきなり、気乗りしない調子でぞんざいな言葉を投げかけてきた。

「君たちを待っていたんだよ……。あの連中が――」伯爵は庭園を指さした。そこには夜の闇の中、静かに一団をなしている村人たちの姿があった。「――わたしの私生活に首をつっこんできたのも無理からぬ話だった……」

彼は座らずに、部屋を行ったり来たりしていた。

「もしまだメキシコにいたら、君たちにドアを開けたりせずに大口径の銃弾を何発かくらわしていただろう……。あちらでは自分の身は自分で守るのが基本だから……」

「だがフランスに帰ってくればまたこの国の生活習慣と風習に慣れなければならない……」

「ひとつ尋ねるが君の警察における身分は何かな？」

「刑事（アンスペクチュール）……」Ｇ７はそれだけ言った。

「少し上の階級を名乗るものが毎回現れてその度に同じ話を何度も繰り返さなくても、もういいんだろうね？……わたしは形式主義が大嫌いだ……二十五年間、世界で最も人のいない土地のひとつ、リオ・グランデ川の河口近くで生きてきた……。そして税金の取り立てやら何やら訳のわからないことで役所から背広でくるような奴に、さっき話したのと同様頭に銃弾をぶちこまれるか、さっさと逃げ出すかを選ばせて楽しんでいた……」

「フランスを離れた時、わたしは破産して、財産と言えばただの廃墟にすぎないこの古い城だけだった」

「わたしはヴァシエという使用人を一人連れて行った。彼とは最近まで一緒だった」

「あちらではありとあらゆることをした。牧畜、探鉱、ゴムや考えも及ばないようなものの栽培。そしてとうとう銀の鉱山を見つけ、わたしは大金持ちになった……」

「孤独だった事は話した。だがわたしはヴァシエと、そして孤独という名にふさわしい三人の男たちと一緒だった、彼等は冒険の仲間であり、同時にわたしの使用人でもあった……」

「スペイン人のホアン……太ったオランダ人ペテール……そしてアウトローを気取ったアメリカ人ジョン・スミット……」

わたしたちは殆どいつも一緒に暮らしていた。一緒に酒を飲み、カードに興じ、寂しさに襲われると、馬に乗って百キロ近く離れた町へと出かけて行った……」

「五十歳で、故郷が懐かしくなり……帰って来た……。そして我々四人はこの城に腰を落ち着けたが、最初にヴァシエが何千フランかをくすねて逃げてしまった。私は訴えなかった……それはフランスの警察の預り知るところではない……」

「その三週間後、わたしは体調を崩し、これまでのわたしの人生など何も知らない医者に診てもらったところ、心臓が弱く、ちょっとした感情の高ぶりで、死に至るかもしれないと診断された……」

伯爵は苦笑いを浮かべた。まるで自分の回りの全てを支配しているかのようだ。彼は小人族に迷いこんだ巨人のように語った。

「どうしろと言うのだ？　医者のいう事はやはり気になるものだ。わたしには家族がいない、だがわたしが死んだとなれば、必ず、どこからともなく従兄と名乗るようなものたちが現れて、財産争いが起こるに決まっている。そこでわたしは忠実に尽くしてくれている三人の仲間を受取人にした遺言書を作ろうと決心した、彼等は少なくとも、飢え、暑さ、蚊、そしてまだまだ数え切れない苦労をわたしと共にして、この財産を築くのに一役買ってくれた……」

「わたしは彼らに信頼を置いていた……そして止めればいいのに遺言書を見せてしまったのだ……」

「一週間経った頃、食事の後に気分が悪くなった……」

「症状は次の日に更に悪化した……」

「その翌日、自分の食事を調べて、ヒ素が混入しているのを見つけた……」

「分かるかね？　わたしの相続人になった途端、抜け目のない三人はできるだけ早く財産を手に入れようとしたのだ……」

「話したように、向こうではわたしの手に裁判権があった。ここでも同じようにした。三人を閉じ込めたのだ。こうして、君たちにはわからないかもしれないが、わたしは奴らにちょっとした仕置きをしてやった……」

「馬鹿な村人たちは、三人の姿を見かけなくなったと騒ぎだした……。そんなことは見越した上で……君たちを待っていたのだ……」

「何故なら、フランスではこういう事件は警察の仕事だ――馬鹿げた話だが――ついでに言わせてもらえば――奴らを連行して好きなようにしてもらいたい」

「これが鍵だ……奴らは窓のない四番目の地下室にいる……」

そう言って伯爵は、葉巻に火をつけながら、こう申し出た。

「よかったら案内しようか?……いや! 何も心配することはない! 死んではいない……。私たちはもっと過酷な目にあっているからね……」

僕にはあの雰囲気を描写する力もなければ受けた印象をうまくまとめることもできない。それから五分もしないうちに電燈を手にして地下室に降り、三人の男を解放した。

彼らは何も語らなかった! 怒りの言葉もない!

伯爵が自分で言ったように、三人の精神力は理解の範疇を超えていた。

僕たちは三人を書斎へと連れて行った。服は汚れて破け、髭は伸び放題という哀れな格好だ。だんまりを決め込むことで唇のしわの間に攻撃的な何かを浮かべている。

「君たち三人はいずれもブウク伯爵を毒殺しようとした……」G7は言った。僕よりも緊張しているようだった。

そのうちの一人のスペイン人が口を開きかけたが、何も言わないほうが有利と判断したかのようにまた閉じた。

だが、アメリカ人はそっとG7に近づいて囁いた。

「おわかりにならなかったのですか?」

そして恐る恐る、伯爵に見られないよう人差し指で額を指し示すという意味ありげな仕草をした。

「少しの間、三人と僕たちだけにしてもらえませんか!」G7は城主に向かってそう言った。

伯爵はうすら笑いを浮かべ、肩をすくめて出ていった、彼の足音が、玄関ホールの大理石に響いた。

この古城はもやは廃墟でしかない。

「頭がおかしいんですよ！　わかりますか？……」アメリカ人が訛りの強いフランス語で言った。「フランスに帰って来るなりああなってしまったんです……。誰でも自分の言う通りになると思っているんですよ、特に僕たちはね……」

「どのポケットにも拳銃を一丁ずついれておかないと気がすまない……。だからこそヴァシエは去って行ったんです……」

「僕らは彼を正気に戻したくて残っているんですが……彼は僕らをずっと見張っていました。二十四時間死の危険があると思い込んでいます……」

「策をめぐらせ、僕たちを地下室に引き寄せて……閉じ込めました……」

「可哀そうな男なんです……こんなことになる前はいい奴でした……あちらでは僕たちは主人と部下というより仲間同士でした……」

「彼には休息と治療が必要なんですよ……」

外では村人たちが相変わらず公園におりた霧の中で待ち続けていた！

「ヴァシエが出て行ってからどの位になるのですか？」

「フランスに着いた三日後です」

「どんな風体の人ですか？」

「背が低くて、かなり太っていて……」

「どこかに家族はいるのですか？」

「知りません……こんな風に扱われるのはもうたくさんだ……と言って、行先も告げずに出て行きました……」

「伯爵はその時はもうおかしかったのですか？」

「もちろん……考えてみれば船に乗った途端に変わっていたのです……」

「で、あちら、メキシコではおかしくなるような予兆は全くなかった？」

「全く……ここの風土のせいじゃないですか……そして地下室で僕たちをひどい目に合せました……。伯爵が苦しんでいるのは見るに忍びません……治療が必要です……おわかりになりますか？……伯爵には責任能力がないのです」

「結局、彼は」Ｇ７は無造作に言った「精神病院に行くべきということですか？……」

三人とも頷いた。

Ｇ７が扉を開けに行き、伯爵を呼んだ。

「伯爵殿……ちょっと来ていただけませんか……」

伯爵が現れた、口元には皮肉っぽい笑みが浮かんでいる。彼は開口一番にこう言った。

「あいつらはわたしの頭がおかしいと言ったのでしょう、違いますか？」

「その通りです！…それに加えてあなたがヴァシエを殺したとも……」

僕にはもはや、ついていけなかった。喉が締めつけられるようだった。まるで悪夢の中であがいているように周りを見回していた。

伯爵は、つとめて心外だとでも言いたげな微笑みを浮かべようとしたが、顔は真っ青だった。

「彼等の言うことを信じている訳ではないということをご承知下さい……」G7は言った。「わたしはヴァシエの居所を知っていますから彼らの話は信じていません」

今度は、四人が一様に身震いし、G7を見た。

「伯爵はいつ死んだのですか?」乾いた声でG7（ジェ・セット）は訊いた。

アメリカ人が一番紳士的だった。偽の伯爵が憤り、残りの二人が逃げ道はないかと辺りを見回している間、アメリカ人は無意識に両手を差し出しながら投げやりにこう言った。

「見事な推理ですな……」


ブック伯爵の遺体は菜園に埋められていた。屍体解剖の結果は後のアメリカ人の主張を裏付けるものだった。伯爵は城に帰って来た翌日心臓発作を起こして死んだのだ。

「だからと言って」G7はパリへ帰る途中車を走らせながらこう説明してくれた。このタイミングで伯爵が死ぬようなことがなければ、彼等が彼を殺したりすることはなかったとは言えない。但しこれは全くの推測だが……」

「伯爵は四人の仲間を引き連れて母国に着く。国を出てから二十五年振りだ、が彼に直系の家族はいない……」

「村人たちでさえ、伯爵を覚えているものはいない……」

「彼は帰国後すぐに亡くなり、遺言状もまだできていなかったので、残された四人は社会的地位を失い遺産相続の機会も逃したことを、ひどく悔しがった……」

「ヴァシエだけがフランス人で、唯一村のことを知っている人間だ……伯爵の遺体は密かに埋葬した……」

「海外生活が長かったので、使用人が主人と入れ替わって、国を離れた主人と思わせた」

「ヴァシエについては用心して背が低くて太っていると表現していたが、ここが注目すべき点だ、伯爵は背が高く痩せていたのだから、これは疑われないための方便だ……わたしは怪しいと思った……正反対のものを疑う性質なものでね」

「ヴァシエの芝居は見事だ……。残りの三人は彼に使われている振りをした……。それから何が起こる？　彼らの間で何が争点になる？……」

「わたしは、ヴァシエがおかしくなったというより、おとぎ話の伯爵という罠にはまり、自分は伯爵だと本気で思い込んでいるのだと思う」

「共犯の三人は彼をからかう。公衆の面前では敬う振りをするが、城の中では一切平等でしかない」

「ヴァシエは怒り、他の者たちも彼に憤慨する……次第に伯爵になり切りつつあるヴァシエは彼らを閉じ込めてしまう……」

「事の次第を理解した三人は、秘密を明らかにするより――それは彼らの望みが打ち砕かれることを意味する――ヴァシエを閉じ込めてしまおうとする」

「精神病院に入ればヴァシエはもう危険人物ではないだろう……そして三人はこれからも事実上の城主でいられる……」

「計画は失敗に終わったよ。奴らは自供したのさ……」

第十一話　バイヤール要塞の秘密

僕ら、G7（ジェ・セット）と僕は今までこれ程恐ろしい事件に出会ったことはない。なおかつ、この事件は今だに僕の胸を最も締め付ける悪夢であり、悲惨きわまる牢獄でさえ、バイヤール要塞に比べれば極楽のように思えるのだ。

それはラ・ロシェル市（フランス西部、大西洋岸の美しい港町）の真向かい、大西洋の中に建っている。レ島とオレロン島という二つの大きな島が海岸線と平行に伸びて海を囲い込み、かつては戦略上の要になっていた、立派な停泊地を形作っている。特にナポレオン時代にはあちこちに要塞が建てられ未だ波しぶきの間にそびえているが、その中でも一番有名なのがバイヤール要塞だ。

そして停泊地のほぼ中心近く、バイヤール要塞から二キロと離れていないところにエクス島という島があり、そこでは百人ほどの住民が漁をして、主に牡蠣を採って生計を立てている。

一番温暖な季節でさえこの島の自然は厳しい。十一月ともなれば欝々たるものだ、というのも大西洋が怒号をたて、エクス島の人々が何週間も海岸に近づけないことさえあるからだ。

僕らが着いた時、事件による興奮状態は、まだ収まっていなかったが、峠は越えていた。

僕たちがエクス島に到着したのは午後十二時で辺りは霧に煙っていた。家々には石油ランプが灯されていて、黄昏時と勘違いしてもおかしくはなかった。

G7は、この島で唯一カッター船（一本マストの短艇）を所有しているジョルジュの家を教えてもらった。彼はその船で底引き網漁をしていた。

彼の家で僕たちは火にあたりながら、妻と三人の子供に囲まれた四十代の、がっしりとして力のありそうな、一見粗野に見えるけれど驚くほど物静かなジョルジュに会った。

なぜか、彼はおぞましい事件の犯人として糾弾されていた！　妻の目からは生気が失われ、子供たちまでこの家に重くのしかかっている疑惑の気配に押しつぶされそうになっているように僕の目には写った。

会話も殆どなかった。

「要塞を案内してもらえませんか？」

ジョルジュは身震いひとつしない。

「今ですか？」

「ええ、今です」

G7は警察の徽章を見せた。ジョルジュは立ち上がり、防水服を鉤からはずして肩に羽織り、木靴を長靴に履き替えた。彼は僕たちの都会の服装にちらりと目をやりこう言いたげに肩をすくめた。

（それはまずいな！）

それから十五分ほど後、僕たちはカッター船のデッキで、否が応でもワイヤーロープにしがみつくしかなかったのだが、ひっきりなしに大きく揺れながら霧の中に少しずつ浮き上がってくるバイヤール要塞の黒い城壁を見据えていた。

法廷では頑なに黙して語らないであろうジョルジュの青い瞳の穏やかさに、僕は胸が締め付けられそうになった。

　一週間前、沿岸の沖合を横切っていた一隻のヨットがバイヤール要塞の壁に今も残る鉄製の梯子に繫留した。

　その辺りは岩の多い危険な場所だった。地元の漁民もよっぽどのことがない限り近づかない。その上城壁もいつ崩れ落ちてもおかしくない状態で、狭い開口部から廃墟となした要塞に入れないことはないが、時折あちこちから剝がれ落ちてくる石に当たるのを怖れて、中に入ってみようという物好きはいなかった。

　ヨットの乗組員たちはこの地方に疎いために、前述のような用心をせず、その結果途方もないものを発見した。

　要塞の中に生き物がいる！　一人の人間が！　女性が！

　この証言の意味を合点するにはこの場所をその目で見たという事実が必要不可欠だ。

　新聞紙上では引きもきらず、大西洋で孤独に生きる灯台守の運命を不憫に思う旨の投稿が載せられた。しかし少なくとも灯台には人が住める！　兎にも角にも灯台には時々人が訪れる！

　バイヤール要塞にはたくさんの隙間から風が吹き込む。雨は僅かな梁の残る屋根から降り注ぐ。

　女性は一糸纏わぬ姿で、見知らぬ人を見たときに取った最初の行動は逃げることだった。今僕たちが彼女の牢獄だった場所の方へ漕ぎ進んでいる時、彼女はラ・ロシェルの療養所で医者たちに囲まれていた。

　十八歳の若い娘だ。

　それにしても何という娘だろう！　言葉を何一つ知らない！　追い詰められた動物のような脅えた

眼差しで周りを伺っている！　食物を与えると貪るように食べる！

冒頭で言ったように、事件がほぼ片付いた時点で僕らはここに来た。

娘の写真は新聞という新聞に載せられた。

そして既にアムステルダムから、彼女を知っている、謎の少女の名前を知っている、という男が来ていた、彼女の名前はクララ・ヴァン・ジンデルタアルといった。

「梯子につかまってもらえますか……」

ジョルジュが舵にしがみついた。僕たちは要塞に辿り着いたのだ、要塞にぶつかって砕け散る波が今にも僕たちの舟を壊しそうだった。

G7が鉄製の梯子につかまり、そこにもやい綱（船を港につないでおく綱）を結びつけた。

そして現場検証だ。何と言ったらいいのだろう？　牢獄？　いや違う！　牢獄には屋根があるではないか！

四枚の古ぼけた壁。崩れ落ちた石。海草、あらゆるものの残骸。

僕はどこかの片隅で娘がうずくまっている姿を思い描いた……。

僕はきちんと娘に食事を運んでいた男の姿を想像しようと、無意識にジョルジュの方へ向き直った。

彼は僕たちを取り囲んでいるものに対して一切関心を示していない。

ヨットの乗組員たちが、クララ・ヴァン・ジンデルタアルを見つけた時、彼女の側には一カ月も経っていない保存食があった。

この漁師を責め立てる噂が人々の間に流れた、というのも海域の危険性を顧みずに要塞の周りで底引き網漁をしていたのは彼一人だということが人々の記憶にあったからだった。

四枚の古ぼけた壁、崩れ落ちた石……

僕は彼の表情を窺った。ついさっき子供たちに囲まれているところを見たこの男が十三年の間、毎月のようにここへ彼女のために食料を運んで来ていたという事があり得るのだろうか。十三年！　クララはその時五歳だった！　ジョルジュの子供と言ってもおかしくない歳だ！　何と忌まわしいことだろう！　僕の胸は痛んだ。この呪われた要塞から一刻も早く離れたいと思った。

ジョルジュはすでに検察官たちから尋問を受けていた。そして彼の解答は事件解決に何の望みももたらさなかった。

「何も知りません！　そんな女性は見たこともありません！　わたしは要塞の周りで漁をしていました、でも要塞に入ったことはありません……」

彼は自分の供述をこう締めくくり、捜査官たちを戸惑わせた。

「わたしがこの娘をいったいどこで探してきたというのですか？」

確かにこの娘はジョルジュが未だかつて行ったこともないパリから連れ去られたのだ。Ｇ７は僕にこの誘拐の記事が載っている古い新聞の切り抜きを見せてくれていた。

『昨日フリーランド通りのあるホテルで、不可解な誘拐事件が起きた』
『このホテルの二階には数日前からオランダ人のピエテル・クレエセンス氏が、姪に当たるクララ・ヴァン・ジンデルタアル嬢と同じ部屋に投宿していた。ジンデルタアル嬢は五歳にして孤児だったので、クレエセンス氏が後見人になっていた』
『ホテルの部屋係がジンデルタアル嬢の面倒を見ていた』

『昨日、クレエセンス氏の外出時に、この部屋係はジンデルタアル嬢を一人部屋に残したまま厨房に降りて行った。一時間程して戻ったところ、ジンデルタアル嬢の姿は消えていた』

『ジンデルタアル嬢の特徴は以下のとおりである。歳の割に背が高く、痩せ型で髪はブロンド、目の色は青。白い絹の服を着て白い靴下に黒いエナメル靴を履いている』

『警察は捜査に乗り出した』

ピエテル・クレエセンス氏は彼女が発見された三日後にラ・ロシェルにやって来たが、その時の新聞記事によればクララ・ジンデルタアルはまだバイヤール要塞の見知らぬ女という扱いでしかなかった。

彼は紙面を騒がせているヨットマンたちの奇妙な発見談を読んだ。そこには若い女性の写真が載っていた。

またその女性の左の手首に古いやけどの跡が見受けられるともあった。

それが彼の、彼女を特定する大きな決め手となる。クレエセンス氏によるとクララがまだ四歳の時、アルコールランプが爆発した際負った傷だということである。

これが事件のあらましだった。当然様々な疑問が湧いてくるのは想像に難くない。

十三年前、誰がクララ・ヴァン・ジンデルタアルを誘拐したのか?

何故彼女をバイヤール要塞に連れてきたのか?

彼女に定期的に食料を運んで来たのは誰なのか?

この驚くべき事件の裏にはどんな利害関係が潜んでいるのか?

一番の当事者である被害者は言葉を全く話せなかった。医師団によるとクララが正常に戻るには何年かかかるということで、専門医の中にはそれも疑わしいという意見もあった。

バイヤール要塞にはマスコミが殺到した。現場写真があらゆる日刊紙の紙面を賑わせた。

ひどく現実離れした推論も出ていた。

とりわけ、ジョルジュが最終的に釈放されたというニュースが人々を驚かせた。僕は知っていた、それは、この事件を聞きつけるとすぐパリからラ・ロシェルへ電報を打ったG7（ジェ・セット）の断固たる要求によるものであることを。

G7はどういう考えだったのだろう？　そして何故最初にとった行動が要塞の捜査だったのだろう？　どうせラ・ロシェルを通らなければならなかったのだから、まず被害者に会うことを優先すべきだったように思われたのだが？

僕にはさっぱりわからなかった。

G7はジョルジュ同様冷静だった。

この二人の男の間にはいくつかの共通点がないこともなかった。二人とも口数が少ない。明るい色の瞳、そしてまた同じように力強く大きな体格をしている。

二人の寡黙さは互いの互いに対する挑戦だったのだろうか？

僕はいたたまれなくなり四方を壁に囲まれた一区画を、昆布で足を滑らせながらぎこちなく歩き回った。空になった缶詰がここではどこよりもずっと悲しい意味を持っている！

空の缶詰は山のように積まれていた。

まだ三時だというのに、もう夕闇が僕たちを包み始めた。高波が打ち寄せる度に船体が壁にぶつかる音が聞こえた。

Ｇ７は頭を垂れ、ゆっくりと行ったり来たりしている。

「結婚して何年になりますか？」彼は唐突にジョルジュの方を振りむいて訊いた。

ジョルジュはびくっとしたがすぐに答えた。

「十八年……」

「あなたは……あなたは奥さんを愛していますか？……」

少しの間言葉を詰まらせた彼の、喉ぼとけが上下するのが見えた。そしてやっと蚊の鳴くような声でこう言うのが聞き取れた。

「……そして……子供たちも……」

「行こう！」Ｇ７は突然そう締めくくって、舟へと通じる唯一の裂け目の方へと進んだ
彼は僕の腕を取り、ジョルジュが帆を揚げている間に囁いた。

「事件はまだ序の口さ！」

話の続きが、吹きはじめた嵐の中でとぎれとぎれに聞こえてきた。その間、僕の目は防水マントで身を強張らせ、脚の間に棒を挟み、帆の膨らみに注意を集中して後ろ向きにじっと立っているジョルジュの姿に釘付けになっていた。

「犯人は自分から白状しているんだ、そうだろう！　君に見せた新聞の切り抜きをもう一度読んでく

れ。少女の特徴のところだ。当時は少女が見つかる様にできるだけ完璧な身体的特徴を載せなければならなかったはずだろう？　靴や靴下についてはは触れている！　だが手首の火傷のことについては何も書いていない、つまり火傷の跡はまだなかったからだ」

「そのおかげで、わたしはここに来る前に真相を摑んだのさ」

「よく聞いてくれよ……。自前の財産のないピエテル・クレエセンスは、大金持ちのクララの叔父であり同時に後見人でもある……。そしてまた少女の遺産相続人でもあるんだ……」

「彼は、厳密にいうところの犯罪を怖れているのだろうか？……。非難を浴びるのを怖れているのだろうか？……わたしにはわからない……」

「いずれにしても彼はクララを要塞に閉じ込め、または誰かに閉じ込めさせて、彼女を言わば運命の手に委ねる……」

「彼女はそこで死ぬ運命だろう……」

「法律で決められた期間を待って彼は財産を相続する。そして国に帰る。少女のことは気にも留めないで……」

「十三年も経って何故急に、彼女がどうなっているか、本当に死んでいるのかを確かめたいと思ったのか？」

「将来この娘だけが相続できる財産があるからだ。この推理には何を賭けてもいいよ……」

「クレエセンスは娘が生きているのかもしれない、誰かに拾われたのかもしれないと考えた……。そして再び要塞を訪れると彼女がいた……」

「但し彼には更に公式に娘を認める必要があった」

「これだけ時が経っているのだから、似ているというだけでは法律的に不十分だ……何か目につく特徴があった方がいい……。例えば傷跡のような……」

「それには娘の手首を焼くだけで事足りる……」

「クレエセンスはオランダへ帰る。共犯者たちがヨットや発見の一芝居を打つ」

「新聞がこぞってその話を取り上げる」

「彼は駆けつける……早すぎる程に！　そして着くや否や傷跡の作り話を持ち出す……」

「それは嘘だ！　繰り返すが、もし誘拐時に火傷の跡があったら、身体的特徴として問題になっていただろう……」

「事件は序の口だということが、今までの話でわかっただろう？　クレエセンスは嫌疑がかかるはずはないとたかを括っている……」

「別の人間に嫌疑がかかっている……」

「ジョルジュのことですか？」僕は訊いた。

Ｇ７は彼に目をやり、声を潜めて言った。

「彼は話さないだろう！……何故か？……かつて、偶然に子供を見つけた……理由はよくわからないが、そのことを誰にも言わなかった……。単純な人間というのは時として、驚くほど込み入った心の回路を持っているものなんだ。作り話と思われるのを恐れたのだろうか？……それもわたしにはわからない……。ジョルジュは子供を養い。子供は徐々に女性へと成長していった……」

「察しがついてきたかな？……」

「おぞましい話だ、それはわかっている！」

「クララはそんなにも奇怪な生活をしていたのに、美しいという話だ……」

「そして彼はここへ毎月、毎週通っていた……」

「ジョルジュは誘惑に勝てなかった。いつの頃からだろう?……彼は言うまい……。無理強いされない限り何も言わないだろう……」

それまで、僕はジョルジュを見つめ続けていた。そして急に海の方を向いた。荒れ狂う風雨の喧騒の中で殆ど放心状態でいることが、僕にとっての慰めになっていた。

第十二話　ダンケルクの悲劇

彼はシモン・コアンという名前だった。G7（ジェ・セット）と僕は、生きている彼も、死後の彼も見たことがなかった。僕らがダンケルクに着いた時、現場は、この言い方が許されれば、警官、役人、医師、そして鑑定人など多くの人々で踏みにじられていた。

G7には、特に地方に関しては、何日か、時には何週間も経った、地元の所轄の手に余る事件ばかりが回って来るというお決まりのハンデがあった。

僕たちはそういう訳で、犠牲者であるシモン・コアンを見ていない。だが彼所有の何軒かの店、彼の写真、部屋は見ているし、何よりもシモンの従兄たちに会っている。そして、彼についての噂も耳に挟んだ。

シモンの一風変わった風貌は想像するに難くなかった。

彼の仕事とその段取りはまさに現実離れしていた。シモン・コアンは港に入って来る船に目を光らせ、錨が海中に沈むか沈まないうちに、誰の目にも止まらぬ早さで船に乗り込むのだ。

シモンのポケットというポケットは商用の名刺で一杯だった。少し変わっていたのは、それらが名前はシモン・コアンで同じだが住所の違う三種類の名刺だったことだ。

税関ボートが着く頃には――税関吏は船の乗組員に息をつく暇さえ与えないのであるが――シモン

は殆どいつも仕事を終えてしまっていた。
この仕事は目立たないように行われるので、知っているのは関係者だけという次第なのである。
第一に、彼はどの食料品が船で不足しているかということ、またそれを納入するのに誰にチップを払ったらいいかということを知っていた――それだけで事は足りた。

一番目の名刺、コアン商会――食料品の卸し――石油並びにガソリン――ワイン、リキュール並びに蒸留酒――メジスリー河岸、二十二番地。

これだけではなかった。シモンはまた船に古いロープ、屑鉄、廃棄物などがあるのを知っていてそれらをいち早く買い取っていた。

二番目の名刺、コアン商会――金属類、ロープ類――新品並びに中古品――サント・バルブ街、十七番地。

最後は、最も巧妙な仕事だ、シモンはまばらなブロンドの髭の生えている二重顎を指で掻きながら、士官や水夫長たちに近づいて低い声で話しかける。相手の言語は何でもいい。彼はイギリス人、スウェーデン人、ドイツ人、ギリシア人そしてトルコ人とも交渉できた。
そして船を立ち去る際は測定線を一、二個、その上にクロノメーター（船の揺れなどに左右されない高精度な携帯時計）、六分儀またはその他の精密機器などを買い取って来た。

シモン・コアンは港に入って来る船に目を光らせていた。

三番目の名刺、コアン商会――美術品――眼鏡製造販売――レンズ――メジセリー河岸十八番地。

これらの商売は全て目立たぬよう、彼一人で行っていた。繰り返すが税関のボートは一時間やそこらではやって来ない、その間にシモンは仕事をすませ、人目につかぬようそっと立ち去ってしまう。

彼が帰っていくのは三軒の商会のうちのひとつだった。商品のケースや袋が積み上げられている食料品店とか、たった二メートル四方のショーウインドウケースなのにも拘わらず中には高級な精密機器ひと財産が並べられている眼鏡店だとか、くず鉄と中古のロープの店、つまるところコアンが一番気に入っている錨やキャプスタン（巻上げ機）、ホーサー（太いロープ）、ウインチ、滑車などが天井まで一杯に詰まっている大きな倉庫などだった。

彼はそれ以外に、水上にある古いボートや解体したモーターやとてつもない機械類なども所有していた。

シモンは何百という船の名前を覚えていて、それぞれの船には、シモンがうっかり口を滑らすことで、面目を失う人間が一人ないし数人はいた。

彼らは金額をごまかした請求書を受け取るだけでは飽き足らず、士官や船長までもが時に甘い誘いに乗って、シモンに測定線（速度測定用のロープ）、コンパス、更にランチ（大型ボート）などを売り渡すことがあった。そして売り渡した品々は、後々船の会計簿に紛失または使用不能として記入されるのだった。

しかしながら人々はシモンについて不潔な小男で、だらしがなく、薄汚いシャツを着て、手に褐色の毛をはやした腰の低い、浅ましいとさえ言える男だったと口を揃えて形容している。

誰もシモンの悪癖や道楽を知る者はいない。彼は独身だった。出身は何でも北の国、ロシア、ないしはリトアニア、またはエストニアかフィンランドあたりだということだった。

シモンのもとには一人、また一人と続けて人がやって来て、それぞれがシモン商会の一歯車として働いていた。

彼らは全員コアンと称し、殆どがシモンと見かけは同じようだった。だが各自、ある者は食料品、また別の者は石油とガソリン、他の者も同様に専(もっぱ)ら決められた仕事を振り分けられていた。

そして、僕たちがダンケルクに到着した日の一週間前にシモン・コアンは殺されていた。

事件はメジスリー河岸で起こった。サント・バルブ街の食料品店の方がずっと広かったがシモンはロープと鉄くずのがらんとした倉庫の奥を住処(すみか)と決めていたからだ。

そこはかつて船で使われていた仕切り板で、狭い事務所――テーブルと椅子二脚と金庫が置かれている――と寝室に使われている部屋、そして食堂と居間に隔てられていた。

朝、この事務所で、肩甲骨の間を船員用ナイフで刺されて死んでいるシモン・コアンが発見された。

僕たちは、金庫の前の死体のあった正確な場所を教えてもらった。金庫の扉はまだ開いたままだった。

従兄たちの一人が、朝十時頃シモンの姿が見えないのに驚いて、倉庫を訪ね、事務所に入って死体を発見、警察に通報した……。医師がすぐに死体を検証し、死亡時刻は前日の夕方に遡ると確定。また、コアンがナイフで刺される前に顔面を殴られていることも判明した……。

僕たちにはあいにくだったが仕事のお膳立てはもう整っていた。予審判事の机の上には既に、警察の調書、専門家の報告書などと一緒に膨大な書類が積みあがっていたのだ。

金庫は壊されたのではなく、鍵で開けられたということだった。そしてその中身はどうでもよい書類も含めて全て消えていた。

やっとのことで僕たちは被疑者である水夫長に会わせてもらうことができた。彼は事件の翌日に逮捕されていた。

被疑者はディクソンというイギリス人で、その日の前日の夕方、シモンに会いに行ったことを認めている。彼によると彼の船アキタン号へ来たシモンに、もっと早い時間を指定されていたということだった。

アキタン号は石炭を搭載してイギリスからやって来た。いつも通りシモンは船に飛び乗り、内々の商売に専念していた。

ディクソンはシモンに近づき、声を低めて話しかけたという。

「金が入り用だったんです！」彼は予審判事に言った。「出航の前の日に馬鹿をして一カ月分の給料の前払い分を使い果たし、妻子に送る金が一銭もなくなってしまって……」

ディクソンは結婚してリッチモンド近郊の小さいが小綺麗な家に住んでいた。普段の彼は真面目で、何につけても控え目な水夫だった。船が出港する時間になって、彼が酔って帰って来たのを見て皆は驚いた。

「シモンが何でも買い付けることは知っていました……。なので、わたしは新品同様の六分儀を仕込んでおいたのです……」

「所有者は誰ですか？」

「会社です！」

「ということは、盗んだのですね！……」

ディクソンはうなだれた。

「初めてだったんです……。でも殆どの乗組員がしていることだったので……。お分かりですか！ 船には腐るほどたくさんの機材があるのです！……」

「シモン・コアンとの商談は成立したのですか？」

「彼は値段に関しては言いたがりませんでした。そしてメジスリー河岸で夕方会う約束をして……僕は六時きっかりにそこへ行きました、六分儀を持って……。六分儀はどんなに安く見積もっても二十ポンド（当時で約五十万円弱）はする品物でした。それなのにあの盗人まがいの男はなんと八十フラン（当時で約二万円）という値を付けたんです……。おわかりになって頂けますか？……六分儀は僕の手にありました……。というよりむしろ既にあの男の汚い手の中にあるのと同様でした……。もう船に戻すことはできません……逮捕される危険を犯していました。八十フランですよ！……それだけでは何もできません！……」

「奴はそれを心得ていました……。僕をじっと見つめましたが、僕が折れざるを得ないのを知っていたのです……」

「それからは、訳がわからなくなって……奴に飛びかかっていました、顔にパンチを喰らわせると奴は床に転がりました……」

「盗もうという気はありませんでした。あいつを殴った後で、八十フランをとり出す時に開けた金庫がそのままなのに気が付きました」

「僕はポケットというポケットを札束で一杯にして……逃げました……」

「誓ってナイフで刺したりはしていません、殺してなんかいません……」

当然、ディクソンは拘留された。この件の彼に関しての意見はわかれた。ディクソンの船は祖国に向けて出航してしまっていた。

僕たちは独房にディクソンを訪ねた、だが彼は僕たちの質問には一切答えなかった。ひどく落胆していたからだ。そしてとうとう一種のひきこもり痴呆状態に陥り、一言も話さなくなってしまった。予審判事室でも同様だったので、予審は長引かざるを得なくなっていた。

こういう場合によくやる事だが、僕たちはあり得る限りの事件解決の糸口を探した。

それが功を奏して、シモン・コアンに、その地味で控え目な様子からは想像がつかないが、恋人がいることがわかった、彼女は四十代の寡婦で少額の年金をもらっていたため、シモンは彼女に月々最小限の手当を渡すだけですんでいた。

その恋人はメジスリー河岸のシモンの住まいの近所に住んでいたが、シモンに固く禁じられていたため彼の店に入ったことは一度もなかった。

会いに行くのはいつも彼の方で、時折、日没の頃を選んで、こっそりと訪ねるので彼の行動に気づいていたのは近所に住む二、三人だけだった。

彼女は美人ではなかった。世にいう勝気な女だった。彼には横柄に接していて、自分は世間を憚ることは何もしておらず、自由の身になった以上誰にも何も話す気はないと、きいきい喚（わめ）き散らしていた。

とはいえ、結局判事の質問に答える羽目になった。彼女は事件のあった夜、シモンには会っておらず、映画からの帰宅途中倉庫のドアが開いているのを見て驚いたという。

だが中には入らず、すぐに帰って寝たと答えた。

「あなたの愛人は夜扉を開け放していることがよくあったのですか?」

「たまにありました。かなり遅くなってから客が来ることがあるので……時には真夜中に商品を持ち込む人もいました……」

もちろんコアンの従兄たちも、三人いたが、事情聴取を受けていた。三人とも三十歳から四十歳の間だったが、シモンとは違ってフランス語には強烈な訛りがあった。

「シモンは自分たちが旅費のために集めた金を持って最初に村を離れました……。自分たちの汽車賃が十分稼げるようになったら知らせてくれることになっていました。一年後その約束は果たされて……。わたしたちは一緒に仕事をするようになったのです……」

「ところで事件のあった夜、あなた達はどこにいましたか?」

三人の従兄たちは同じ家に住んでいてそのうちの二人は結婚しており、その一人には子供が三人いた。大家族の彼らは、全員が同じ証言をした。

ラジオでコンサートを聴いていたというのである。

新聞はこぞってシモンの体にささっていたナイフの写真を掲載した。

僕たちがダンケルクに滞在中、一通の手紙がイギリスのフォークストーンから届いた。食料品店の包み紙の上に、下手なフランス語で書かれていた。

それはある黒人を告訴しているイギリス人水夫からのもので、その黒人はアキタン号で火夫として働いている時に罪を犯したのだが、例のナイフはこの黒人のナイフに間違いないという内容だった。

スコットランドヤードに電報が打たれた。三時間後、件の黒人はマルティニーク島（フランスの海外県。カリブ海に浮かぶ西インド諸島のひとつ）出身で名前はセバスチャン・コテット、オランディア号に船倉係として乗り込んでおり、二日前からシドニーに向けて航海中であることが判明した。

「わたしは」とG7（ジェ・セット）は、その知らせに動転している予審判事にひどく呆れつつ、こう言った。「三人のコアンの筆跡が見てみたかったのですが」

「でも彼らは読み書きができないのですよ！」

「十中八九そうだ……と思っていた、というのもシモンが持っていた少しばかりの帳簿に彼以外の筆跡は一行も、一文字もなかったからだ。だがまあ仮説をたててみることにしよう」

「その一、気の毒なディクソン君はすでに殴ったのだから、被害者を殺す必要は全くなかったと思う、どうかな？　証人を消すためだって？……。だがそれなら彼は六分儀も持ち去っていた、それだけで十分罪になるからね……ディクソンはすっかり理性を失った人間のような、つまり人生で初めて悪事に手を染めた真面目な人間に見られる行動をとったのだ」

「その二、シモンの愛人はどうか？　彼女は映画の帰りに中に入ることができた、それに扉が開いていたのを見ていたし……。だが動機は何だろう？　金庫の中には盗むものが何も入っていなかったのだから……」

「黒人は関係ない。匿名の手紙の主は親切な人間で、友人のディクソンを救いたい一心だったに違いない。ナイフは、なるほど、コテットのものかもしれない……。だが黒人が、あと少しの酒飲みたさにコアンに売り渡した可能性は大いにある」

「黒人がシモンを殺したのなら動機は何でしょうか?」

「動機? それは誰に対しても課せられる問いだ。今度は三人のコアンにこの問いを課してみよう、文字が読めず、彼等の中で少しだけ頭のいい一人に賭けた単純な田舎者たち」

「彼等はフランスでひと儲けしようと、シモンを送り出すために力を合わせた。そしてこちらへ来て彼と合流し、彼を助けた」

「だが彼らはフランス語の読み書きができない! 別の言い方をすると、シモンは、その気になれば従兄たちを蚊帳の外に置くことができたのではないかな?」

「シモンは犯人達を裏切っていたのでしょうか?」

「事件のあった夜、三人の従兄がやって来る……。シモンが殴り倒されて、金庫が空になっている場面に遭遇する……」

「シモンが意識を取り戻し、事の次第を説明するが……従兄たちは信じない……」

「まるでシモンの狂言芝居じゃないか? 商会から多額の金を一挙に横領するにはいい方法だろう?」

「言葉がわからず、何カ月も、何年も苛ついた日々を送って来た三人は目と目で互いに尋ね合う」

「水夫のナイフが無造作に置かれている……三人のうちの一人が突き刺す……」

「あとは、妻と子供たちにアリバイ作りのため口裏合わせの指示をするだけだ……」

重罪院でも、三人のうち誰が刺したのかを特定することはできなかった。その結果、三人ひと括りとして有罪判決が下ったのである。

第十三話　エトルタの見知らぬ婦人

これは、今までの中でもとりわけ世間を騒がせ、報道記者たちを瞬く間に大量のアマチュア探偵に早変わりさせて、コラムに『文芸風』記事（当時、記者たちがあたかも自らが事件解決の手助けをしているかのような内容を小説風に綴った記事）を書かせ、その鋭い推理を披露させるといったタイプの事件だった。

犯行現場にはカメラマンと、そして映画でも撮るような大掛かりな機材を乗せた車が少なく見積もっても百台は押しかけて来た。良いこともあった。イギリスが、誰もが知る、世界のどの国よりも裕福な国がフランス警察に無償の協力を提供してくれたのだ。

というのも、事件が発覚したのが、ル・トゥケ（北フランスのリゾート）と共に夏の一大リゾート地を成しているエトルタ（英仏海峡に面した、崖で有名な観光地。アルセーヌ・ルパン『奇巌城』の舞台）からすぐのところだったからだ。エトルタの導水路のこちら側はイギリス領の趣をなしている。ここの九月は光り輝く素晴らしい季節だ。ホテルはどこも超満員だった。

しかしながら偶然の女神も今回だけはしっかりとした仕事をしてくれた。死体は、散歩を楽しんでいた人や、最初にやって来た村人に発見されてもおかしくはなかったというのに、見つけたのは、奇跡的に崖沿いの小道に沿ってベヌヴィルから帰って来る途中の警官だったのだ。

ベヌヴィルはエトルタから二キロ半ほど離れた人口三百人の村である。この村は絶壁の上にあり、その辺りは海抜百メートルほどの高さで、崖の縁ぎりぎりに牝牛の群れが草を食みに来る。

この崖沿いの短く狭い道を行くとエトルタの上に着き、そこから突然急勾配になる道を下り、岩の上に直に建てられた〈船乗りの礼拝堂〉を迂回すると二軒の高級ホテルの間に出る。

ベヌヴィルからほんの一キロ来たか来ないかのところで、最近昇進したばかりのリベルジュという警官が草叢の中に何か光るものをみとめた。そのすぐあと、彼は、若く、金持ちで美しかったに違いない女性の残りの肢体が、ただおぞましい有様を晒しているだけの場面に目を凝らすことになる。

卑劣な犯罪、バラバラ事件。他に残されていたのは服の断片、絹のセーター、シュミーズ、そしてとても薄い布地の切れ端だけであった。

リベルジュは一人きりだった。彼は警察学校を出ていて、習ったことを全て鮮明に覚えていた。リベルジュは何にも手を触れず、肘をしっかり締めてエトルタまで走った。

偶然の女神の計らいは続いていた。巡査長は一人で気炎を吐く代わりに、すぐさまパリへ電話をかけたのだ。

五時間後、僕らは現場に到着していた。避暑客たちはその朝発覚した事件のことなど夢にも知らずに海水浴を楽しんでいる。絶壁を登っている人たちもいた。だがいつもの習慣で、散歩客は礼拝堂より先には足をのばそうとはしなかった。

一時間後には死体の写真を撮り終え、各部分の測定もすみ、できる限りの検証は全て終了した。

夜、死体は公示所に安置されたが、新聞には何の記事も載らなかった。

G7(ジェ・セット)にはある考えがあった。その考え通り、翌日次のような広告をこの地方で最も大手の新聞に載せ、またカジノにも貼った。

『エトルタからベヌヴィル間の広い道で、ピンクダイヤの指輪を拾得。毎日午後六時から七時までの間、ムリスホテルに宿泊中のアンリ氏を訪問されたし』

それは嘘ではなかった。指輪は本当にある。それはG7が犠牲者自身の指から抜き取った指輪だ。それ以外に犠牲者の身元のわかるものは注意深く取り去られていた。

この種の事件の場合、少なくとも何の怠りも犯さない殺人者の例が過去にひとつでもあっただろうか？

今度の犯人は指輪を忘れてしまった、もしくは気に留めなかった。

広告の中でG7は注意深く崖の小道のことには触れず、ベヌヴィルを通ってフェカン（ノルマンディー地方のかつてタラ漁で栄えた漁港）へ抜ける内陸の広い道と言い換えている。

「見込みはあるでしょうか？」最初の日の夕方、砂利の浜辺が見渡せるホテルの一室で待機しながら僕は彼に訊いてみた。

G7は曖昧な仕草をして煙草をふかした。一時間が経ち、彼は言った。

「七時だ！　今日は店じまいとするか……」

他方面にもG7の調査の手は目立たぬように伸びていた。そして、街のホテルに滞在中の客で神隠しにあった女性はいないという事実が確認された。ル・アーブル、フェカン、ルーアン、ディエップ、サン・ヴァレリー各都市の警察にも通報がなされた。

だが何の報告も、何の情報もない！

検視が終わった。被害者は推定三十歳前後。死因は絞殺。死後、冷静に切断がなされたことが判明した。

次の日の午後六時、僕らは再び持ち場、G7の部屋のことだが、につき、万一の場合に備えて慎重を期していた。

G7の手の届く範囲にピストルを隠し、僕はすぐにドアに鍵がかけられる場所に位置し、相手の抵抗にあった場合に備えて手錠も使えるようにしておいた。

階下の、広い部屋では滞在客がお茶を飲んだり踊ったりしていた。同時にカジノのオーケストラが、ホテルのオーケストラの音と微妙に入り混じって聴こえてくる。

それにかぶって激しい波に揺り動かされる浜の砂利の音……。

「やっぱり、望み薄ですね……」

僕は、少し苛ついているG7の様子を見て唐突にため息をついた。

彼は何か言い返そうとしたが、僕の耳には届かなかった。ドアをノックする音がその言葉を遮ったのだ。心臓が飛び出しそうになった。僕はドアの方を振りむいた。まさに息を呑む瞬間だった。世に言う女体バラバラ殺人犯が、突然何食わぬ顔でこの部屋の僕らの目の前に、何も知らずに話をしに来た。

どんな男だろう、僕は無意識に男の容姿、言動、そして声色を想像していた。

「どうぞ!……」

G7は立ち上がりながら、手に持っていた雑誌を僕に押し付けた。そしてドアに歩み寄り一礼した。僕は強い意志の力で目をそらせていた。

「お入り下さい、お嬢さん……。広告を見て来られたのですね?……」

さっと振り返ってみると、そこには二十二歳位だろうか、美しく、溌剌とした女性が立っていた、今まさに階下で踊っている人々の中から抜け出してきたような出で立ちだ。

「ええ、広告を拝見しました！……」彼女は強いイギリス訛りで答えた。「私はカレーにいて、イギリスへ発とうとしていたのです……。休暇は終わったので、こんなにすぐエトルタに舞い戻って来るとは思っても見ませんでした……。でもあの指輪は母の形見なので……」

「お嬢さん、申し訳ないのですが、簡単にどんな指輪かを伺ってもよろしいですか?……。慣例なのでご理解下さい、わたしの質問はただ規則にのっとったものなので……」

「プラチナの指輪です。ダイヤが重いので、十二の爪でそれを支えています……」

望みが出てきた。間違いだと思っていたのだ。だがもう疑いの余地はない。

「その通りです！　もう何もおっしゃる必要はありません。すぐに指輪をお渡し致します……」

G7はチェストに向かった。僕はうら若いイギリス人女性を見つめていた、彼女には夏にここの砂浜で出会う海水浴客と同じような上流階級の女性という印象しか受けなかった。これといった特徴に欠け、人目を惹くような個性が少しもない。

G7は指輪を手にしていた。

「あと、記入して頂く形だけの書類があります。その書類と万年筆です。受け取りとしてこの二行に、お名前とご住所を……」

彼女は戸惑う様子もなく、

『ベティー・トムソン、ロンドン市、リージェント通り十八……』と記入した。

G7は彼女が一度たりとも怯えることのないようにして残りを書き終えさせた。そのあと彼女は指

人気のないこの道で言い争っているうちに……

輪をハンドバックの中にしまい、ややためらいつつ中から薄いトカゲ皮の札入れをとり出した。

「失礼かもしれませんが……」彼女は困ったように言った。「でもお金がかかりましたでしょう？

それはそうですよね！　広告をお出しになったのですから……。どうかこれで……」

そう言って彼女は手の中でしわくちゃになった十ポンド札を出した。

「待って下さい！」G7はベルを押してボーイを呼んだ。

やって来たボーイに彼はその十ポンド札を渡した。

「お役に立てて光栄に思います……」

彼女は入り口のところに立っていた。あとはもう帰るばかりだ。G7は部屋の真ん中に立っている。

気まずい沈黙が流れた。

「ロンドンに帰るのですか？」G7が呟くような口調で話しかけた。

「はい、ロンドンに……」

「ホウキンス夫人によろしくお伝え頂けるでしょうか？」

「ホウキンス夫人？……」

「ええ、そうです！　あなたと同じ建物にお住まいの方です！　十八、リージェント通り……ご存知のはずですが……」

「え、ええ、もちろん……」

「感じのいい方ですよね？」

「ええ、とても……あ、すみません……もう汽車の時間なので……」

僕は先の展開が読めずに内心ヒヤヒヤしながら聞いていた。

「通りの曲がり角ところで待っている紳士はお父様ですか？」

「いえ、あの、あれは……あれは、その、わたしの運転手です」

「車でいらしたのですか？」

「ええ、車で……では失礼します……」

彼女は、後ずさりしながら、急いで部屋を出て行った。僕はＧ７がすぐ後を追いかけると思っていたが、彼は逆に窓の方へ走り寄った。若い女性は素早く、上品な老人の待っている車に乗り込んだ。

「後を追わないのですか？」

「ちょっと見てごらん」

「ええ！　急いで逃げていきますね！……」

「左側を見てくれ……」

「ラケットを持った青年ですか？」

「違う！　ゴルフのニッカーボッカーズを履いている男だ……」

「誰ですか？」

「わたしにもわからない！　今の時点では誰でもいい……。タクシーを拾ってくれないか……広場に泊まっている。急いで車のあとを追うんだ……」

「追いつけないと思いますよ……」

「それでも構わない」

僕は彼女の乗った車を見つけるのにカレーまで行かなければならなかった。だがそこには老紳士が一人居ただけで、イギリス人女性は消えていた。

老紳士は背が高く、白髪で髭のない冷たい表情の男だった。彼はドービル行きの切符を買い、僕も買おうとしたところで、船会社の人が、G7からの電報を渡してくれた。

『直ちにエトルタへ戻れ』

もう何が何だかわからなくなった。調査の途中でこれ程まで脈絡がわからなくなった経験は今まで一度もない。

やっとエトルタに帰り着いたのは明け方だった。G7は眠っていた。彼は眠い目をこすりながら起きて来て、僕のナイトテーブルの上に置いてある紙片を示した。

「君が後を付けて行った男について手に入れた情報だ……」

僕は読んだ。

『サー・ヘルベルト・ホワード、五十五歳、元英国下院議員。アメリカのダンサー、三十歳の自称ドロシー・バードと一年前に結婚。彼女の前身は不明。ホワード氏はこの結婚のために政界から退き、社交界との交わりも絶った。妻を連れて、エトルタのマジェスティックホテルに三週間ほど滞在している』

「それで?」僕は訊いた。

「それで、別に！　君が理解しやすいように説明しただけだ……」

「それで何かわかったと思いますか？」

「うーん！……事によりけりだな……、ところで！　今夜誰かにつけられているような気はしなかったかい？」

「全く気づきませんでしたが……」

「窓から外を見てごらん……海岸は無人のはずだよね？」

「ボート近くに漁師たちが集まってますけど……」

「それだけかな？」

「待って下さい！　この窓の下を誰かが行ったり来たりしています……」

Ｇ７は気だるそうに伸びをして片手を煙草入れの方に伸ばし、溜息をついた。

「それなら、何もかもうまくいっているということだ……」


「最初にわたしと君が同時に気付いた点は」Ｇ７は話し始めた。「あの若いイギリス人女性は何も知らないということだ。何も知らないのに嘘をついて、片棒を担いだのさ……。もっとわかり易く言えば誰かに頼まれて、一芝居打った、恐らく報酬をもらってね……」

「ホウキンス夫人はわたしの想像の人物だが、あれで察しがついた……」

「あとはあのお嬢さんが犯人に頼まれたのか、別の人間に頼まれたのか、という問題が残った……」

「門の前に車を止めて、車の中でお嬢さんを待っている老紳士を見てこの紳士は犯人ではないと思った、犯人だったら頭を働かせてもっと注意深く行動するはずだ」

「その一方で、わたしはゴルフのニッカーボッカーズを履いた別の男が、なるべく人波に紛れながら行ったり来たりしているのに気づいた……」

「つまり、お嬢さんとその連れの紳士は見張られていたということさ……」

「わたしは君をカレーに行かせた。君は刑事だと思われていた。わたしはニッカーボッカーズの男が君のあとをつけて行くかどうか見たかったんだ」

「男は君の方に注意を向けたが、つけて行く代わりに、相変わらずホテルの辺りをうろついていた……」

「そいつは、ここに着いた時から私たちに目をつけていたんだ」

「そしてわたしたちが二人だと知っていたんだね……そろそろわかりかけてきたかな？」

「わたしは車のナンバーを覚えていた。スコットランドヤードの仕事は早かった。ものの数分でサー・ホワードに関する有用な情報が送られてきた」

「あとは一連の推論に過ぎないが、ウラを取るのにそう時間はかからないだろう。ドロシー・バードは、アメリカ人のいかさま師まがいの愛人と一緒にイギリスに来る。そしてサー・ホワードに取り入って結婚する」

「有り余るほどの財産！　贅沢三昧の日々！　だが、貧乏時代の愛人が彼女をゆすりに来る……」

「ひょっとするとそいつはサー・ホワードも同じようにゆすっていたのでは？……大いに有り得る事だ。こういう類のアメリカ紳士たちが取る手口を想像して見てくれ……」

「ドロシーは前の愛人ときっぱり別れたい。本気で貴婦人になるつもりでいたのだからね。彼女は男にそう切り出す」

「言い争いの最中に、男はドロシーを殺し、死体を切断して崖の上の草むらに捨てる」

「妻が帰ってこない。サー・ホワードは何かあったと気付く。だが彼はこの不釣り合いな結婚が散々評判を落とす結果しか生まなかったため、単身で帰国するつもりでいた……」

「その矢先、カレーにいた彼の目にわたしたちの広告が留まる。サー・ホワードはその指輪から妻の身元が割れるのを心配する。彼はスキャンダルを恐れているのだから」

「自分で取りに行く訳にはいかないので、船で知り合った、目立たないお嬢さんにお願いする」

「申し訳ないが、窓を開けて呼子を吹いてくれないか？……。ただ注意だけは怠るな！　男は君が、サー・ホワードの後をつけるのを止めて帰って来るのを見て勘付かれたと思っているはずだ……」

僕は窓を開けて呼子（よびこ）（人を呼び寄せる合図として吹き鳴らす小形の笛）を吹いた。ふたつの人影が飛び出してきてニッカーボッカーズを履いた男の背後に飛びかかった、G7の部下たちだ。

だがその瞬間、銃声が鳴り響いた。銃弾が僕の耳もとでヒューという音をたてた。よっぽどすれすれにかすったのだろう、銃弾は耳のわずかな小片を吹き飛ばしていった！

発砲事件の起こった一時間程のち、実を言うと僕は血のしたたる耳をしっかりと押さえながらも何だか得意でたまらなかったのだが、男はようやく自供した。

だがフランスの司法は、フランスがこの男を裁く権限を持つ犯罪が一件しかなかったため、男をアメリカ司法に引き渡すべく、訴訟を取り下げた。

アメリカ司法は今現在、男の釈明を求めるのに追われている殺人事件を少なくとも一ダースは抱えているのである。

十三人の被告

第一話　ジリウク

両雄相見えるといったところだろうか。検事局ではフロジェ予審判事が今度こそ失敗してその鼻をへし折られるのではないかという憶測が囁かれ、ほくそ笑む判事達もいた。

フロジェはデスクを前に、片方の肩を上げて首を傾けるという、およそ居心地の悪そうな姿勢で座っている。

出で立ちはいつもと同じ、黒と白だ……。白い肌、ブレッソン風に刈った髪、ぱりっと糊付けされた白シャツ、きっちりとした三つ揃えの黒いスーツ。

そのせいで若干時代遅れに見えるのは否めない。定年はまだなのか、彼を知る人はいつもそう考える。無理からぬ話だ、彼は五年も前から六〇歳近くに見られているのだから。

僕はよくシャン・ド・マルスにあるフロジェ宅を訪ねたが、敢えてここに個人的な印象を述べさせてもらうと僕が自分の言葉で語る意見にまるで興味がない、といった彼の態度は、他の誰よりも僕を意気消沈させた。

僕がある話をする。フロジェは僕を励ますように見つめてくれている。話し終えて僕は彼の意見を、彼のコメントを、そして微笑みを期待する。

すると彼はいつも僕を、景色か証拠物件でも見るようなまなざしで見つめ、最後にかすかな溜息をつくのだ。断言してもいいが、それで人は残りの日々を下を向いて過ごすはめになる。ただのため息、ほんの僅かな空気の動きだけで！　僕はその態度をこう解釈していた。
『それをわたしに話すのにそれほど苦労していたとはね！』
だがそれは彼の表面的な一面に過ぎず、僕が見抜いたと確信した彼の真の姿について話す機会はそのうち来るだろう。

　いずれにせよ、その日の彼の執務室で行なわれたのは、僕が述べたようによそよそしいとさえも言いがたい応酬だった。

　その日の被疑者はジリウク。前の週あらゆるマスコミでとりあげられた、ユダヤ系ハンガリー人（またはポーランド人、リトアニア人、ラトビア人、実は誰も本当のところは知らない）の肝の据わった山師で、二〇歳（はたち）ですでにヨーロッパの六か国から追放命令が出されていた。

　彼は（三五？　四〇？　三〇歳？　それより若い？　それとも、年上？）フランスの首相に、商売としている外交文書の売り込みを申し出た後、パリの高級ホテルで逮捕された。

　事実か誤認か？　世論は分かれた。ジリウクはすでにイギリスにソビエトの外交文書を売り渡し、それが原因でイギリス内閣は危機に直面し、ソビエトとの外交関係の均衡も保てなくなった。アメリカに日本の外交文書を売り渡し、日本にはアメリカの文書を売った。当局は彼の足取りをブルガリア、セルビア、ローマ、マドリッドでつかんでいた。

　ジリウクは、押し出しが良く、気品があり言い表せないほど優雅で、大変な贅沢品を身に着けていたが、言葉には全体的に強い訛りがあった。

　彼は各国の国主、首脳からの書簡をもらっていた。ジリウクは世界のほぼすべての外交の中枢に入り込んでいたのだ。

逮捕されるとすぐに、彼は攻めの姿勢に入った。

「私を釈放してこの件を終わらせて下さい。さもないと後悔することになりますよ！」

それは必ずしもはったりではなかった。実際、Ｂ２（一九三一年から一九四〇年の間に存在したフランスの対外軍事情報機関）のために周りを敵に回し身を粉にして働いたと主張しているだけあって、情報局とは深い関係にあった。

この件に関わりたがる判事はひとりもいなかった、このような事件を裁く正義感の強い判事のキャリアには失脚という悲しい末路が待ち受けている。

相手はジリウクだ。ロンドンの一流デザイナーブランドの三つ揃えを身に着け、入念に身だしなみを施し、うっすらと笑みさえ浮かべている。

最初の一時間、フロジェは彼に一言も話しかけずに、細かく、ネズミが少しずつかじるような正確さで、被疑者から背表紙にある彼の名前が逆さに見えるようにして機動隊の報告書に目を通していた。

〈ジリウク事件〉

フロジェは初めて読むかのように報告書を読み、それからジリウクに向けて鉛のように重い視線を向けた、彼だけに。いわゆる鋭く見通すような視線ではなく、怯えさせるほどの光を帯びてもいない。獰猛（どうもう）さもない。穏やかな視線、ゆっくりと対象に向けられ、そのまま何時間でも留まっていられるような視線だ。

フロジェが最初に口を開いたのは、ジリウクが計算しつくされた無造作な態度で最高級の煙草に火をつけた時だった。

「煙草はちょっと……」

この山師の人生でこんな風に気分を害されたのはおそらく初めてのことだったのだろう。ジリウクは今まさにここで、虚勢を張ってでも肝心なことをはっきり言っておかなければならないと感じた。

「言わせてもらうが、そちらは私に関して何の結論にも達しないだろう！　私がフランスに外交書類を売りたがっていたというのはでたらめだ。そういう次第だから私を有罪に持ち込むことはできない。ドイツにフランスの外交政策文書を持ち込んだという話もあるようだがそれもデマだ。そんな文書はあり得ない！　たったひとりの告発者はＢ２にいて、私は彼が両国から利益を得ている事を明らかにできると自信を持って言える。私が軍事情報局に多大なる貢献をしたという自負があるように……」

返答はなかった。フロジェの視線は全体に目を通した報告書に再度注がれている。

また一時間が過ぎた！　ジリウクは好奇心、興奮、激情、一言でいえば人間本来の徴候を表わして報告書の中身を知るべくじっと伺っていたが、無駄だった。彼はもう一度口を開いた。

「万が一私が有罪になったら、一番長くて三年ではないだろうか、Ｘ……やＹ……のように（ジリウクはフランスの裁判所で最近有罪になったスパイたちの名をあげた）そのあと私はフランスにとって高くつくことになるだろうな！」

報告書のページがフロジェの前でカサカサと音を立てた。判事はもう一度ジリウクの身元についての箇所を熟読した、どれもこれも偽物だった。実際彼の出生地がどこなのか確実に証明するのは大変な作業だ。名前も、カリテ、サンビーム、スミット、ケラー、リプトン、ロシェットと次々に変わっている。恐らくそれ以上の偽名を使っているのではないだろうか？

逮捕された際、ジリウクの懐には五万ドルもの現金があった！

向かい合ったまま一時間半、フロジェは彼にまだ一度も質問をしていない。フロジェが読み終えたのは軍関係の報告書だった。ジリウクは、十年前にドイツで逮捕されていたが、奇妙なことに、一カ月後に釈放されており、もっと不可解なことにその間彼の独房をドイツ政府の要人の一人が訪れている。

ジリウクが危険な存在であること、それは確かだ！　ごろつきでほら吹き！　だが自分で言っているように、一度も法の裁きを受けたことはなかった。

フロジェは身動きひとつせず、いつものように左肩を右肩より上げ、ある時は書類に、ある時は被疑者に向かって興味のなさそうな視線を注いでいた。

「被疑者は今の愛人の写真を見分けられますか？」フロジェが唐突に気のない声で質問を投げた。

ジリウクは笑い出した。

「見分けられる訳ありませんよ、判事！　そんなもの！　ドヌー通りのピクラッツで最近知り合った可愛い娘ですがね……滅多に会っていません……」

そしてその笑いはうやむやな、下卑た笑いになった。彼はこともあろうにこう尋ねた。

「判事殿はあの娘の客なのですか？」

「その娘とは何語で話をしましたか？」

ジリウクはまた下品な雰囲気を醸し出そうとした。普通なら決して口にしない表現で再現したが、フロジェは身じろぎひとつしない。

「つまり、その娘がある時君にリルの訛りで話しかけてきて、君が同じ訛りで答えると、娘は動揺した。何故なら彼女は外国人にリルの訛りが通じるとは思っていなかったためだ。そしてひどく不愛想なことを言い返してきた」

ジリウクは黙り込んだ。フロジェも黙ったまま十五分程が過ぎた。フロジェはその、黄色いホルダーの背にきれいな円書体で〈ステファン事件〉と書かれた資料を吟味していた。

ジリウクからも、フロジェと同じようにその大きなタイトルを見ることができた。それはジリウクに、質問に対する答え、最低限の反論を準備する時間を与えることになった。

その資料は八年前の古い物で、その間分類箱で埃をかぶっていた。事件の概要はピエール・ステファンの妻がポーランド人労働者の愛人とのトラブルの末に殺され、愛人は消えてその足取りは摑めなかったという内容だった。

ピエール・ステファンは化学薬品の現場監督で、その工場には砲兵隊将校が派遣されており、ステファンは国防に有利な研究に携わっていたという噂もあった。

書類の中から新しいガスマスクに関する目録が消え失せたというのもその時期だ。

ステファン夫妻はその頃、いつもとは打って変わった豪勢な暮らし振りで、収入に見合わない買い物をしていた。

そして悲劇が起こった。ステファン夫人の死体がぼた山の下で発見されたのだ。

彼女の愛人はあまり顔の知られていない男だった。その界隈をうろつき、生粋のポーランド人労働者の集まる掘っ建て小屋に暮していたが、仲間内で彼がどの工場で働いているかを知る者はいなかった。名前すら誰も知らなかった。

男は事件の当日に姿をくらました。

焦点が新しい側面に移っていることがはっきりと感じられ、その時からジリウクのぞんざいで傲慢な態度が目立ち始めた。

「何がおっしゃりたいのかわかりませんな」皮肉たっぷりの攻撃的な声だった。「お望みであればジャワの下級労働者の訛りでお答えできますよ、フォードで働く労働者の俗語でだってね……」

それは嘘ではない、彼のマルチリンガリストぶりは調書にも載っている、三年前には、中国にいて、蔣介石の私的顧問を勤めていたこともあった。

ジリウクが植民地警察に所属する刑事に捕まった時、ちらりと見えたネクタイのピンがインドシナ先住民のハンドメイドだった際、彼はその民族の言葉で話し始めたと言う。

何を言われてもフロジェは最初からの無関心な態度を微塵も崩すことはなかった。

大抵の判事は常に被疑者を質問攻めにして疲労困憊させることに集中し、時として自白につながるともとれる証言を引き出す。

フロジェは反対に被疑者に考える時間を、考えすぎる程の時間を与える。静寂は何分も続き、質問にかかる時間は数秒のみだ。

ここまではやっと二問だった。好奇心の強いマニアならこの重要な取り調べの最中にフロジェの口から出た言葉を数えているに違いない。

今フロジェはリルの検事局に送った電報の返事を時折ぼそぼそと一人で呟きながら読んでいた。

質問――ステファン夫妻の出身地は？　事件が起きた時はリルにどのくらいいたのか？

答え――出身地はロワール。夫妻は事件の一カ月前にセイント・エティエンヌから来た。リルの工場が新製品作製のため、資本提携しているセイント・エティエンヌの腕のいい技術者たちが欲しいと要請したのだ。ステファンを含む一行は六月にリルに到着した。

　フロジェが声高に言った。三度目の質問だ。

「八年前の六月にどこにいたのか、正確に答えてもらえますか?」

　殺人は六月半ばに行われた。

「ベルリンですよ!」ジリウクは躊躇せずに答えた。「どうしても知りたければ軍事情報局関連の報告書でわかります。あなたが何を言いたいのかは知らないがその方向は間違っていると申し上げたい。私はステファン夫妻など知らない」

　フロジェはページを繰り、情報局から提供された資料の最終部分を参照してから口を開いた。

「ピエール・ステファン。セイント・エティエンヌの軍需工場の現場監督を勤め、仲間内で敵国のエージェントとの関係を疑われるも、彼に関しては何の証拠も見つからず、反スパイ評議会により、六月下旬頃その関係の専門労働者を必要としていたリルに送られた」

「目的はそこでも書類が紛失するかどうか見ることだ」

「ステファンの罪状がはっきりする前に、殊に共犯者たちを見つける前に、彼の妻が誰かに殺されたことで状況は変わり、それからというもの、ステファンの行状に怪しいところはなくなった」

「老ステファンは悲しみに暮れ、事件のすぐ後にパリ郊外のパンタンの警備員になった」

　フロジェはまだ四フレーズしか口にしていなかった。彼は何の表情も浮かべずに立ち上がった。座っているときには想像もできないほど背が高く、大柄だった。

　フロジェはジリウクを毎日見ているごく平凡なものを見るように見つめた。そして嫌な仕事を終えた人間のように、折り返しの付いた黒い帽子を手で払いつつ、億劫な表情を浮かべながらではあった

その資料は八年前の古い物だった……

が、はっきりとした声で言った。

「あなたを、ステファンの妻殺しに関する故殺の罪で起訴します」


「根拠は？」ジリウクは再び葉巻に火をつけながら尋ねた。

その声はフロジェの耳に届かなかったように見えた。彼の頭は今や帽子についた染みのことでいっぱいのようだった。

「何の証拠もないじゃないですか！」ジリウクは食い下がった。

『証拠』という言葉でフロジェは現実に引き戻された。彼はゆっくりと、嚙んで含めるように言った。

「有罪の証拠？ それはこうです、あなたはこの書類のタイトル『ステファン事件』しか読めるはずがないのに、こう言った、『自分はステファン夫婦など知らない』と。夫婦と知っていたのがあなたの自白です」

ジリウクは度を失って身動き一つできない。彼はフロジェにふさわしい相手だったが、それ以降は一言も口をきかなかった。

フロジェの方は勝利になど全くこだわっていなかった。こんな容易い勝利が勝利のうちに入るのか？ 自分の帽子に最後の一瞥をくれてから、彼は口を開くのも惜しいかのように付け加えた。

「子供だってこのくらいのことはわかる。三つの状況証拠と手がかりで有罪にできます、正式な証拠である自供以外でも……」

フロジェは指を折って数えた。

「まず、リル訛りが話せること……その次に、八年前の六月のアリバイを尋ねたときの早すぎる、正確過ぎる答え……三つめは、ドイツのスパイ組織に属していたこと」

そして彼はこう締めくくった。

「良くあるゴシップです。ステファン夫妻が国防に関する金になりそうな書類をドイツの工作員だったジリウクに渡していた。ジリウクはステファン夫妻が疑われてリルに飛ばされたことを知り、愛人であるステファン夫人が告発されて共犯として立証されるのをひどく恐れ、彼女を消す決心をした。ジリウクに利用されていた妻が殺されたあと、夫のピエール・ステファンの素行はもはやなんら疑いを抱かせるものではなかった……それだけです！」

フロジェはベルを鳴らして看守を呼んだ。

第二話　ミスター・ロドリゲス

　ボナパルト通りにある高い建物の七階をフロジェ判事が訪れた。それだけで辺りには気詰まりな雰囲気が漂った。一番衝撃を与えたのは、場違いなのがアパルトマンなのか、それとも黒いスーツに身を包み、回りに、澄んだガラスのような、丸いレンズのような視線を向けている判事なのか、簡単には決めかねる状況だった。

　ロドリゲスを連れてきた二人の私服刑事は踊り場で待機していた。もう十年もフロジェの仕事をしてきた書記は、その存在を忘れさせる手にはめた手袋と同じように、現場に溶け込んでいた。

　ロドリゲスはと言えば、彼そのものがこの異様な雰囲気を仕上げる最後の一コマであり、数日間拘留されていたせいで、とげとげしさはやや影を潜めてはいるものの、彼がその一コマであることを皆が感じていた。

　部屋は五室、天井が斜めなのは部屋が屋根の真下にあるからだった。ダイニング、キッチン、寝室の区別は全くないが、どこも同じ雰囲気が漂い、おびただしい数の敷物があちこちに敷かれ、どれも濃淡の紫がかった赤で統一されていた。彼が選んだ骨董品はどれを取っても風変わりで、あらゆる時代のあらゆる人種の想像力の産物だった。ソファは様々な方向へ向かって置かれ、テーブルの足は低く、クッションは床の上にまで投げ出されている……。

ただ、生活が営まれていた証拠として、ひびの入ったティーポットに付随する空っぽのカップ、栓の抜かれた数本の瓶、プリムスの小型コンロ等が敷物の上に放り投げられ、歯ブラシが一本、シャンパングラスに生けられていた。

凝り過ぎと悪趣味の醸し出す何とも言えない雰囲気だ。お香、稀有な香水、そして不潔な臭いが入り交じって漂っている。

それは部屋の主によく似合っていた。背が高く、痩せ型で、落ちぶれた貴族のようでもあり、老いたピエロのようでもある主。

ロドリゲスは五十五歳。若者のような恰好をして、おまけに白粉を塗り、髪を染めていた。近くで見ると鼻筋にかすかな傷跡がある。

彼自身が進んでしてくれた話によると、鼻の形を変えて、より均整の取れた顔立ちにするために受けた手術の跡だそうだ。

「男は何より美しくなければいけない。動物が美しいように、花が美しいように！」彼はフロジェに向かってそう語った。

ロドリゲスは不快極まりない男だった。年老いてなお色気にこだわる雄！　老いと偽の若さの混合物。

警察の調書は形式的だった――彼が特に若い男、その殆どが彼と同じスペイン出身者を連れ込んでいるからと言って、それがスペイン独特の風習だとは解釈していない。

あちこちに本が散らばっていた――詩集、またはそれ以上に不可解なものばかりだ。

起訴されるかもしれないというのにロドリゲスはゆったりと構えていた。しかしその実、何とか体の震えを抑えようとしていたのだ。いつもの習慣として白粉を塗っているというのは本当だった。

ロドリゲスが最初に口を開いた時、フロジェは朝の散歩同様、音も立てずに部屋の中を行ったり来たりしていた。

「わたしが犯人という証拠など手の内にはないと、いくら手がかりがあっても、それは事件解明に何ら役立つものではないと認めたらどうですか！」

堕落した人間ではあるが、三人の精神科医によってロドリゲスは自分の行動への責任能力があると診断が下されている。

しかし彼は殺人を犯している！　これは理性的にも物理的にも確信のもてる明白な真実のひとつであり、いわば証拠など必要のない事件だ。

ロドリゲスの所には多くの客が出入りしていた。彼は金持ちという評判だった。アヘンにのめり込んでおり、若者たちが夜通しアヘンを吸いにやって来てはクッションや敷物、そこいら中に散らばっている幼稚で仰々しい古着にくるまり、人の汗や垢、クスリのすえた臭いを発散させていた。

先週の月曜日、夜の八時、管理人は見たこともない青年が彼の部屋へ上がっていくのを目撃している。真夜中近くに、階段で変な音がするのを彼女は聞いている。ロドリゲス自身とその客が酔っぱらっているに違いない、と彼女は思った。ここの七階にはシャンペンと同じくらいアヘンやヘロインが蔓延しているのだ。

管理人はコードを引いてドアを開け、もう一度眠り、しばらくして、名前を言わない借家人にドアを開けた。

「ロドリゲスさんはいつも大声で名前を言うのですよ！」後に彼女は警察にそう証言している。

明け方、ボナパルト通りに面したセーヌ川で、桟橋の上から突き落とされた若い男の死体が発見された。驚くべき偶然で死体の服が川船の係留ロープに引っかかっていたのだ。死体には三か所にナイフの刺し傷があった。ポケットに身分を証明するものはない。警察が捜査に乗り出し、その日のうちに、溺死と判明。彼はスペインで最も有名な身分に位する某S……公爵と公爵夫人の子息だった。

刑事がロドリゲスを訪ねてきた。被害者の調べはすでについていた。S公爵の子息は数日の予定でパリに来ていて、モンマルトル、モンパルナス界隈やシャンゼリゼのバーをうろついている素性の良からぬ同国人に誘われていた。

S……がアヘンによる高揚感を経験してみたいようだったので、彼らはロドリゲスに紹介し、ロドリゲスはS……を招待した。

刑事は、赤いじゅうたんの上に、くすんだ、専門家なら人間の血痕と推定するかも知れないいくつかのシミを発見する。

「ああ、それですか！　月曜に指を切ってしまいまして……」ロドリゲスは答えた。

「被害者を襲った時に？」

「そんな、どうして私が襲わなくてはならないのですか？　彼は勝手にここを出て行ったと言っているじゃないですか。ボナパルト街とサンジェルマン通りの角まで送って行きました。彼は酩酊状態でした。タクシーを薦めたんですが断られましてね。多分歩いて帰ろうとして川岸に入り込み、チンピラにでも殺されたのでしょう」

「彼がここに来たのは初めてですか？」

「初めてです。でも前にピックウィックバーで見かけたことはあります」

「名前や身分のことは知っていた?」

「肩書なんかどうでもいいことです!」

ピックウィックバーにいたスペイン人の、S……とロドリゲスの様子についての証言が調書にこうあった。

「S……は人懐こくはありましたが、貴族の気高さを持ち、他人との間には距離を置いていました、特にロドリゲスとは。でもロドリゲスには多少なりとも好奇の視線を送っていましたね。誰かが、ロドリゲスも高貴な出身であるということだが真偽のほどはわからないと話すと彼は笑い出したように記憶しています。確か彼はこう叫んだと思います。『最高だ! おもしろい男だ!……』」


フロジェは、より狭く、よりひっそりとした部屋へ足を踏み入れた。ステンドグラスから神聖な光が仄かににじみ出ている。

部屋を独占しているかのような一枚の肖像画が、視線を引きつけ、全ての光を吸収していた。それは実物大の女性の全身像だった。女性は若く、美しく、その髪は素晴らしい赤茶色をしている。

画家はモデルの裸像を描いていた。

布は真ん中で裂かれており、その傷は明らかに最近のものだった。

ロドリゲスは質問を投げようとしているフロジェの視線を伺った。判事の最初の質問だ。

「これは誰ですか?」

ロドリゲスは全てを雄弁に語る微笑みを浮かべているだけだったが、それが彼の、いたずらっぽさと同時に慎重さも持ち合わせている人格全てを現わしていた。この絵は少なくとも二十年前に描かれたものだった。

「あなたが例の客を迎え入れたのはこの部屋ですか？」

「ええ！　この部屋です」

そしてここにもペルシャ絨毯の上に血の跡が見られた！

「指を怪我したのはいつですか？」

「月曜です。つまり前日の……」

「画が切り裂かれたのは何曜日ですか？」

「同じく月曜日です。落ちてしまったんですよ。元に戻そうとして怪我をしてしまいました……」

「おたくの財産はどこから？」

フロジェの札入れにはマドリッドに電報で尋ねた、質問の答えが入っている。

二十七歳までロドリゲスは外務省に努める普通の事務員だった。

同僚と上司に、南アメリカで叔父が築いた財産を相続したと話し、これからはパリに住むと言って突然姿を消した。

言葉通り、彼はパリに再び姿を現すことになる。オペラ通りにある銀行の彼の口座には六十万フランの預金がある。ジュネーブの公証人から振り込まれたものだ。フロジェは公証人からの電報も持っていた。

『相続はない。職業上の機密事項』

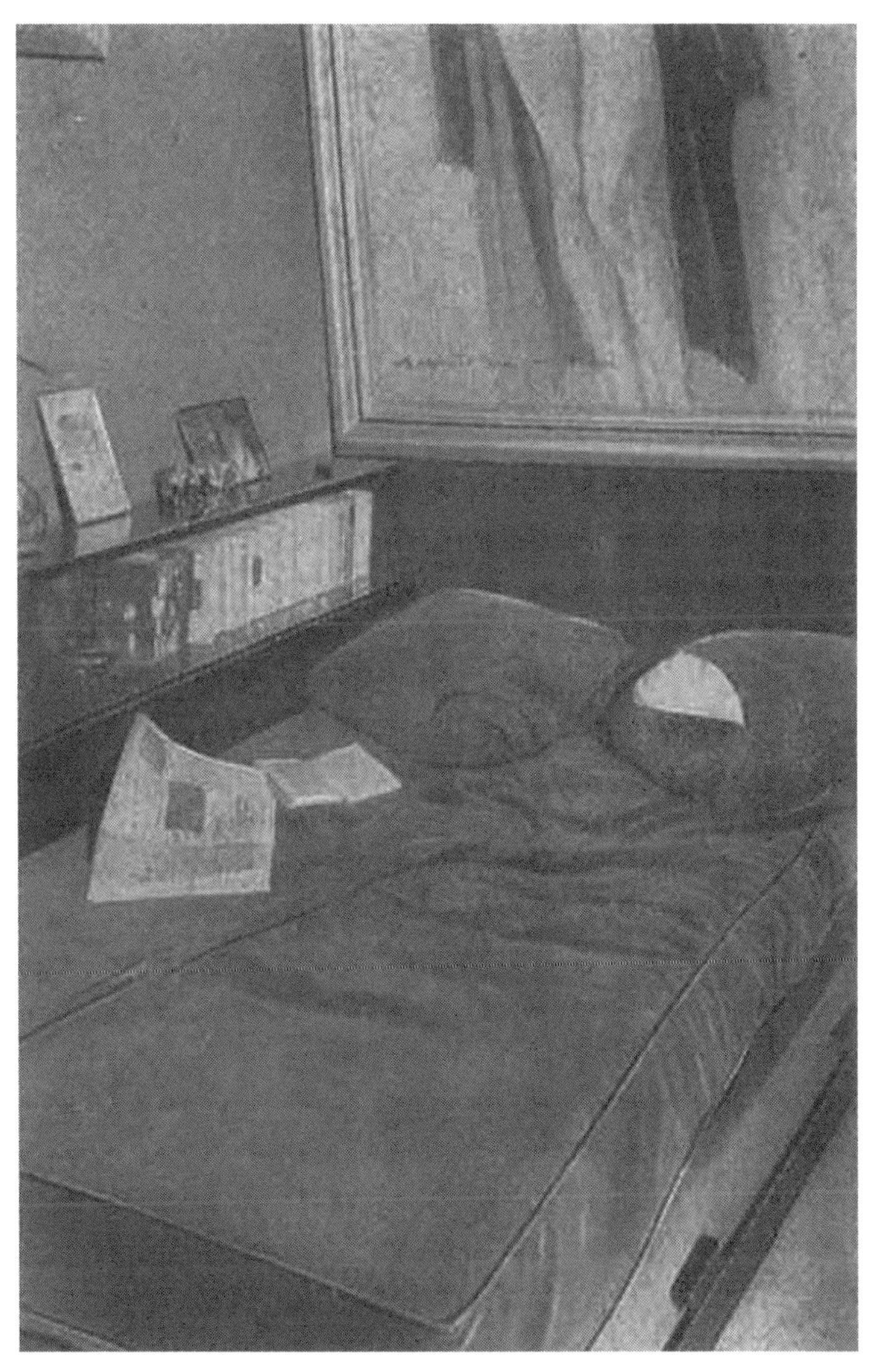

一枚の肖像画が視線を引きつけ、全ての光を吸収していた……

ロドリゲスは、それでも、フランクに答えた。

「年末の大型宝くじを買っていたんですよ。国営の宝くじをご存知でしょう。そのうちの一枚が当たったんです」

「抽選は一月の初めに行われるのでは？」

「十二月の月末です」

「でも、あなたがマドリッドを去ったのは九月ですよね」

「宝くじにあたった幸運を人に知られたくなかったのでね」

「それはなぜ？」

彼は答えなかった。煙草に火をつける濃い体毛に覆われた青白い手が細かく震えている。

「あなたの推理は筋が通っていません！」そしてやれやれと言った風に溜息をついた。「わたしにはあの若造を殺す動機がない！　金も殆ど持っていなかったはずだ。それにわたしは金を必要としていない。そうでしょう？　サディストだというなら別だが……だがわたしのかかった医者たちはその意見には賛成しないでしょう……わたしは多少反社会的な行いをしているが、それはないですよ！」

「今までに結婚したことは？」

「ありません」

ロドリゲスは不快感を滲ませた声ではっきりと言った。

「色々とあったのでしょうね？　愛人関係とか？」

「女性は嫌いなのです」

フロジェは肖像画に、そして、鏡の前でネクタイの結び目をまっすぐにしているロドリゲスに視線を向けた。

「あなたを恨み、巻き添えにして得をするような人はいませんでしたか?」

ロドリゲスは躊躇して押し黙った。

「答えて下さい! あなたは何人かにこう仄めかした——そしてそれがあなたの出入りしているソサエティで通説になった——ロドリゲスはただの偽名だと。だからあなたは、もっとずっと高貴な名前を名乗れたのでしょう」

答えはない。だが彼は手を使わずにくわえ煙草をもう片方の端に移動させ、それからもとの場所に戻した。

「火曜の夜に座っていたように座っていただけませんか」

「私は座っていなかった」

「ほう! 何時間も立っていたと?」

「いや違います、最初は隣の部屋で飲んでいたんです。この部屋にはアヘンを吸いにだけ入って……」

「で、立って吸ったと?」

「最初の部屋に戻りましたよ」

「いつもと違いますね。この小部屋はアヘンを吸うために造ったのでは?」

「何がおっしゃりたいのかわかりませんが……」

「パイプを用意したのは誰ですか?」

「いや……それぞれが自分のパイプを用意しますから……」

「S……は何本吸いましたか？」

「六、七本でしょうか……」

「いつの時点で言い争いになったのですか？」

「言い争いなんてありませんよ、考え過ぎにも程があります」

フロジェは入り口まで行き、ドアを開けて二人の警官のうちの一人に声をかけた。

「きみ、鑑識課へ写真を撮りに行ってくれないか。大きなサイズに拡大し直したのを」

そして最初の部屋で、瓶に入ったミニチュアの船のコレクションを注意深く眺めたり、慣れない手つきで目の青白い、唇の真っ赤な黒人の仮面をひっくり返したりしていた。

ロドリゲスは小部屋に残っていた。フロジェはその場からごく自然に尋ねた。

「終わりましたか？」

平静さを装いながらも驚くロドリゲスの立てる物音。フロジェは小部屋のドアのところまで行き、ロドリゲスの手にある、肖像画の顔の部分から切り取られた四角い小片をちらりと見て尋ねた
「ここに火はないのですか？　それから元の写真は——何故ってこの肖像画は写真を元にして描いたものですよね？　元の写真は、持ち歩いていないのですか？」

「もう持っていないのです……」

「そうだと思っていました」

ロドリゲスは憔悴しきっていた。白粉を塗っていても、赤いシミが、頬を引っぱたかれた跡のように斑点となっている。

「他に言い足すことは？」フロジェは敢えて目を合わせないようにして、はっきりと言った。

ひきつった指が四角い布を断片に引き裂いた。その一枚にはまだ、茶色い目と、大きく弧を描いたまつ毛が見える。

フロジェは小ぶりの家具の引き出しを開けてからまた閉めた。そしてそのうちのひとつ、持ち手に真珠の入っている小銃が一丁しまってある引き出しを大きく開けておいた。

彼はロドリゲスには一瞥もくれずに最初の部屋へ戻り、マストが三本立っているミニチュア船を青緑色のガラス越しに見入った。

フロジェは空いた時間、10スーで買った手帳に、超極細の、普通の力で扱うと紙に穴をあけてしまうようなペンで書き記した。

『証拠――S……は麻薬を吸った経験が全くなく、六、七本のアヘンを吸い、しかも自分でパイプを用意した（ロドリゲスの話によれば）』

『それはあり得ない！　だがロドリゲスには、肖像画の役割を隠す目的で、S……が生きたままステンドグラスの部屋から出たことの証明が重要だった』

『推定：管理人の供述。血痕。手を切ったこと。ロドリゲスは自ら、被害者をセーヌ川とは反対方向へ送ったと述べていること。被害者は酔っていたと強調していること。彼はその日の夜会は肖像画のある部屋で行われたと主張しておきながら、それを取り消していること』

『肖像画の役割――二十年前のロドリゲスの幸運、上流階級への執着。オリジナルの写真は破られたか、愛好家の手に渡ったか。もちろん肖像画は犯行の夜傷つけられたに違いない。脳裏に焼きつけようとした彼女の姿は歪められた』

『犯行の肝心な点はこれだ。ロドリゲスはよく考えた上で犯行を、実際には朝に河岸で行った。死体を運ぶのは力が要るし、見られる危険があるからだった』

『それでも彼はS……を自宅へ招き入れた。S……は彼を侮辱した』

『そこでロドリゲスは、二人で隣の部屋に入り、彼を裸婦の全身像の前に連れていこうとした』

その時奥の方から部屋中に響き渡る音がして、フロジェはほっと溜息をついた

事件からかなり経ってから、シャン・ド・マルスのアパルトマンの喫煙室で、フロジェは判事三人と一人の精神科医に囲まれていた。

「女性を好きではない男は」フロジェは言った。打算で、彼が働いていた外務省の上級公務員の娘とスペインで結婚することにしたのだが、結局のところ期待していた結婚をあきらめることになり、彼女の、スキャンダルになりそうな裸婦写真の代わりとして満足のいく慰謝料を手にし、それきりにした。

「ロドリゲスはその写真を大きな肖像画にした。そして悩んだ。自分は高貴な身分でもなければ田舎

者でもない……」

「彼は新聞で彼女が公爵夫人になったことを知り、夫と息子の記事も読んだ。彼は自ら望んで描かせたその裸婦像の肖像画を眺めた。欲望からではなく、そこからすべての地位、名声を取り去るために」

「ある日、ロドリゲスはパリで彼女の息子に出会った。その青年は彼をからかい、鼻であしらった」

「そこで、ロドリゲスの頭に恐ろしい考えが浮かんだ、二十年間満たされることのなかった欲望にそそのかされて」

「青年を半分ハイの状態で肖像画の前に引っ張っていった……」

「精神的犯罪の後は具体的な最終的犯行に及ばなければならなかったのだ、保身のために」

そこでフロジェは、唐突にブリッジのカードをひと揃い、テーブルに置いた。

第三話　マダム・スミット

それはオルレアン駅から三百メートルのところにある三階建ての薄汚れた煉瓦造りの建物で、冬は灌木の枝が水面までつかる、ぬかるみだけの庭に囲まれていた。

ドアの右側、のぞき窓付ドアのエナメル板プレートにはこう書いてあった。


『アットホームな下宿――格安料金』


一九二九年十二月十一日、フロジェは赤毛でそばかすだらけの、しもやけで腫れあがった両手を拭いている娘に招き入れてもらった。

中は雑然としていた。廊下の敷石は泥だらけだ。右側は食堂で、クロスのかかったテーブルが八つと飲みかけのビール瓶が数本置いてあり、薬局のような臭いが漂っている。

若い男が階段を駆け下りてきてフロジェには目もくれずに飛び出して行った。

「住人ですか？」

「ええ、あと三人います。他の方たちは出かけていて……」

「スミット夫人の容態は？」

「とても悪いんです。ご本人はもう死ぬとおっしゃっています」

「夫人のところへ連れていってくださいませんか」

そこは二階でも三階でもない、凍り付きそうな屋根裏部屋で家具らしい家具もなく、住人たちの持ち物で塞がれている廊下を通り抜けないとたどり着けない。フロジェの頼みに娘は言い返した。

「おわかりでしょう！　スミット夫人はご自分の部屋も貸しに出したくてここで寝ていらっしゃるんです……」

スミット夫人は、天窓から直接降り注ぐ光に容赦なく照らされて横になっていたが、すっかり痩せ衰え、赤い毛布の下ではその骨格は殆ど見分けることができなかった。

白髪を結い上げたシニョンは斜めにゆがんで半分ほつれている。黄ばんだ顔の熱っぽい眼差しが冷たくフロジェを見つめた。両肩はもう子供の肩幅ほどもない。

「具合はいかがですか？」

彼女は咳き込んだ。最初はわざとだったかもしれない。だが、咳はひどくなり始め、大変な思いをしてなんとか正常な呼吸を取り戻した。そして答える代わりにフロジェに向けた視線はこう言っていた。

『見なさい、あなたのせいよ』

医師によると夫人の病はすこぶる重いが、今日明日の命と言う訳ではないということだ。病名は肺結核だった。思いもかけない時に寒気が彼女を襲い、一夜のうちにベッドにくぎ付けにしてしまった。正確には十二月六日のことだった。

同じ月の八日モンパルナスのカフェでウエイターをしている下宿人が、庭先で子供たちが生垣越しに投げ込んだ犬の死骸を発見。彼は死骸を埋めるため土に穴を掘り始めた。

そして仰天した、人間の残骸が陽の目を見たのだ。彼は警察へ通報した。

それからは、日毎に新事実が明らかになっていった。

当然ながら、スミット夫人の容態は日を追うごとに悪化の一途をたどる。彼女は事情聴取に対していっさい口を開かず、ただ彼らを厳しい細身の短剣のように尖った目つきで見つめるだけだった。スミット夫人は以前から痩せていて、腰は低かったがその態度の裏には曰く言い難い、見せかけだけの優しさと恐ろしく精力的な何かが共存していた。

この家はスミット夫人が所有しており、彼女一人で経営していた。使用人は一人しかおらず、夫人は朝早くから夜遅くまで働き詰めだった。下宿人は主に英国人とアメリカ人だった。モンパルナスの近くなのにアーチストや学生は殆どいない。夫人のところの宿泊者には曲芸師、軽業師、ミュージッ クホールのボーイ、そして決まった仕事のない人々の方が多かった。

死体が身に着けていた公式の身分証明書は、当然ながら盗品で、あらゆる審査に使われた可能性があった。行動範囲はよく摑めない、なぜなら死後少なくとも五年は経っていたからだ。

レポートにはこう書かれた。

「男性、中肉中背、死因は頭蓋骨骨折。埋められた時は綿の横縞のパジャマを着ていた。目立った特徴は何もなし。推定年齢は三十五から四十の間」

あらゆる質問にマダム・スミットは憎しみのこもった眼差しで答えていた。

彼女から引き出せたのはこの一言だけである。

「わたしは何も知りません！」

よくある事だが、電話や電報の頻繁なやり取りで、オルレアン駅近くのありふれたこの家には世間が想像するよりずっと数奇な人生が隠されていることが判明した。

例えば、スミット夫人の出身地の調査結果。界隈の人々の間では幾多の不幸に見舞われながらも健気な、多く人の称賛を集めている未亡人で通っていた。

だがロンドン警視庁（スコットランドヤード）からはフロジェの質問に対して電報で次のような返事が来ていた。


『ナタリー・エスター・グラント、ケント州の伯爵領の牧師の娘。十六歳で家を飛び出し、ロンドンに来て、ミュージックホールのピエロをやったが解雇』

『学習能力に優れていたので商社に採用され、その五年後に副店長で、独立会社を立ち上げたリチャード・ハローウェイと結婚』

『ハローウェイの共同経営者はグリンボーン、そしてモウワー。労働者向けの制服製作会社だったが経営不振に陥る。銀行のブラックリストに載り、融資も全面的に止められた』

『倒産が確実になりそうな頃、テムズ川で会社の集金係の死体が見つかり、調査の手はハローウェイ、グリンボーン、モウワーの三人に伸び、集金係が店内で殺されたことが明らかになった』

『犯行日は一九一四年一月二十五日。集金係はたまたま三十万フランだけ持っていたが、その行方は知れなかった』

『ハローウェイは自供して、二十五年の重労働刑を言い渡され、グリンボーンも同じ判決だったが、モウワーの刑期は十年だった』

『ハローウェイは結核に侵されて一九一九年に亡くなり、グリンボーンはいまだ服役中で、モウリーは一九二三年に釈放された、事故により右目を失ったからである』

ハローウェイ夫人については、夫の共犯としての確証がなかったことと、公判が終わったと同時に出国したという以外にイギリス警察は何も摑んではいない。

だが彼女の消息は十四区の区役所で見つかった、一九二一年、パリにおいてハローウェイ夫人は販売代理人をしているイギリス人、ジョン・スミットという男と結婚したのだ。

その当時、スミット夫人はまだこの下宿屋を所有していない。彼女はパリのオーストラリア人の家に雇われていた。その次の年、彼女はやっとオルレアン駅近くのこの家に現金で三万五千フランを払い、残りは年賦にしてもらって入居した。

聞き込みの最初の日、警察はスミット夫人に二番目の夫について尋ねた。

「結局のところ、結婚手続きが終わり次第、彼は姿を消してしまいましたね。何故ですか？」

「私は何も知りません！」

「どこでお知り合いになりましたか？」

答えはない。警察にはこの沈黙から、死体はジョン・スミットに違いないという結論を導きだす者たちもいた。

だがフロジェは沈黙を通した。

ジョン・スミットを名乗る人物が検事局に姿を現すこと、または手紙を送ってくることを期待して、誰にも言わずに新聞に三行広告を出したのだ。

十二月九日、一通の手紙がブローニュから届いた。スミットのサインで、為替を送ってくれない限りパリには行けないと言い張っている。

彼は人生の落伍者だった。自称沖中仕だが、それどころか販売代理人だったことすら一度もない。ハローウェイ夫人に会ったときは、サンドイッチマンをしていた。彼女は彼に千フラン渡し、結婚してすぐに姿を消してくれないかと持ち掛けた。

「あの女は俺の名前が欲しかったんだ!」スミットは悪意のある言い方をしたが、自ら利用したこのアバンチュールの重大性、そして深い意味については知る由もない。


スミット夫人の病がお墨付きをもらった事により、彼女にとってはますます都合が良くなった。熱は三十九度と三十九度八分の間。ベッドに横たわる夫人を見ていると、ほんの一週間前までは、いったいどうやって家の中を行ったり来たりしていたのかと不思議に思われる程だった。

これがいつも皆の胸につかえていた疑問であることは事実だ。彼女はいつも体が弱く、病気がちだった。近所の人達は彼女についてこう言っていた。

「気の毒に。あんなに体が弱いのに一日中歩きまわっているなんて!」

夫人に同情し、時々ブラシや雑巾を手にして彼女の手伝いをする下宿人もいた。

ベッドの中で、スミット夫人は犠牲者の、哀れを誘う微笑みを浮かべている。世界中が彼女に襲いかかっては来ないだろうか? 病を患いどんな時も辛い目にばかりあっている、力のない憔悴しきった神の創造物に。

フロジェはそれとなく軽い咳をした。

赤毛の娘は彼に死刑執行人を観るような蔑む視線を投げて部屋を出ていった。下の部屋のサックス奏者の下宿人は練習を怠ることを許されない。一風変わった金属のすすり泣くような音が上ってくる。

「お体は大丈夫ですか？　わたしの質問に答えられそうですか？」

スミット夫人は何も言わずに微笑んでみせた。そんな風に微笑みかけられた後でも居残り人非人のそしりを受けることを恐れてはいけない！

「お金は大切だったでしょうに。一九二一年、名前を変えるためだけになぜ千フランも使ったのですか？」

彼女は息が切れるほど咳をした。顔が真っ赤だ。

夫人は不安気な視線でフロジェを見つめた。

「フランスでは、誰もあなたの御主人が有罪になったことを知る人はいませんでした。ですから過去について心配することはなかったのです。逆にこの結婚は危ない橋を渡るようなものでした」

「もう一度言います。危ないのです。何故ならその少し後、あなたはこの家を購入しました。結婚している女性は夫の名前でしか買うことができなかったので、御主人のサインが必要でした……そうなんです……あなたが注意に注意を重ねて、印紙を貼った書類の山にサインをさせた……それでもそのスミット氏がもし望んでいれば、この家の彼の取り分を請求できたのです……」

スミット夫人の驚くほど冷たく、澄んだ両目がフロジェに注がれた。薄い唇は凍り付いたように動かなかった。顔は黄色とピンク、ピンクは二枚の病的な円盤のように両頬を染めている。

「お手伝いさんを雇って何年になるのですか？」

夫人はそれ以上返事をしない。フロジェは手帳を見た。

「今の女性は一九二七年に雇っていますね。その前はブルターニュの女性、一九二六年に家政婦として入っています。ところで犯罪は一九二四年に遡りますが、その時は一日三時間から四時間契約の家政婦しか雇っていませんね……」

スミット夫人は両目をつぶり、口を半開きにして苦しそうに息をしていた。

「この状況ならば、下宿人達が街に出かけてしまえば庭に穴を掘って死体を埋めるのは難しいことではありません」

沈黙。サックスのメロディーがまた、とぎれとぎれに三度聞こえた後、突飛な笑い声のような音を立てて止んだ。

「一九二一年から一九二五年まで、スミット氏はあなたに何度か手紙を寄こしています。マルセイユから、ボルドー、カレーからも。少額のお金をせびるために。あなたは十フラン紙幣を送っていましたが一九二五年から、彼の手紙に答えるのを止めていますね」

「いい加減うんざりしていました……」

夫人はテーブルの上に置いてあった水の入ったコップに手を伸ばした。フロジェはコップをとって夫人の両手の間に挟ませた。彼女はそれをむさぼるように飲み干すと再び枕に寄りかかった。

「それだけですか?」

夫人の顔は苦しそうにゆがんでいる。直に最後の息をひきとってもおかしくないように見える。フロジェは寒気を感じた。

彼は顔を背けた。老婦人がまた咳き込み始めたのだ、いつ終わるとも知れない咳。フロジェは眉間にしわをよせた。再び鳴り始めたサックスの、ローテンポで耳障りな音のせいだ。

「裏庭で見つかったバーベルは誰の物ですか?」

「下宿人が置いて行った物です」

「モウワーは左目が見えないんですよね、確か?」

「左目……待ってください……いえ右目です」

「最後に会ったのはいつですか?」

「二日前……一九一四年の事件の二日前でした。家で一緒に食事をしたんです……またお水を取っていただけますか……」

「彼から手紙は一通も?」

「一度だけ、一九二六年か二七年……カナダからの簡単な絵葉書で、サインがしてあるだけでした」

「大都市の絵葉書ですか?」

「いえ……ええと……。凍った川……だったと……」

「彼からお金を請求されたことは?」

「いいえ……お水を……もう勘弁してください」

フロジェは、コップに水を並々と注いで彼女に差し出し、それには口を付けないままベッドの上に座り不安そうな眼付きで彼を目で追っている老婦人に最後の一瞥を投げると部屋を出て行った。

翌日、スミット夫人はサン＝ラザール病院の病室へ搬送される途中、毒を飲んで自殺した。何故、どの様にといった状況が明らかにされることがないままに。とすれば調書としてはフロジェ判事の手帳しかない、僕はそれを次のように書き取った。

裏庭で見つかったバーベルは誰の物ですか？

『スミット夫人はモウワー殺しの真犯人である』

『証拠：スミット夫人によるとモウワーは右目を失明している。だがモウワーが片方の目を失明したのは拘留中である。よって夫人は出所後のモウワーに会っているが、彼女はそれを否定している』

『推定証拠：夫人はスミットの籍を手に入れるという大変な危険を冒して千フランを払った。フランスでは誰も夫人の過去など知らないのにである。つまり彼女は警察ではなく誰かに見つけられるであろうことを避けたかった。夫人が正式に名前を変えたのはそれが狙いだった』

『以下に事件がいかに行われたかを述べる』

『ハローウェイ夫人は集金人が盗まれた三十万フランを持っていた。彼女はフランスへと渡り資産を増やす。夫は死に、グリンボーンは二十年の懲役に服している。だがモウワーは間もなく出所することになる。彼には金の分け前に預かる権利がある』

『金を独り占めするために、彼女はスミットと結婚して法律上の名前を変え、郊外に落ち着き、新しい名義で家を買った』

『だが自由になったモウワーは、それでも夫人を探し出した。夫人は素直に受け入れるふりをして彼をもてなす。彼に酒か、又は麻薬入りアルコールを飲ませてぐったりさせる。その夜モウワーの部屋に忍び込み、寝ている彼をダンベルの一撃で殺す』

『この家を売って、モウワーの取り分を払うなどという考えは彼女には絶対に受け入れることはできなかったのだ』

そして余白には赤ペンでこう記されていた。

『手に入れた物を死に物狂いで守ろうとする典型的なケース』

第四話　フランドル人

フロジェ予審判事にとって七十二歳の被疑者の案件を扱うのは初めてのことだった。察するに、心の底では無意識に動揺していたのだろう判事は目も合わせないうちにぶっきらぼうに言った。

「鼻をかむように！」

男の名はバース。現代人の記憶からはすでに消え去っているが、昔は少なくとも村で一人は見かけた、がっしりとした素晴らしい骨格とこれ以上はないくらい厚い、金庫のような胸を持つすすけた固い岩でできたような体つきをした男たちの見本だった。まさに熊だ！

バースの顔の下半分は三、四センチの灰色がかった髭で覆われている。椅子の隅に腰を乗せ帽子を膝に置くという、警戒心の固まりのような、いわば、ちょっとでも危害を加えられたら飛び上がろうと身構えているような姿勢だ。

フロジェが書類をめくっている間、バースは殆ど目を閉じたままだった。だがたまにまぶたをうっすらと開け、驚くほど鋭い視線を瞬時にフロジェに投げた。冷たく、不安そうな、知能の非常に発達した動物のような視線を。

彼は手の甲で鼻を拭き、すすり、まつ毛をしばたたかせ、また静かになった。唇を一文字に結び、独りごちているように見える。

『奴はずる賢い！　奴らはみんなそうだ、ここにいる奴らは！……寄ってたかって俺をこけにするつもりだ。だがそうは問屋が卸さないぞ……』

そして体中をこわばらせ、二つの瞳の上にある赤みを帯びた瞼(まぶた)のシャッターを下ろし、警戒心を高めた。

犯行はまさにその日の早朝に行われた。フロジェは今朝方、検事及び数人の専門家と共に犯行のあったオーベルヴィリエで現場検証をしてきた。

それは彼の判事人生において、今までもそしてこれからも、最も忌むべき経験だった。文字通り悪夢だ。

パリを離れ、活気に満ち溢れる郊外を抜けて畑地と工場の街オーベルヴィリエに到着し、どの家からも離れた、畑地のど真ん中に建つあばら家に彼はちらりと視線を投げた。真四角な家だ。

『フランドル人』について話す時の土地の人々には気まずそうな表情が浮かぶ。彼らは困ったようにあばら家を指さしたが、その中の一人がこう話してくれた。

「あそこに何人住んでいるのかさえわかりませんし、誰が子供を生んで、誰が育てているのかもわかりません！……」

部屋が四つ、馬小屋が一棟、その隅々に堆肥と農具が積み上げられている。鶏、犬、猫たちや不潔で顔色の悪い子供たち。

女性が三人、五十歳、二十二歳と十六歳。するとバースは音を立てずに暗い部屋に巧みに入り込み、辺りを手探りしながら忍び寄り、誰にも気づかれずに機をうかがっていたことになる。

寝室の右手に、もしバースを目の前で見ていなかったら、バース本人と間違えてもおかしくない遺体が置かれていた。同じ体格で同じ年齢。

だが頭部は損傷がひどく、医師が数えると三十一……三十二……三十三か所にハンマーで殴られたあとがあった……。

誰も泣いてはいない！　乾いた目、不愛想な表情、フラマン語で交わされる囁き。

事情聴取が始まったが、形容し難い雑然とした知識、矛盾の山、そして口を開けば『多分……恐らく……さあ？』

ここの人々に、本当のことを言っていないと指摘をしても動揺することはない。そして共有する無自覚に基づいた別のストーリーを語るのだ。

無自覚！　強迫観念に彩られたその言葉には、まるで何世紀も前の、曖昧で非道徳的な時代へ我々を引き戻すような強い響きがある。

わかったのはせいぜい親子関係くらいだ。一番下の子の母親は十六歳の娘。父親が誰かなどは問題ではない！

この事件は日を追ってというだけでなく刻一刻複雑になっていく、そう感じたフロジェは急いで執務室に戻り、すぐにバースを連れて来させた。

女たちは現場で監視下に置かれた。彼女たちはそこにある死体同様、特に気にしてはいなかった。

そして昼にはサワーミルクポテトの大皿を平らげた。

フランドル人たちの正確な身元を明らかにするのはそれだけでひと仕事である。書類は殆ど無し。ベルギーの軍人手帳と出生証明書の写し、それが全てだ。だがフロジェはバースの面前で一応は資料カードを作成した。バースは目を開けたり閉じたりを、ほぼ決まったペースで繰り返していた。

バース、本名ジャン・ジョセフ・アルフォンス、出生地ネールルーテレン（ベルギーのリンブルグ州）の農業労働者、三年間の兵役、アーロンで第二槍騎兵連隊に所属。その後渡米。十年後に二万フランを持って帰国、ヴァン・シュトラーレンと出会う。顎ひげを生やしている無教養な男。

ヴァン・シュトラーレン、本名ペーター・オーギュスト、出生地ネールルーテレン、日雇い労働者。バースと同じ連隊で兵役につく。アルジャントゥイユの近くに土地を借りて定住。数年後二十歳年下の女性と結婚。ゴリラのような体つき。しし鼻。

エマ・ヴァン・シュトラーレン、出生地トンヘレン。市場（いちば）の小売店でヴァン・シュトラーレンと出会って結婚するまでは、カフェレストランのウェイトレスをしていた。

セリーヌ、彼らの長女、二十二歳、三人の子供の母親。子供たちの父親はバースだと噂されている。

ルイーズ、彼らの次女十六歳。彼女の子供の父もバースではないかと言われている。

バースはアメリカから帰国した後、向こうの炭鉱で働いて稼いだ金を持って、幼なじみのヴァン・シュトラーレンを探し始めた。アルジャントイユで再会。彼の家に転がり込む。最初は農業の手伝いをしていた。

そしてオーベルヴィリエのあばら家が売りに出され、バースが購入。ヴァン・シュトラーレンは結局ただの農業労働者ということになった。

だが現実の人間関係は簡単に割り切れるものではない。銀行口座はなかった。バースは何もせずにのうのうと暮らした。ヴァン・シュトラーレンは農地を耕していた。

毎朝三時に雌馬を馬車につなぎ、採れた野菜を市場に売りに行くのはエマの役目だった。

セリーヌが最初の子供を産んだとき、バースは自分の貯蓄預金口座を開き、彼名義で千フラン預けた。二人目、三人目、そしてルイーズの子供の時も同じだった。

だがバースの部屋で寝ていたのはセリーヌだけだった。

その他の人々は一部屋で、三歳の子供は床に藁を敷いて寝ていた。

二年前、バースはちょっとした遺産を相続して、一万フランほどを銀行に預けた。

バースは全くの文盲だったのでサインはバツ印だった。読み書きのできるヴァン・シュトラーレンが手続きの殆どを行った。ここで一つ、質問が投げかけられたが、はっきりした答えは得られなかった。

「あなたはエマ・ヴァン・シュトラーレンとも関係がありましたか？」

はい、いいえ　多分、そして曖昧な仕草。

ひとつだけ確かなこと、それはヴァン・シュトラーレンが妻のことにも娘たちのことにも嫉妬していなかったことだ。バースは専制君主だ。すべてが彼の物だった、家もその住人達も。

この生活は、パリから市外電車で一時間のオーベルヴィリエで、言わば、文化生活とも、今世紀とも関わらずに三十年間営まれてきた。

バースはフランス語を話さなかったが、代わりにサビール語、フラマン語とスペイン語それに俗語の混ざった言葉を話した。

周辺の人々は彼らと何の面識もなかった。たまに重い体の、黙ったままのバースが、大きな猿のように体のバランスをとりながら通るのを見かけるくらいだった。

ヴァン・シュトラーレンは、遠くでいつも一人で黙々と粘り強く、体を曲げて自分の土地を耕す姿がちらりと目に入る、ただそれだけだった。

知っていることと言えば、フランドル人たちが協同組合から一週間に一度、数リットルのセイヨウネズ（英語ではジュニバーベリー。香辛料、オイル、ハーブティーなど様々な要素に用いられる）を購入していることと、夜ヴァン・シュトラーレンが戸口に座ってアコーディオンを奏でていたということだけだ。

前夜九時、フランドル人たちは雑魚寝をしていた。午前三時、エマは荷馬車で出かけた。エマが十時に戻ったとき、バースとセリーヌが呆然と屍骸を見つめていた。

発見から少なくとも二時間は経っていたが、二人は警察に通報する前にエマの帰りを待っていた。

二人は口々に、何も見ていないし何も聞いていないと言い張った。

この事件の解明には、殺されて発見されたヴァン・シュトラーレンが、七週間もの間病にふせっていて寝床の上で動けなくなっていた、という点が欠かせなかった。季節は冬で、辺りの人々はヴァン・シュトラーレンが畑地にいないことに気づいていなかった。家族たちは医者を呼ぼうともしなかった。

「だってあの人はもう死にかけていたんですよ！」エマは言った。「四六時中呻き続けているものですから、小部屋のベッドに寝かせました。時々誰かが様子を見にいってたんです」

検視官は、検死後、殺されなくてもヴァン・シュトラーレンはあと二、三日の命だったという結論を出した。

生気のない、判断力もない瀕死の病人を執拗に死に至らしめるとはどういうことだろう！　ハンマーで三十三か所も殴るとは！　要するに頭部はないと同じことだった。凶器はまだ見つかっていない。井戸を空にし、幾つかの小さな池の水を抜かなければならない。

「犯人はどこから入ったのでしょうね？」

「入口からです！　エマが出かけた後は誰もかんぬきを掛けに起きてこないのです」

死体解剖の結果、犯行は午前六時から七時の間に行われており、その結果、その時間に市場に行っていたエマだけが被疑者から除かれた。

事情聴取の対象だった子供たちは、ただ茫然として、急に泣き出したり、言葉がたどたどしく不明瞭だったりして何も訊き取れない状態だった。

そして今、バースがパリ裁判所被告席の、体重で壊れそうな椅子の上で、フロジェが動くたびに体を震わせていた。

彼はまた鼻を垂らし、それに気づいていないようだったので、フロジェはたまりかねて指をならした。

「鼻をかむように！」

バースは鼻をかんだ。その眼には憎悪の色が浮かんでいる。

「バースはよく髭を剃りますか？」

質問を繰り返さなければならなかった。だがフロジェは、この男は理解していると感じていた。バ

……どの家からも離れた、畑地のど真ん中に建つあばら家。

ースは最初は、

「たまに……」そして「土曜日……」と答えた。

「最後は誰に剃ってもらったのですか?」

フロジェはもう一度、音節をはっきりとさせて繰り返さなければならなかった。

「わたしとエマ……この前の週……」

「それでよそ者は誰も家の中に入る必要はなかった……」

フロジェはいつもの習慣に反して、煙草に火をつけた。バースは目の周りが赤く、口もとからは抜けた歯並びが見え、唇はぶよぶよしている。

法外な力と老衰が入り混じっているのだ。そして冷ややかさが滲み出るような視線が、和らいだと思うと、今度は警戒感と共にまた鋭くなる。

「ヴァン・シュトラーレンは一文無しだったのですか?」

「はい」

「生命保険に入っていましたか?」

今回、フロジェは慎重に、明らかな説明を訊きだす必要があった。結果、それぞれの質問に気の遠くなるような時間がかかった。

「いいえ……」

「普段は何時に起きますか?」

「六時……七時……」

「セリーヌは?」

「同じくらいです……」

「本人は八時と言っていますが……」

「そうだったかもしれません……」

「遺体を発見したのはルイーズですか？」

「そうだと思います……」

「今朝はあなたが発見したと言っていましたね……」

「さあ！……」

答える前にバースはいちいち口の中で長いこと呟いていた。血管が浮き出て腫れあがり、土の染みついた両手が膝の上に置かれていた。関節はもう原型を留めていない。二本の指の爪は根元まで真っ黒だった。

電話のベルが鳴った。あばら家に残っている刑事の一人からで、井戸の水は汲みだしたが収穫は何もないとのことだった。

「彼女たちからは相変わらず何も引き出せないのですか？」

「一番年かさの女性から、今夜なんとか市場に行かせてもらえないかと頼まれました。キャベツが悪くなってしまうそうです」

「一番若い娘は？」

「洗濯物にアイロンをかけています」

「セリーヌは？」

「泣いていました……家の中を行ったり来たりして……今回のことに責任を感じているのではないで

しょうか」

　フロジェは受話器を置くと、取り調べの間中、目を閉じていたバースをしばらく眺めてから、おもむろに書記に頼んだ「調書をくれないか」

　そして一枚取り上げると、手に持ったページの一番下を指し示して被疑者に差し出し、もう片方の手で羽ペンを渡した。

「何を書けばいいんです？」

「サインを……」

　バースは力を入れて紙の上にバツ印を書いた。

「鼻をかむように！」


　フロジェは用紙に何か書き込むとそれを被告の方に押しやり、顔も上げずに抑揚のない声で言い渡した。

「これが君の逮捕状だ、ヴァン・シュトラーレン……」

　血管の膨れ上がった手が書類を取り上げた。その手は震えている。そして殺人犯がそれを読んでいる間、フロジェは自分の黒い手帳の一ページに、今度はゆっくりと、小さく乱雑で細かく読みづらい字を書きつけた。

証拠――『その一。被告は私がこの質問にかけた罠にはまった。「バースはよく髭を剃っていたか？」――答え「時々」これで化けの皮が剝がれた。被告はバースになりすましていることを忘れていた』

『その二。被告は何を書くのかと聞いた。だがバースは読み書きができない』

『その三。被告は、身だしなみには気を使わないが、苦労して瀕死の病人の髭を剃った。決して洗わず、手入れもしないで垢の中に横たわっているバースの髭を。そうしないとバースの髭のせいでフラマン人二人の間に驚くほどの差がでてきてしまう』

『その四。全員が黙っている。エマ・ヴァン・シュトラーレンを含めて。何故なら一家共有の利益にかかわってくるから』

状況証拠――『バースは病気で、あと一日かそこいらの命だった。だが全てはバースの名義だ。三十年間一家はバースの金で生きてきた』

『男性二人は同じような体型で同じ年だ。誰も二人の区別が殆どつかない』

『瀕死の病人の髭を剃り、とどめを刺す。そしてヴァン・シュトラーレンに見せかけるためにハンマーで顔をめちゃめちゃにする。こうしてヴァン・シュトラーレンはバースになりすまし、あばら家の、そして畑と銀行預金の所有者となる』

『数週間、ヴァン・シュトラーレンは髭を伸ばさなければならなかったのだから、これは予謀』

フロジェは目の前に立ち尽くしている男をまじまじと見た。唇を垂れ、死人のような目をしてまぶたの回りを湿らせた男を。

そして手帳を閉じる前に素っ気なく余白に書き加えた。

『動機。土地』

第五話　ヌウチ

この事件の予審に臨んだフロジェ判事は審議にたっぷりと時間をかけたので、人々の失笑を買わない訳にはいかなかった。

ヌウチは言葉本来の意味の美人ではないが、男の気をそそるタイプで、なおかつとても若かった。十九歳。背が高くスタイル抜群で、ぴんと張った小さな胸を、拳の中で握れる程の、薄いシルクドレスをまとい、体の線を際出たせている。

細面の顔が、真ん中で分けられ頭に吸い付くような黒髪のせいで更に小さくみえる。そして褐色の瞳に、しっとりと濡れた唇。

この類稀な優雅さは、はるか遠くの生まれ故郷、中央ヨーロッパを彷彿とさせる独特の雰囲気が醸し出すものだ。

ヌウチはハンガリー人。だが、ここ数年間は母と妹と一緒にパリで暮らしており、スパイスのほど良く効いた、訛りのあるフランス語を話した。

静かな不遜さも秘めていた。最初の質問の時こう言って尋問をはぐらかしたのだ。

「煙草お持ちじゃありません？」

彼女は生気溢れる太ももを、付け根まで見せつけるように足を組んで座っていた。

六日間で十一の尋問。最初の日は基本的な尋問を一問だけ。ヌウチはクロスビー夫人宅に忍び込んだ容疑で告発されていた。夫人と彼女は知り合いで、夫人の留守中に時価五十万ドルはするネックレスを盗み出した容疑だった。

ヌウチは宝石のしまってあったライティングデスクの上にくっきりとした指紋をいくつも残していた。フロジェは目の前に引き伸ばしたその写真を広げて見ていた。そこにはすべての指紋がはっきりと完璧に写っており、長い指の最後の指骨は奇妙に折れ曲がっている。

クロスビー夫人と保険会社は待ち切れずに日に三度も検事局に電話をかけてきていた。

フロジェの方は、いつもの厳しさを多少和らげ、素人として散歩の魅力を味わうように、地道にこつこつとこの事件に取り組んでいるように見えた。

目の前ではなお、ヌウチが時折フロジェに対しガーターを直してみせたり、大胆なポーズをとったりして媚びを売っているのだが、どれも無駄だった。フロジェはそれに腹を立てたりはしない。ただ微笑みを浮かべることで武装解除をさせ、両頬を赤く染めた彼女を席へ戻らせるだけだった。

ヌウチが苛立たずにいられなかったのは次々と同じ質問を浴びせられるためで、彼女は何かウラがあるのではないかと疑っていたが、わからなかった。

例えば十一番目の質問だが、こう始まる。

「ブタペストでは、被告は確か大きな家に住んでいましたよね？」

「大きな家でした、そうですよ！　使用人もたくさんいました。父は国務院の議員だと、既に申し上げましたけど。学校みたいにレッスンの復習を毎回するのが望みなんですか？　戦争のすぐ後父は亡くなりました。その頃私はまだ小さな子供で、母は全てを売り払いました。私たちは破産し、母はパリで隠れて暮らすことを望みました……住所は忘れていませんよね？　サン＝ペール通りの二十三番地。ホテル内のつながった二部屋です。電話番号は……」

ひどく苛つきながらも、ヌウチは良い生徒の振りをしてみせた。

「お母さんはフランス語が話せないのですか？」

「そうですか、母の事を訊きたいのなら。お望みどおりにします！　フランス語で知っているのは五十単語、三十年前に高等中学で習った単語です。それでも意地を張って父とフランス語で話そうとしていました、それがシックだから。きっとこれも訊きたいですよね。母はちょっと変わっていて、少女みたいな恰好をして、髪を赤みがかったブロンドに染め、うちの二部屋でまるでお城に住んでいる様なパーティーをするんですよ？……友人達からはちょっと変だって言われてます……」

「お姉さんは？」

「母のミニチュアです……四十になったら母そのものになるでしょう……刺繍をしたり、泣いたり、ピアノを習ったり詩を読んだりしています……」

「そうすると生活費は全部あなたが働いて？」

「はい……それと僅かな年金で」

「モード雑誌に絵を描く仕事は誰に薦められたのですか？」

「自分で見つけたんです！　他の人の手は借りていません」

「幾らもらっていますか？」

「パリコレのある月は二千から四千フラン……他の月は殆ど無収入です……」

「お母さんはあなたの私生活に干渉しませんか？」

「お答えしますよ！　わたしはモンパルナスのバーによく行きます、ええ！　友達もいます、はい！　それにあなたもご存知のシヴェスチ、モンテーニュ通りのレコード店で働いているシヴェスチと時々デートします！」

「あなた達はそれ以上の関係ではなかったのですね、それ以上というのは……」

「医者を呼んでくれれば証明してくれるでしょう！」

　質問がなされるや否や考え込むこともなく、ヌウチの口から答えが飛び出していた。時々立ち上がり部屋の中を歩き回り、また座った。そしてたまに、フロジェのデスクの端に腰を掛けた。

「いいですか、わたしが友達だと言ったら友達なんです。いつか恋人になったら、恋人だって言いますよ……。でもシヴェスチではありません……」

「クロスビー夫人とはどこで知り合ったのですか？」

「コレクションの発表会で……。夫人は招待客として来てました。わたしはデッサン画家……。いつだったかお喋りして……それから一緒にお茶をして……」

「でも夫人はあなたよりずっと年上では？」

「三十五です！　もうそちらの書類にありますよね。ご主人は大富豪、でも年寄りでうんざりするような人。それで夫人はご主人をシカゴに残してヨーロッパを旅行しているんです……」

「フランソソワ一番街にある夫人のアパルトマンにはよく行くのですか？……」

「殆ど毎日……。でも変なことは考えないで下さい……クロスビー夫人――エレン、結局そう呼ぶようになったので――は同性愛者ではありません、誓えます……」

「確かにあなたの仰る通りです！　夫人に色々と用事を頼まれていたそうですね……」

「はい、ちょっとした……」

「お金はもらいましたか？」

「何度か……。エレンはとても気前がいいんです……。お金は家のあちこちに置きっぱなしだし……。カクテルを何杯か飲んだら百フラン払うのも千フラン払うのも気にしないんです。虫の居所が悪くて人に当たる時は別ですが！　この指輪は夫人からのプレゼントです」

ヌウチは左手を挙げた。その指輪は引き伸ばされた指紋の写真の上に残された、たったひとつの起伏だった。

「クロスビー夫人はお母さんのパーティーに招待されましたか？」

「一度だけ！……。それで家に来るのは懲りたんです……夫人はアルコールをストレートで飲んでました……母は自分も同じようにしたくて、悪酔いして……泣いて……ハンガリー語で愚痴をこぼしたんです……それは本当に見ものでしたよ！……」

「クロスビー夫人はあなたに、自分からネックレスを見せたのですか？」

「はい！　夫がこれをくれたのは喜ばせるためじゃなくて計算ずくでだと……アメリカでは何に対しても備えを怠らないのが常で、金持ちは万一破産した時のことを考えている……このネックレスはつまり、まさかの時のためだって……」

「真珠は幾つついていましたか？」

「わかりません……」

「盗難は六月十一日の火曜日に発生しました、そうですね？」

「そうかもしれません！　いちいち日にちを数えたりしていませんから……」

「その日の朝、フランソワ一番街に行って、クロスビー夫人とランチを取った。……そしてドーヴィルで二日間過ごす夫人をサン＝ラザール駅で見送った……間違いありませんか？」

「間違いありません……」

「それからあなたはどうしましたか？」

「家に帰って仕事をしようと思いました……母は妹と出かけていましたから」

「結果としては誰もあなたを見ていないのですね」

「いいえ！　鉛筆を削っている時に手を切ってしまいました。かなり出血したので怖くなり、同じ階の青年を呼びました……。彼は包帯を巻くのを手伝ってくれて……まだその時の包帯をしたままです……」

ヌウチはピンクのゴム製の包帯が巻かれた人差し指を見せた。

「それは何時でしたか？」

「四時でした……スケッチブックの一冊をフランソワ一番街に忘れたことに気づいて……その中に入っている参考資料がないと仕事ができないので……行ってメイドさんに入れてもらいました……」

「彼女は部屋の中までついてきましたか？」

「ついてなんかきません！　クロスビー夫人がわたしを信頼しているのを知ってましたから」

「あなたはライティングデスクの置いてある寝室に入りましたか？」

「ええ！　でもすぐに出ました。今朝この部屋には入ってないと思い出したからです……結局スケッチブックはサロンにありました……」

「ライティングデスクには触らなかったのですね？」

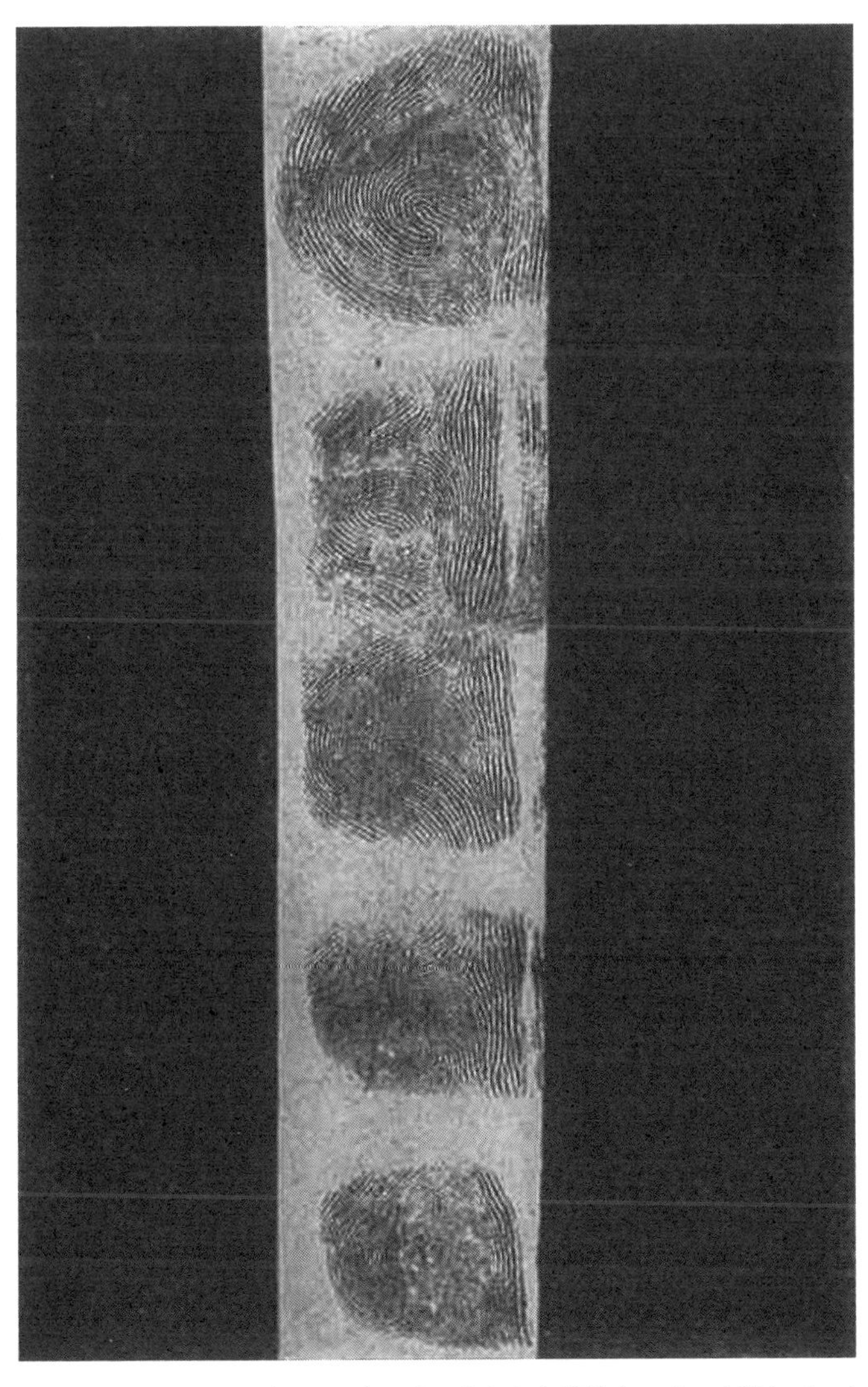

ヌウチはライティングデスクの上にはっきりした指紋をいくつも残していた。

「触ってません……」

「でもあなたの指紋が検出されているんですよ！」

ヌウチは肩をすくめただけだった。

「アパルトマンにはどのくらいいたのですか?」

「三十分くらいです……」

「メイドの女性もそう言っています。スケッチブックを取りに行くだけで三十分も?……」

「疲れていたので肘掛椅子に座りました……その辺に置いてあった英語の雑誌のニュース記事を読んだんです……」

「まっすぐ家に帰ったのですか?」

「違うのはご存知でしょう。シヴェスチの仕事が終わる時間だったので……出口で待ちました……モンパルナスで食前酒を飲んで……」

「シヴェスチの部屋には行かなかった?」

「行ってません」

「九時まで帰宅していませんね。それまで何をしていたのですか?」

沈黙。

「シヴェスチの月収はいくらですか?」

「千フランです……」

「なのに、千五百から千六百フランを使っている……」

「それは彼の個人的なことです……彼のことを訊くのはもうやめてください！」

フロジェは受話器を取った。

「もしもし！　エリゼ三七─〇七をお願いします……そうです！　クロスビー夫人を呼び出してください……」

ヌウチは眉をひそめ、思いがけず厳しい表情になった。

「何をするんです？」

「質問があります！　手の傷は本当にライティングデスクの錠をこじ開けようとして切ったものでない確信がありますか？……ブロンズの装飾品がありますね。ちょっと手を滑らせただけで……」

「ナイフを使っていて自分で切ったと言ったじゃありませんか、サン＝ペール通り……同じ階の青年が証人です……彼を呼び出しさえすれば……」

電話が鳴った。

「もしもし！……クロスビー夫人ですか？……タクシーを摑まえて大急ぎで私の執務室にいらして頂けますか？……いえ！　厳密に言うとニュースがある訳ではないのです……簡単な手続きです……」

するとヌウチが早口で訊いた。

「何の手続きですか？　私何か言いましたか？……あなたは何もご存じではないと認めたらどうですか、そして……」

フロジェはかすかに微笑んで、ヌウチの方へ何かを押しやった。

フロジェが娘の手の上に滑らせたのは、十本の指の指紋が写っている写真で、そこには左手の薬指の指輪によってできた歪な部分が、一か所だけ認められた。

「それがわたしの証拠です」フロジェの言葉は優しい響きを含んでいるようにもとれた。「あなたはつまり、ライティングデスクにわざと指紋を押し付けた時は怪我をしていなかった。だから指紋を押し付けたのは、あなたが見せてくれた包帯を巻いた午後ではなく、朝だ。つまりクロスビー夫人も一緒だった。それで、数日間疑いを被告に向けさせるのに、夫人はいくら払うと約束したのでしょうか」

ヌウチはフロジェに憎悪のこもった一瞥を投げた。フロジェはもう、マニアックの一歩手前になっているいつもの癖でメモ帳を開き、白いページに書き込んでいた。


『推定』

『その一。ヌウチは自分が疑われるとわかっていて盗んだので、シヴェスチの働いている店の前でおおっぴらに待とうとはしなかった』

『その二。ヌウチはもっともらしく、異論を挟めないような夜のスケジュールをアレンジしようとした』

『その三。ヌウチは質問にまるで有罪にして欲しいかのように振る舞ったり、答えたりした』

絹をまとい、香水の匂いをぷんぷんとさせたクロスビー夫人が慌てた様子で入って来た。

「署名が必要なんですか?」

「はい後ほど、マダム。留置者名簿に……宝石盗難の名目で保険会社に損害を与えようとした詐欺未遂の罪で謹んで取り調べをさせていただきます」

アメリカ女の顔がこわばり、恐ろしい表情でヌウチの方を向いたので、フロジェは静かに付け加えた。

「彼女は忠実に与えられた役を貫き通しましたよ。手を切ったことを責めないで下さい。彼女の責任ではありません。二つほど質問にお答えいただけますか？　一問目、あなたがとっくの昔に売り払った真珠とすり替えた偽物の真珠はどうしましたか？」

「ドーヴィルで、海に捨てたわ……」

「ありがとうございます！　当局の関心をしばらくよそに向け、真実を隠ぺいするのにマドモアゼル・ヌウチにいくらお支払いになられたのですか？」

「五万よ……」クロスビー夫人は吐き捨てるように言った。

フロジェは無表情のままヌウチを見た。彼女は体を硬くし、両手を握りしめ唇を震わせている。

「五万ですって？……五千です、判事さん！……それに……それに……ほら、ぴかぴかのこの指輪のダイヤだって偽物なんです……」

間一髪だった。ベルを鳴らして看守を呼んでいなければ、この予審裁判はビンタか引っ掻きあいで幕を閉じているところだったろう。

第六話　アーノルド・シュトリンガー

「判事さん、何よりもまず申し上げたいのは……」

「発言は控えるように！　私の質問に答えるようにしてください！」

フロジェは凄みのある低い声で一喝した。そして片方の肩を下げ、白く蠟のような片手で額を支えて、尋問中姿勢を変えないようにしなければならなかった。

アーノルド・シュトリンガーはぎょろりと飛び出した目をフロジェから一瞬たりとも離さなかった。その奥には反感とも奇妙な憎悪感とも取れる光が仄めいている。

三十歳。一メートル八十センチ。やや栄養過多、より正確に言うと溢れ過ぎた活力で、膨らんでいる。その点唇は特徴的だ。めくれた縁の部分が厚くて硬く、今にもはちきれそうな果実を彷彿とさせる。

しかし、顔色は不健康そうだ。化粧を思わせるピンクに染まった頬骨にもかかわらず、白すぎる印象が否めない。

髪は金髪でかなり短く眉は薄い。グレーのスーツは窮屈そうで、体中を締め付け筋肉があちこちで盛り上がっている。

フロジェは書類の上に屈みこんで口を開いたが、傍目からは綿密に作成された報告書を読んでいるように見えた。

「生まれはチューリッヒ。父親はドイツ人、母親はオーストリア人、そうですね？　間違っている時だけ答えてください。最初ニュルンベルグの大学で化学を専攻していた。二十三歳の時、志望を変更してボンで医学の勉強を始めた。どうして急にパリで勉強を続ける気になったのですか？」

「ボンは大学だけの街で勉強しながらできる仕事が見つからなかったからです」

「ご両親から仕送りはなかったのですか？」

「父は十年前に亡くなり、母はイギリス人の家で家庭教師をしていますが、母自身食べていくのがやっとです」

「なぜ医学を選んだのですか？」

「個人的興味からです」

「あなたは手術医になるつもりはないと繰り返し言っていましたね」

「そうです。わたしは研究所向きの人間です」

「それで解剖室の助手を志願したのですか。別の言い方をすれば死体解剖室へ送られてくる死体を切り刻むのはあなたなのですね」

「それもおっしゃる通りです」

「二年前からブランシュ広場にある中央薬局の夜勤の仕事に就きました。夜八時に出勤して朝の八時に帰る。この薬局は二十四時間営業だからです。あなたは例外を除いて店には出ていませんでした。そして簡易ベッド付きの小さな部屋を使っていました。緊急の処方箋の場合には女性の店員があなたを起こし、あなたは調合室に行っていました。何故薬局の所有者は薬剤師の免許を持つ人や自国のフランス人よりもあなたを選んだのでしょう?」

「わたしが正規の賃金の半額で満足していたからです。その代わり、当直に充てる時間に勉強をしたり、実験室を自分の個人的な研究に使えるという約束でした」

「二十時から八時まで被告は建物の一部で、薬局に出ていたジョリ夫人と二人きりでした。一時近くに夫人はあなたにコーヒーを淹れてオフィスに差し入れてくれていた。あなたは夫人の愛人だったのですね」

「そう噂されています」

「掃除係の女性のひとりが、いつもより早く出勤した際に現場を目撃しています」

「お好きに解釈してください」

「ジョリ夫人は三十五歳でした。彼女の夫は以前から積算士として、建築事務所で働いています。性格は粗暴です。とても嫉妬深く……、だいぶ前に、二人の関係に気づきました。ここ数週間というもの、夜に何度も不意に薬局に姿を現しています。そうですか?」

「そうおっしゃるのならそうです」

「またある時には、夫人が道をうろついている夫の姿を見ていました。彼は同僚たちに、二人の仲はいつか二人の死で終わると言っていたそうです」

「それは知りません」

「四日から五日にかけての夜、あなたは勤務中で、ジョリ夫人もいつも通り働いていましたね。レジの女性が証言していますが夜から朝まできっかり十三人の客が来ました。あなたは処方箋を用意するのに二回呼ばれました。十一時半に、ジョリ氏が映画を見た帰りに妻の様子を見ようと薬局に来た際、半開きの部屋のドアの間からあなたを見ましたが、声はかけませんでした。午前二時、ピガールのキャバレーの踊り子が店にやってきて何分か待たされました。ようやくやって来た店員の女性は髪を乱して真っ赤な顔をしていたと証言しています」

アーノルドは肉付きのいい唇をめくって蔑むような薄笑いを浮かべた。

「それだけですか？」彼は訊いた。

「ジョリ夫人はいつも、夫が起きだす前に帰宅できるよう七時頃には店を出ています。あなたは家政婦が来るまでの十分間ほど一人きりでしたね。五日、ジョリ夫人が昼番の店員を待って八時にやっと薬局を出た頃あなたは部屋で寝ていました。部屋のドアが開けられた時、あなたはぐっすりと寝ていたところを起こされた振りをした」

「『振り』とはどうも！」シュトリンガーは言葉をはっきりと区切り、皮肉たっぷりに答えた。「あなたは厳密な科学的論理を第一に考えていると思っているのですがね？」

「店員たちが出勤してきた時、ジョリ夫人はすでに上着を着ていました。そしていつも路面電車に乗るクリッシー広場の方へ歩いて行きました。あなたはオーナーを待っていました。オーナーと二言三言交わした後、ムッシュウ＝ル＝フランス街にある自分の部屋に立ち寄り、それから講義に出ました」

フロジェの話し方は通り一辺の単調なものだった。喜怒哀楽のかけらもない。二人が争っているようには見えない。フロジェの方はただ冷静に原稿を読んでいるようで、シュトリンガーは疑いに満ちた大きな目をフロジェから離さない。

「六時に、ジョリ氏が薬局に妻と会っていないと愚痴をこぼしに来て、あなたの住所を訊き出そうと

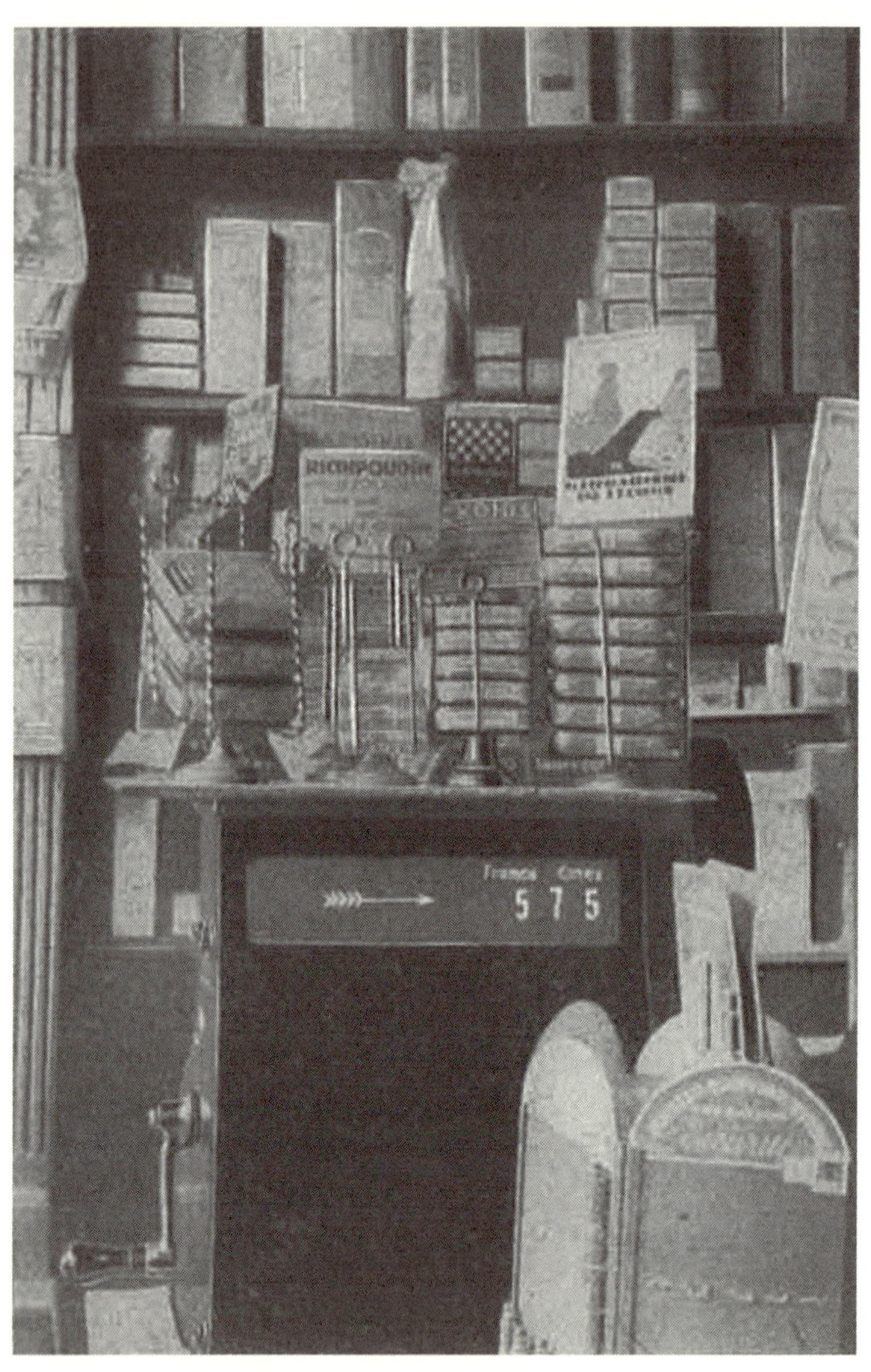

この価格の物は脱脂綿ひと箱にしか該当しない、だが……

しましたが、ジョリ氏が余りにも感情的だったので、支店長は住所を教えませんでした。破れかぶれのジョリ氏は午前中、ずっとあなたを探して大学の医学部を探し回りました。研究所の友人がすんでのところで警告してくれて、あなたは住所を教えないよう言い置くと裏口から出ていきました。それは認めますね？」

アーノルドは肩をすくめただけだった。

「午後五時、予想外の注文が薬局に舞い込み、倉庫係が地下室に降りていく必要が生じました。そこでは探し物が見つからずに『予備室』、より小さな危険物、とりわけ酸性危険物を保管してある倉庫に足を踏み入れた彼は、壺型小瓶の列の後ろにあるはずのない幾つかの袋があるのに気づき、それらを取ろうとしましたが、鋭い痛みを感じ悲鳴をあげました。麻製の袋には濃硫酸がしみ込んでいたのです。少し経って非常ベルが鳴らされ、袋の下からは三つに分断され、硫酸に侵食された女性の死体が見つかりました」

「あなたは解剖結果を知っていますね。死亡時刻は二十四時間以内。残された衣服の切れはしが、ジョリ夫人が前夜着ていた服と一致。同じ年配。同じ身長。同じ体型。ジョリ氏が遺体と対面し、確認しました。ジョリ氏は迷うことなく犯人はあなただと言っており、警察が保護しなければ、顔を合わせると同時にあなたはジョリ氏に殺されていました」

「薬局の入り口は一つだけです、違いましたっけ？」ゆっくりとした口調でアーノルド・シュトリンガーが訊いた。「それに、敢えて指摘させて頂けるのなら、ジョリ夫人を殺してもわたしにはなんの利益もありません。それにそちらの調べには、まだ上がっていない重要なことがあります。彼女は一日の売り上げの幾らかをくすねていて、月に二百フランほどわたしに渡していました」

アーノルドは極めて冷静な口調で述べた。

フロジェはこの発言を聞かなかったかのように再び口を開いた。

「出入口は確かにひとつしかありません。それに朝の八時に店を出るのであれば、店内には誰かがいたはずです。それからあなたの五日の昼間の行動を再現してみましたが、ブランシュ広場には行っていませんね」

「それは何を……」アーノルドの口調は攻撃的になり始めた。

素早く完璧な応酬をくらってアーノルドは冷静さを失ったのだ。

「それがどうしたのですか！」


中休みのような静けさの五分間。そして再び審問が始まると、アーノルド・シュトリンガーの先程までの自信に満ちた態度は鳴りをひそめた。

フロジェもまた態度を変えていた。尋問の声はより鋭くなった。両手で象牙のペーパーナイフを握り強く曲げすぎていたためアーノルドは思わず、ナイフの折れる瞬間をうかがった。

「残っている質問にはい、もしくはいいえで答えて下さい。あなたはボンにいた頃、一度も表沙汰にはならなかったセックススキャンダルに関係していた。そこでは十七歳の青年と十六歳の少女が亡くなっています。そうですか？」

「医学部の四分の一の人間が関係していました。恐らく隠ぺいする理由があったのです」

「あなたは数カ月前、薬局の新しい女店員に、自分のような愛人はそこいらの平凡な愛人とは全然違う、一度でも自分を知った女性は自分無しではいられなくなる、とはっきり言いましたね」

シュトリンガーはかすかに顔を赤くして、微笑もうとしたが、不自然なしかめ面を見せただけだった。

「ジョリ夫人はあなたのお蔭でコカインを吸うようになったと自慢していました」

「パリでは三万から四万人の人が吸って……」

「あなたにはあなたの行動の説明を求めているだけです。四日から五日にかけての夜、一人もしくは何人かの客の仕事がありましたか？」

「処方箋を二枚作成しました」

「店には顔を出しましたか？」

「出していません！」

「金銭の授受は行っていないのですね？　するとレジを打つのは全てジョリ夫人の仕事だったのですか？」

シュトリンガーは口を閉じ、唖然とし、警戒の色を滲ませ、漠然とした不安気な表情になった。

「十三品売れて、売り上げは九十六フラン二十五サンチーム。そのうちの二つは被告が手渡した処方箋によるものです。他の十品は現金払いの商品。十三番目は」

沈黙。シュトリンガーは身動きしなかった。額にしわを寄せ、かつてないほど両目を突き出している。彼は理解しようとしてもできないように見えた。

「十三番目の商品の価格は五フラン七十五サンチーム、これは薬剤師のはっきりとした供述書によるものですが、この価格の物は脱脂綿Ｂ一箱にしか該当しません。店には他に五フラン七十五サンチームの商品はないのです」

再び沈黙。フロジェは書類の位置を動かした。

「脱脂綿を売りましたか？」

「私は店に足を踏み入れていません」

「陳列台の脱脂綿はひとつも欠けていませんでした。レジが前夜開いていて、商品の箱はいつも全て揃っていたので在庫管理は簡単でした」

「というと？」

「その朝、レジには五フラン七十五多く入っていたということ、それだけです！　五フラン七十五とレジで打たれて引き出しにしまわれた。しかし商品はひとつも売上げた形跡がないのです」

シュトリンガーは椅子の上で体を動かしたが一言も洩らさない。

五分間の沈黙の後、彼ははじけるように立ち上がり、うろたえてこう訊いた。

「それで？」


声は乾いていた。フロジェの態度が余りに高飛車で断定的だったので、シュトリンガーはすっかり動揺していた。

「あなたの許可なくして死体を地下室に入れることはできません。あなたが強調していた、一つだけの出入口。昼間は、多くの人々が常時店の中にいて通らなければならなりません。夜はあなたと、あなたに夢中なジョリ夫人だけです」

「よって、推定の部分がかなりありますが、単独犯でも共犯でもあなたの責任になります」

それは手短にまとまっていた。フロジェは相手がそこまで極端に要約された理屈に白旗を挙げるには頭が良すぎることを知っていた。

「五日、ジョリ夫人は帰るために昼のスタッフが来るのを待つ。まだ推定事項と言うことにしておきましょう。というのも夫人は誰かに姿を見られるためだけに待っていた。いやむしろ、夫人が姿を見られるのはあなたにとって必要なことだった。と言う理由であなたを有罪にするには必然的に無理があります」

「犯行はすでに行われていた。死体は地下室にあり、濃硫酸に浸っていた。検視官たちは、その日の夜に犯行時刻はほぼ二十四時間前だと判定しています」

「結論。死体はジョリ夫人の物ではない」

「五フラン七十五サンチーム、レジの金庫に多く残っていた。しかしあなたもあなたの愛人もレジに余計なお金を入れて不一致が生じることには全く無頓着でした」

「商品は売れていた。ただ買った物が持ち帰られなかっただけだ」

「脱脂綿はどうなったか。若い女性客が来て、品物を受け取り代金を支払う。その女性はすぐに連れ去られ、店の裏で殺され、バラバラにされて地下室の濃硫酸づけの袋の下に隠される」

「だがジョリ夫人は脱脂綿を棚に戻すという間違いを犯す。購入者が店を出なかったので購入はされたけれどそこに残った脱脂綿のことです。」

「これは機械的証拠（理論と推察に基づいた証拠）と呼ばれています」

シュトリンガーは、胸の悪くなるような仕草で、自分の手を脂肪で膨らんでいる首に持っていき、こう言った。

「またひとつお手柄を増やしましたね！　鼻が高いでしょう、違いますか！」

だがフロジェは手帳に書きとめるのに忙しく、もう聞いてはいなかった。

「ジョリ氏は嫉妬心で危険な状態にある。リスクを冒さないで彼を殺すのは難しい。だが二人は、理由は曖昧だが、お互いを必要としていた」

「ジョリ夫人が死んだことにすればいいだろう。二人は夜中、二人だけの時に外観がいくらかでもジョリ夫人に似ている女性客を待ち受ける」

「殺人。服の交換。濃硫酸」

「夫人が八時にマントを羽織って同僚を待っていたのは、着ている服が自分のではないことを悟られないため」

「夫人は姿を消し、約束の場所で愛人を待っている」

僕はのちに横線の間に赤インクでかかれたメモを読んだ。

「サルパトリエール病院において、梅毒による進行性麻痺で死去。責任能力なしで無罪放免になってから一年後のこと」

第七話　ワルデマル・スツルヴェスキー

「座って下さい！」フロジェ判事は言った。

被疑者は最初にぎこちなく前屈みになり唇に愛想笑いを浮かべたが、そのせいか表情を固くして口を開いた。

「ありがとうございます！　判事さん、どうしても申し上げておきたいのですが、わたしはこの社会で評判の高い判事さんのような方に担当して頂けることになって、胸をなでおろしています」

彼は椅子に座り、フロジェ判事の相手を気落ちさせるような視線を浴びながら、手や指をせわしなく動かし続けた。

「ポーランド軍士官の軍服を着ていたら、わたしはあなたたちの部下に粗野な扱いではなく、礼儀正しい扱いを受けていたでしょう。ただの一個人でしかもこの国では外国人。今となっては何でも黙って耐え忍ぶ立場になってしまいました」

彼は自分の話に酔いしれていた。痩せていてぱっとしない小男で、棒のように固く気負っている。彼は、服を脱ぐ際に昔の士官がつけていたようなコルセットを外し、看守を驚かせていた。

彫りの深い顔立ちのワルデマルは強い近眼で、金の鼻眼鏡をかけていたので、それをしょっちゅう拭いていなければならなかった。そのためヤギの革製の眼鏡拭きをベストのポケットに忍ばせている。

服装はぱりっとしていて、折れ目がきちんと入っていた。

「さて、スツルヴェスキー……」

「すみません……スツルヴエズ……という発音です。わかりますか？　わたしの唇を見て下さい。こういう風に……そしてキ……。フランス人で私の名前を正しく発音できる人は殆どいないのであまり愉快ではありません……」

フロジェは眉一つ動かさなかった。それどころか彼の無作法のせいで氷のように更に冷たい態度になった。

「一月十八日の火曜日、あなたはテュレンヌ通りにある自宅を八時に出ましたね」

「はい、そのくらいでした判事さん。でも注目して頂きたいのは……」

「そして自宅から百メートルほど離れた手芸材料店（キオスクの閉まる夏の間だけ新聞を売っていた）で新聞を買いました。女店員の証言によると五スーを渡すあなたの手が震えていたということですが」

「判事さんは手芸店の女店員と参謀将校の違いを全く考慮にいれていないのですね……」

「……しかしあなたは太字で書いてある見出しを読んだだけでしたね。『ジルツキとプロトフが今朝処刑された』という……」

「どの国にも嫌なニュースはあるものです、判事さん……それに……」

「あなたは店を大慌てで飛び出しました。レピュブリック広場まで歩き、銃器販売店に入りました。そしてピストルを注文しました……」

「弾丸は詰めてありませんでしたよね？」

「そう、確かに詰めてありませんでした。銃器店の人もあなたが弾丸を購入するのを断ったことに驚いていました」

「わかっていただけましたか……」

「いいえわかりません。店を出る前にドアを半分開けました。どんどん神経が高ぶっていきましたね。あなたは店の人に、自分が参謀将校だったことを言わなければと思った。店では何も訊ねてくれませんでしたが……」

「判事さん、わたしは……」

「あなたはグランブルヴァールを歩いてポルトサンドニまで行きました。そしてサンドニの角を曲がりましたね。あなたの傍を通った巡査によると、小声で早口に何か言っていたそうです。巡査は目であなたを追いました。あなたは三度振り返りました。そして、急にクレムリ（当時ミルク及びミルク製品を販売していた店。軽食堂でもあった）に入りました。朝の九時で、中央市場に近いその界隈はたいそう賑わっていました……」

ワルデマルは入念に眼鏡のレンズを拭いていた。眼鏡をかけないと、顔つきが変わって見える。目はもうあまり見えない。とても痛そうに瞼をぱちぱちとさせている。

「店には女性客が一人。あなたはポケットからピストルを取り出して叫びました」

『――レジだ……早くしろ！　通報はするな！……』

「女性客は叫びながら慌てて外に飛び出しました。巡査が駆けつけて、店主はカウンターの後ろの床に身を伏せました。あなたはなんの抵抗もしませんでした。この事件の概要は、これで合っていますか？」

「その件については聞くのもつらいのです。そこは認めていただけると思いますが……」

「よろしい！　ポーランド大使館はあなたの事を知っています。あなたが昔の参謀将校である事実はありません。大戦前、あなたはワルシャワにあるロシアの本屋で店員として働いていました。ポーランド解放の時、たまたまあなたがフランス語を話せたので、通訳として参謀将校の師団付きになりました。それで制服を着る権限を与えられたのです。むちゃくちゃな時代でしたからね。新生ポーランドには若い男性が必要でした。数カ月後、あなたは新しい大使館付き陸軍武官と共にパリ行きを命じられました。毎朝ブーローニュの森で馬に乗っている姿を見られていますね。それからあなたを軍法会議にかけるという問題が持ち上がりました。というのは自分の軍服を悪用してあちこちでちょっとした詐欺行為を働いていたからです。事が公になるのを防ぐために、あなたの辞職で事は丸く収まりました」

「釈明したいことはたくさんあったのです、判事殿。でもそのためには裁判が必要になったでしょう、大規模な裁判が……」

「あなたは再び本屋の店員に戻りました。但し今度はエロティックな作品を扱う商売でした、それ専門の版画や写真も」

「そういう類の出版物が大目に見られていたのです……」

「あなたはテュレンヌ通りに部屋を借りました。部屋は四階にあります。五階にはブウラン婦人が住んでいますね、六十五歳で、娼婦として栄華を極めた女性です」

「ご婦人方に対する礼儀は判事さんも……」

「ブウラン婦人は太っていて醜い。その上水腫患者です。巷では、彼女が大事に持ち続けている、愛人だった政府の要人が書いた政治生命をおびやかしかねない手紙のせいで、要人は彼女の金づるになっているという噂が流れています。あなたが目をつけない訳がありません……」

「わたしは噂話など気にしていません。……（フランスでもこう言いますか？）……階段の噂話と……」

「しかしあなたはブウラン婦人の愛人になりましたね」

ワルデマルは控えめな、と同時に咎めるようなかすかな笑みを浮かべた。

「あなたは殆ど毎晩彼女の部屋を訪れていますね。同じ階の隣の住人は二人の間の激しい声のやりとりを聞いて楽しんでいますよ」

ワルデマルはうろたえ、だんだん攻撃的になり呟いた。

「あなたのように社会的地位の高い方がそんなことを……」

出し抜けに不意をついた質問がワルデマルを襲った。

「あなたと一月八日に処刑された二人の殺人犯の間にはなんの関係があるのですか？」

「いえ……わたし……わたしは何も……」

「ちょっと待って下さい。ジルツキ、プロトフは、同様に有罪判決を受けて強制労働の刑を宣告された三人の共犯者と共に十一月二十四日から二十五日にかけての夜、ポーランド大使館に侵入して盗みの現場を見つかり、二人のガードマンを残酷にも殺しました。予備調査によると犯行はこれだけではなかった。犯人たちはセーヌ県の人里離れた何軒かの人家での犯行の際に別の二人を殺しています。プロトフは、十一月二十一日にはすでに大使館への押込み強盗計画が整っていたが、警官がたまたま二人、通りにいたので計画を二十四日に延期したと自白している。大使館の警備員については全く予想していなかったので誓って最初から殺人を計画していた訳ではなかったと言っています。だが二十一日は土曜日で、大使館は警護されてなかった」

「まさかわたしに非があると……」

「犯行現場に残された指紋にあなたの物はありませんでした」

「何がおっしゃりたいのです?」

「一方、あなたはサンアントワーヌのバーでアペリティフを飲んでいる姿を何度も見られています、そこはテュレンヌ通りとサンアントワーヌ通りの角でポーランド人の一味が根城にしていたところです」

「判事さん、もし判事さんがアペリティフを飲んだ場所を誰かに調べられたとしたら恐らく……」

そこでワルデマルはまた眼鏡を拭いた。

「一味が捕まってから、あなたはそのバーに行っていませんね?」

「そりゃそうですよ。いかがわしい店と知ってから、わたしは……」

「サンドニ通りのクレムリーでいくら盗むつもりだったのですか?」

沈黙。というよりワルデマルが小さな声で独りごちていた。

「その朝、あなたの財布には二百フラン入っていました。ブウラン婦人の隣人はその頃何日か二人のやりあう声は聞こえなかったと証言しています」

ワルデマルは判事を心配そうに見上げ、その裏の意味を探った。

「言い換えると、その数日間あなたは夫人のところへ金の無心に行っていなかったということですね」

ワルデマルは動揺していた。憤懣(ふんまん)やるかたないといった風ではじけるように立ち上がり、身振り手振りで訴えた。

「判事殿。忘れてもらっては困ります……」

「座って下さい！」

それは命令だった。ワルデマルはぶつぶつ言いながら椅子に座り込んだ。

「高い地位にあって調べはついているくせに……」

「十八日の朝、何故あなたはお金が必要だったのですか？」

沈黙。フロジェも押し黙った。ワルデマルが口を開く。

「精神科医の診断を受けさせてもらうよう依頼しているのです。不運続きで自分は以前の自分と違うのははっきりわかっています。三半規管にずれが生じているのです」

「サンポール広場のポーランド人街の界隈ではあなたは弁護士と呼ばれているようですが……」

「私の教育の高さのせいです……」

「もしくはあなたのアドバイスをしたがる偏執的な癖のせいですね。それでフラン＝ブルジョワ通りの仕立て屋のために風変りな広告を作成した。敢えて新聞に挟まれて配られることはありませんでしたが……テュレンヌ通りでは、あなたは必死で自分の部屋とブウラン婦人の部屋を軍事用電話機でつないで話そうとしました。被告は天井に穴をあけ、バッテリーとワイヤーを買ってきました。電話は作動しなかったようですが……」

「全くの偶発的な事故の結果です。判事さんはおそらく基礎知識をご存知かと……」

「あなたは、管理人に彼女の息子をパイロットとして、主にヨーロッパの中央路線に関係の深い航空会社に就職させると約束しましたね。実際、あなたのしたことと言えば航空学校の住所を教えただけでしたが」

「わたしにはそれらに何の関係があるのかわかりません……」

「ブウラン婦人は、あなたが留守に何度も部屋に入っていると言っています」

「わたしが何か盗ったとでも？」

「あなたは手紙を探していました。ポルノ商品を売ってどのくらい稼いでいますか？」

「だいたい月に二千フランくらいです……」

「心の広い愛人からもらうものと合わせると三千フランほど。やましいことはありません」

ワルデマルは無理に笑って見せ、満足した証拠に頷いた。

「あなたは一月十八日に手芸店で買った新聞をおそらく読む暇がなかったのですね。そこにはこんな記事が載っていました。二人に死刑執行を告げるために起こしに行った際、ジルツキとプロトフの受け止め方は全く違っていた。プロトフは両手の拳を握りしめ、青ざめた顔で最後までポーランド語で声高に脅し文句を叫んでいた。ジルツキの方は、刑務所長の腹をたたいて高らかに笑った。そして強い訛りで叫んだ、とある」

「また――冗談だろ！」

ワルデマルは眼鏡を拭いていた。鼻が詰まり息が苦しそうだ。

「ところが、ギロチン台の方に押しやられると気絶してしまった……」

「わたしに……わたしに……何の」

「十一月の二十四日から二十五日にかけての夜、あなたはどこにいましたか？」

「ボルドーです。仕事で」

「そこで会った顧客のリストをもらえますか？」

そして急に、彼はクレムリに入った。

「誰とも会いませんでした。誰も来なかったのです。でもマリンホテルの七十八号室を取っていました。宿泊者名簿にサインをしました、それで証拠には十分なはずです」

「パリを出発したのは何日ですか?」

「二十一日のお昼頃です」

「つまり土曜日ですね。もちろん往復乗車券で」

「はい。何だかとても疲れました。それに気分がすぐれません……」

「頭ですか?」

「そうです。渦を巻いているようで……というより行ったり来たりする波がどこかの小さな骨にあたるような。で、何故わたしがクレムリを襲ったか、でしたっけ?……」

「わたしが説明します!」少し前から手帳を広げて書き込みをしていたフロジェが間髪を入れずに言い返した。


「わたしに言わせていただきたいのですが……」

だがフロジェは何も言わずに書き続けた。書き終わるとワルデマルにとっては読みづらい手帳を、広げたまま押しやった。


『クレムリを襲ったのは刑務所に、あわよくば精神療養所に行きたかったから(被告の説明のつか

ない行動からはこの結論を導き出すのが妥当である）刑務所はポーランド人一味の復讐から一番安全な逃げ場所であるから』

『脆弱な性格で、今まで就いた仕事は能力を上回ったものであったが、自分に値しない仕事であると見下していた。軍隊における階級制度が被告の考え方をおかしくした。やっかい事を外交的駆引きと勘違いするのだ』

『ブウラン婦人の愛人になったのは婦人が地位の高い人物からの手紙を持っていたからだ。その時から自分は全能だと思い込む。気取った口調で軽はずみに誰かれなく助言をするようになる。誇示する必要、特に優越感を感じる必要にとらわれる』

『セント・アントワーヌのバーでポーランド人の一味と出会う。仕立屋にした時のような気持ちでアドバイスを与える。恨みのある大使館への押込みの日時を示唆。実行日の計画を、唯一大使館に見張りのいない土曜日に行うべきだと計画を立てる』

『そして土曜日にはボルドーへと飛んで（日曜に仕事の用件はなかった）アリバイを作った。共犯者たちは、偶然の出来事から押し込み強盗を三日延期する。頭の悪いごろつきの集団は計画がうまくいかないことが理解できない。ガードマンが撃ち殺された後、七人のうちの五人が逮捕される』

『ワルデマルはパリに戻る。まだ自己顕示欲は治らない。自分は持ってもいないブウラン婦人の手紙で、処刑を受けさせないことを請け負う。もし仲間が処刑されたら殺すと脅される』

『ワルデマルは時間稼ぎをし、なんとかその日その日を生き延びる。もうブウラン婦人の手紙を探そうともしない。自分の無力を感じる』

『刑の執行を知る。次のような考えが浮かぶ。逃げる時間はないから無分別なことをして警察の保護下に入ろう』

そしてワルデマルは以下に書かれた事項を読んだ。

『証拠：土曜日にボルドーへ発ち、事件の次の日にもどってきたこと』

『推定：二人の人間のいる店を選んだこと（一人が通報できる店）』

『弾は込められていなかった』

『金銭目的ではなかった。朝九時にクレミエに大金はないと当て込んだ』

『もうサンアントワーヌには行かなかった』

そして余白に

『自分で演じてみたかった役割で自滅』とある。

ワルデマル・スツルヴェスキーは鼻眼鏡をかけて、はっきりした口調で言った。「かつて参謀将校だった人間にとっては……」

そして身を引きつらせて続けた。

「つらい仕打ちだ！」

第八話　フィリップ

予備捜査を行った司法警察のリュカ警視はフロジェに言った。

「君の受けた印象を聞かせてくれ！……わかったつもりでいても……中の事情はまた違うんだ……」

そこでフロジェ判事は〈中〉に、ブレア通りの変わった建物内に足を踏み入れた。

大部分の住人は玄関や窓を開け放しにしたまま生活をしていた。窓ガラスを掃除してある部屋は殆どなかった。七番地二のこの部屋の窓ガラスもおそらく一度も掃除されたことはないだろう。

フロジェはドアをノックした、呼び鈴がなかったからだ。リュカ警視から話を聞いていた通り、青いエプロン姿のフィリップが扉を開け不安気で弱々しい笑みを浮かべて判事を通した。

寝室？　ダイニング？　キッチン？　全てが一緒くたになっていて何とも形容しがたい場所だった。古い織物があちこちに敷かれ、色あせた布の端切れがそこいら中の壁にぴんと貼ってある。テーブルの上にも、変形した肘掛椅子の上にも敷物が掛けられていた。きっと居心地の良い雰囲気を醸し出すためなのだろう。おびただしい数のくすんだ古着も置いてある。

「判事さんですか？　どうぞお座り下さい……」

しばらくの間フィリップの顔を観察していたフロジェは彼に二つの面があることに気づいた。それは顔の不均衡のせいだ。片方の横顔はハンサムで優しそうで青く澄んだ瞳を黒髪が際立たせていて非の打ち所がない。

　だが正面から見ると鼻が長く斜めについていて、唇には不自然なしわが寄っている。

　フィリップのエプロンは女性用だった。彼が家事にいそしみ両手を拭いて、首をかしげて来客が話し出すのを待っている仕草は女性そのものだ。

　フロジェは一つしかないベッドに目を向けた。シーツは洗い立てで、金色に縁どられたフォトフレームの中には二人の男の写真が飾ってある、フロジェはリュカ警視の言葉の意味がわかった。彼は全部知っていてフロジェの戸惑いを予想していたのだ。突然根底から歪んだ世界に投げ込まれたような気がした。

「あなたは確かお母さんの顔を知らないのでしたね？」

「父も知りません。わたしは私生児で両親は周到にわたしを厄介払いしたのです。わたしはトリノの近くに住む農民に育てられ、それから感化院に送られました……」

「二十一歳の時、召使いとして雇われましたね。それからあちこちを転々として、最後から二番目の雇い主とフランスへ来ました。最後の雇い主のところで働いていた時にレストランの給仕長だったフォレスティエさんと会って……」

「はい、判事さん。フォレスティエさんがわたしの面倒をみてくれました……」

　フォレスティエの写真はベッドの側にある。五十前後で、背が高く痩せている。しなびた顔に、青ざめた肌の色。力の入らない両足はリュウマチを患っているため足許がおぼつかない様子だ。服と髪の色はグレーだった。

　一週間前、バティニヨール通りのホテルの一室で公娼といる時、フォレスティエは突然錯乱状態に陥った。瞳が大きく見開かれたままだったので、女は急性の重い病気だと思った。一時間後フォレスティエは意識を取り戻さないままボージョン病院で亡くなった。

検視により、死因はアトロピン（アルカロイドの一種で、筋肉痙攣〔けいれん〕などの緩和や散瞳〔さんどう〕薬として用いられる）の大量摂取であることが判明した。フォレスティエのポケットからはその他に、何通もの手紙と、三千フランと、ボール紙でできた小さな箱に入った二錠の丸薬が見つかった。この丸薬には少量の、体に害のない量のジギタリン（ジギタリスの葉から抽出した猛毒。強心剤として用いられる）と大量のアトロピンが含まれていた。ベルトミウで働く、たまたまフォレスティエの相手をした娼婦はこう証言した。

「あの人はゴーモンパラス（当時ヨーロッパで一番大きかった映画館）の裏でわたしに近づいてきたの。時々来るから知っていたわ。話によると地方に住んでいて毎月一週間から十日近くパリに出てくるっていうことだった。女の子を一人か二人選ぶのよ。気前がいいの。時々何日も私たちを囲ってどんちゃん騒ぎをしたりしたわ。一緒に夕食をとったすぐ後、あの人は箱から錠剤を三粒飲んだので、わたしはからかった上に、それがないとできないのかって訊いたの……」

管轄の警察署長がサインした最初の報告書は自殺と結論づけていた。

それでもリュカ警視が調査を担当すると意外な事実が次々と判明した。

『フォレスティエ、ジュールーレイモンドークラウド』フロジェは小さな手帳に自分で書き留めた。

『サンータマンーモンロンに生まれる。この街の高校をバカロレア（フランスの大学入学資格試験）の一年前、寄宿舎におけるスキャンダルの件で放校された』

『パリで職に就く。それからB……伯爵、正当王朝主義の擁護者の一人、の個人的な秘書を務める。

理由不明の解雇。モンテカルロ、そしてニースのレストランで給仕長をしていた時、フィリップと出会い一緒にパリに落ち着く。フォレスティエは、詐欺を生業としていた』

だがこのような人間が、ごくありふれた詐欺を働くことなど論外だった。フォレスティエは、のちにブルボン王朝詐欺師と呼ばれる詐欺師となった。

フォレスティエの持っていた手紙の山はブレア通りの部屋でも発見され、それらから詐欺のやり口に関する様々な情報が得られた。

貴族の身分を切望しつつ、又はそれを失い田舎の立派な屋敷にひっそりと暮らしている老人たちに手紙を出し、自分をブルボン王家の代理人、迫害にあった正当王朝主義者、果てはまた新しく王党派の機関紙を発刊するための基金を募る仕事を担当している広報と思わせる。

そして時々相手のところに姿を見せる。怪しむ者もいるが大抵は少額をだす。しかし中には、すっかり信じ込んでうまい話に乗ってしまう者たちもいた。

リュカ警視は彼の報告書の中でこう記していた。

「同毒療法の信奉者。フォレスティエはボンヌ・ヌーヴェル大通りにある薬局で最近数週間に渡り、ほぼ毎日、微量の純粋なアトロピンを調剤室でいつも通りに調合してもらっていた」

フィリップは、エプロンを外して三つ揃えのスーツ姿に着替え——まるで男装でもしたかのように見える！——フロジェ判事からの質問を、曖昧な微笑を唇に浮かべて待っていた。

「二人の間であなたの役割は何でしたか？」

「え！　わたしですか……」

フィリップは言いにくそうにゆっくりと語った。

「私は家事担当でした。そうは見えませんか？　馬鹿げた仕事です！　洗濯！　アイロン！　家事全般です……」

彼はフォレスティエにビンタを喰らわせないよう、気持ちを抑える努力をしなければならなかった。

「それから手紙を書かされました。時には同じ文面の手紙を二百通も……。そして封筒に切手を貼って……フォレスティエさんは殆ど外出していました……よく地方に旅行に行っていました。近場のゴーモンパラスを含めて！」

フィリップの表情が一瞬引きつったが、フロジェにはちらりと見せただけで、またもとの微笑を浮かべた。

「わたしにはわかりません！」フィリップは温和な中に苛つきを隠せない調子で言った。「これ、おかしいんですよ……ほら！　これはリュションからの絵葉書で、フォレスティエさんの死後二日後に彼から届いたんです……郵便局の消印もここにあります……筆跡も彼のものです……で、ここにもう一枚今日受け取ったのがあって……管理人さんや郵便屋さんに訊いてくださっても構いません」

フロジェは二枚の絵葉書を神経質そうにつまみあげた。フィリップの言ったことは本当だった。消印は本物だ。筆跡は、真似をして書いたとしたら、フィリップより抜け目のないスペシャリストによるものだ。

「これはあの三千フランのように謎です」フィリップは首を横に振りながら続けた。「こんな大金はあった試しはありませんでした。見て下さい！　これが二十回以上も履いているわたしの靴下です……夕食は、野菜スープとフロマージュブラン（ヨーグルト状の柔らかいチーズ）だけです……出入

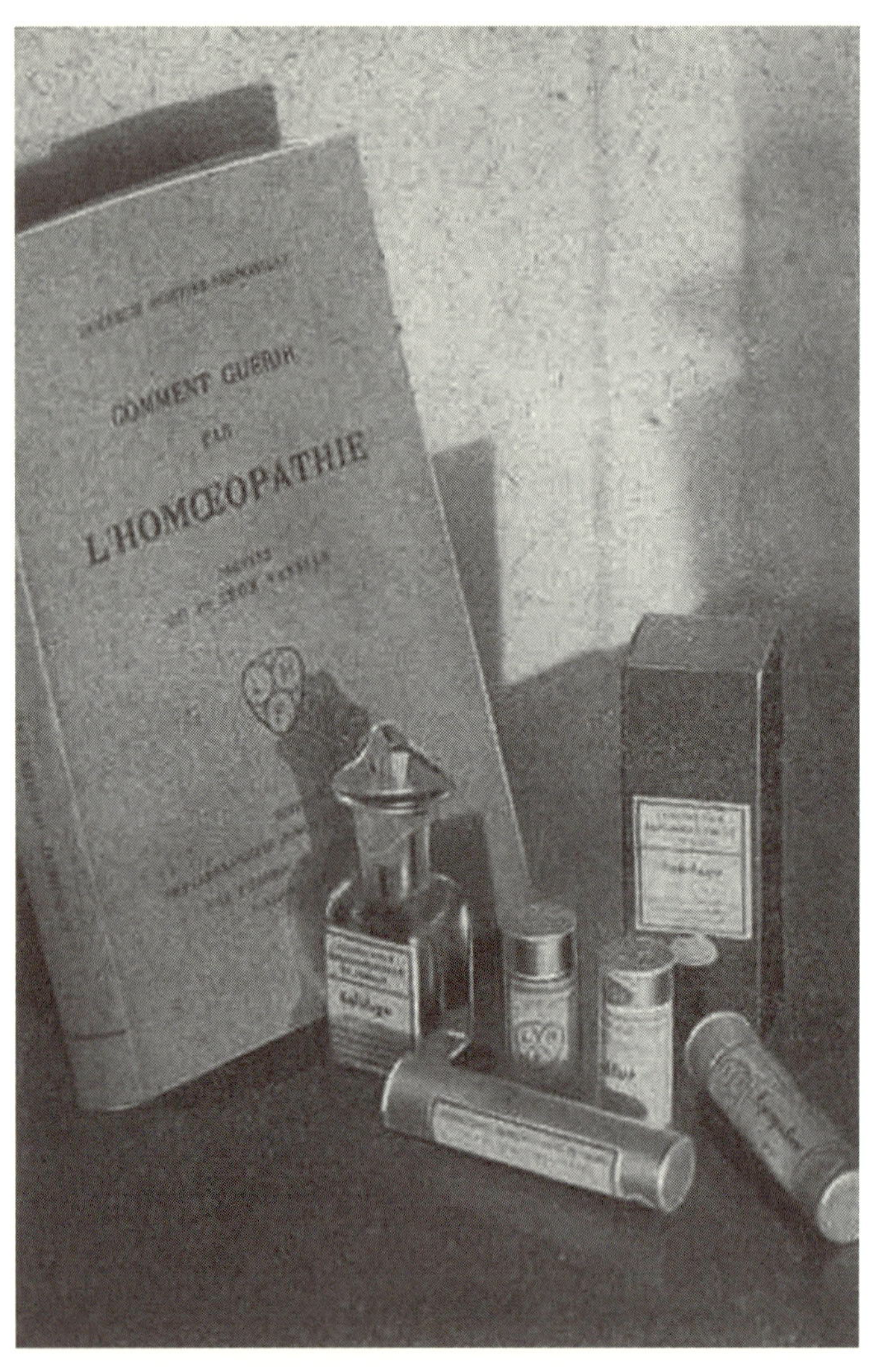

彼はいつも医学書を読み、薬を大量に飲んでいた……

りの商人も、管理人も証言してくれるでしょう。一日あたりの食費が十フラン……それにフォレスティエは毎日、薬代が入り用だったし……」

「どこか悪かったのですか?」

「時々息苦しくなっていました。でも医学書を読み過ぎていたんだと思います、薬を大量に飲んでいました」

「アトロピンですか?」

「彼がその名前を口にしたことは一度もありません。段ボールの箱の中の錠剤は知っています、ジギタリンです。心拍の薬です」

「フォレスティエが旅行に行くときは、いつもあなたに絵葉書を送ってくるのですか?」

「はい、殆ど毎日です」

「リュションにはよく行っていましたか?」

「毎月、もしくはひと月おきに。あそこには客が何人かいるんです……」

そしてフィリップはその言葉を使ったことを弁解するように笑みを浮かべた。

「わたし、ですか?」

「あなたは彼の愛人でしたか?」

「なんと言うことを! 判事さん……」

フロジェは思わず顔をそらせて、太陽の光が降り注いでいる家の外に目を向けざるを得なかった……。

「感化院で精神障害の治療を受け、そのために兵役免除になったというのは本当ですか?」

「頭がぼおっとする病気だったんです。今でも時々ありますが、回数はずっと少なくなりました……。それで頭が早く働かないように見えるのです……。だからすっかり混乱して……」

フロジェは視線を、その紫がかった唇に浮かぶ微笑から本能的にそらした。

「フォレスティエはあなたに手をあげたりはしませんでしたか？」

「とんでもない！　良いご主人様でした……（この言葉にフロジェはひどく驚いた）……ただあの方はちょっとお金にうるさくて……見て下さい！　この服はフォレスティエさんの着古した服を直したものなんです……、ずっと大きいサイズなのにわたしはあの方のシャツも直して着なくてはならない……」

「フォレスティエが亡くなった日、あなたは何をしていましたか？」

「わたしにリュション行きの汽車に乗って一週間留守をすると言い置いて、彼は四時に出発しました。私に書き写しておくようにと、山のような手紙も残していきました。わたしは部屋の中を片づけて、管理人のところへおしゃべりに行きました。彼女が寝たので私は部屋へ帰りました……」

「その日の夕方、あなたは何度も管理人に、目が腫れていないかを尋ねて、彼女にからかわれましたね。あなたが立ち去った後、彼女はあなたが中庭を歩いている足音を聞きました」

「ゴミを捨てに行ったのです」

「なるほど。通常は夕飯のすぐ後にするのですよね。そして、その際、管理人室に寄ることも殆どなかった」

「なんとなく寄ってみようと思って……」

「少し後に管理人は猫たちの争う声で目を覚ましました。窓越しに見ると猫たちが、何かを食べているのが見えました。街灯のほのかな光の中でも他の物にまざったグリュイエールチーズの大きな塊とわかりました。朝、中庭で猫が一匹、目が飛び出した状態で死んでいました」

「わたしには何もわかりません」

「どうしてそのチーズを投げ与えたのですか?」

「ネコは甘やかされていたんです」

「それにしてもあなた方は蓄えを、その日毎に少量ずつ買っている。フォレスティエは自分の薬をどこにしまっておいたのですか?」

「この戸棚の中です」

フロジェは戸棚を開けてみた。それは食器棚として使われていた。平皿の上には、固まった煮込みの残り、小皿の上には粉砂糖、マーガリンの半包みが置かれていた。

一番上の棚には同毒療法の本と、ボンヌ＝ヌーベル大通りの薬局のラベルが貼られている何本かのガラスの小瓶が並んでいた。茶色がかった緑の極々小さな、純粋だが微量の薬を売っている同毒療法薬局でしか取り扱わない小瓶だ。

どの瓶も手の平に収めることができた。それぞれに違う薬が入っていて、薬の名前はラベルに記述があり、フォレスティエの薬物依存を物語っていた。だがアトロピンの入った小瓶——薬局の話では20本ほどあるはずの——はそこにはなかった。

「あなたは空の瓶を捨てたのですか?」

「いいえ。でもフォレスティエさんが亡くなる三日前、管理人に彼はかなり具合が悪いに違いないと指摘されました、彼女は毎朝小さな瓶がゴミ捨て缶に捨てられているのを見ていた、というのです」

フロジェは他の瓶より大きな小瓶、ラベルの貼っていない唯一の瓶を摑んだ。そして臭いをかいでから、ためらうことなく舌の先を濡らした。水だった！

「誰がこの瓶を満たしていましたか？」

「フォレスティエさんです」

「水で？」

「わかりません。フォレスティエさんは茶色い小瓶の中味を注ぎ、それから小瓶を捨てていました」

「で、あなたは彼がこれを使って何をしたかったたか、知らなかったのですね？」

「はい、わたしは何も」

「あなたはいつグリュイエールチーズを買ったのですか？」

「ちょっと待って下さい……あれは夜……そうです、フォレスティエさんが出かける前日でした……」

フロジェはドアを開け、中庭に控えていた刑事にこう告げた。

「逮捕して下さい！」

そして泣きじゃくり始めたフィリップを指さした。

フロジェの手帳には『**フォレスティエ事件**』と見出しがつけられていた。

『フィリップの有罪証拠　アトロピンが入っていた瓶にただの水が入っていたこと』

『フォレスティエ。すでに毒で死にかけていた彼は、その前にフィリップを毒殺しようとしたが、その企みは未遂に終わった』

『一．フィリップは管理人のところで夕食後の時間を過ごしたが、これは滅多にないことだ』

『二．フィリップは管理人に目が腫れていないかを訊いたが、これはアトロピンに毒された場合の最初の副作用である』

『三．フィリップは不用意にチーズを投げ与えた。不安を抱いていた訳だが、チーズに本当に毒が入っていたか確信は持てなかったからだ』

『事実の再構築。フォレスティエ、偏執狂。悪どい倒錯者が詐欺を始めた頃、心理的欠陥を持つフィリップは彼に心を惹かれた。詐欺ではまだそれほど稼げなかったが、この若者をフォレスティエは奴隷のように扱い、金が稼げるようになると外で豪遊するようになる』

『だがフィリップは嫉妬する。フォレスティエが家を空ける度に絵葉書が投函されるところには愛人がいる。この嫉妬心をフォレスティエは重く感じ、関係は破たん。彼はアトロピンを備蓄する』

『フィリップはフォレスティエに飽きられていることを感じ取り、薬を監視する。ある日、フォレスティエに外出する用ができた時、フィリップは瓶の中のアトロピン液の量が少なくなっているのを確認』

『残りの液体を、彼はフォレスティエが持ち歩くジキタリンの丸薬の中に練り混ぜる。これがフィリップの復讐だ。フォレスティエが出かけるとフィリップは、家にある食べ物には手をつけないようにする。そして疑いがかからないよう、瓶の中を真水で満たしておく』

これがメモの全てだった。いや正確に言えば、余白に一言書いてある。フロジェは彼の節度ある辞書にはないこの言葉を使う程、ひどく心が揺れたに違いない。

『おぞましい！』

第九話　ニコラス

環境に適応するのに最低の譲歩すらできないフロジェ判事と、その場に入った途端、我が家に帰ったかのように雰囲気に溶け込んでしまうニコラスは好対照をなしていた。

フロジェはタキシードではなく、いつも通りの頭から足の先まで黒いスーツ姿だったが、彼の名声のおかげで物笑いの種になることはなかった。

ピクラッツは初めて訪れる店だったが、彼の環境不適応の性格が妨げになることはなかった。足を踏み入れた途端に包まれるキャバレーの喧騒、肌を露わにした服を身に纏った女性たちとの軽やかな触れ合い、甲高い笑い声、丁重に道を開けるギャルソンたちなど、どれも案外捨てたものではない。

ニコラスはタキシードを着ていた。控えめとも取れる雰囲気をかすかに漂わせた社交界の人間の余裕ある態度で、フロジェを二階に案内しプライベートサロンのドアを開けた。

「ここですか?」

「はい、ここです……」

ニコラスは中に入りドアを閉めて待った。五十歳くらいだろうか、髭をきれいに剃り、顔はみずみずしく輝き、明るく澄んだ瞳を持ち、朗らかな空気を纏っている。

決して太っている訳ではないが、肉付きは幾分良い方でそれが彼に優雅ではあるが美食家の趣きを与えていた。

そして微笑みは、様々な人生経験を積み、今はもう人生にさしたる期待もしていない者達の持つ物悲しげな寛容さを帯びている。

ニコラスは頭から足まで、いや爪の先までロシア人で、時にはかない貴族然とした雰囲気を漂わせていた。

彼は非常に美しい装飾の施された煙草入れを、ためらいがちに手の中で遊ばせながら、とうとう口を開いた。

「申しわけありません。……煙草を吸わないとかなりつらいもので、もし御迷惑でなければ……」

フロジェは瞬きで許可し、マントルピースに背中を預けその上に彼の山高帽をおいた。

「あなたはウイリアム・ヘインズが、先週パリに現れる前から彼の事を知っていたのですか?」

「名前さえ知りませんでしたよ。あの男は宿泊先のホテルのボーイに、わたしのところへカードを寄こすよう頼んだのです。そのカードにはわたしの友人のアッサトウロフの名前で『君が彼に会ってくれたらとても嬉しい』という旨が書かれていました。アッサトウロフとはもう十五年もの間会っていないロシアの友人で、オークランドに定住しています。ヘインズは、自分で言ったことですが、オークランドにタイヤ工場をひとつ持っているそうです」

「ヘインズは最初あなたに心からの好意を示して、自分のテーブルに招待しましたね……」

ニコラスは微妙な笑みを浮かべて、フィルター付き煙草の煙をふっと小さく吹き出した。

「奴のテーブルでは、そう、心から親切でした。百万ドルのアメリカ人然として」

「ヘインズはあなたに夜のパリ観光に付き合って欲しいと頼んでいますが」

「そうです。私たちはまずミュージックホールに行きました。それからキャバレーに行ったのですが、ヘインズは陰気臭いと大声で文句を言いました。あの男は女が欲しかったのです。わたしはヘインズをモンテーニュ大通りにあるブラスリー（カフェレストラン）に連れて行き、そこで……」

「あなたの知り合いの女性二人を紹介した」

　ニコラスは頷き、とても穏やかな口調で付け足した。

「二人は私と同じホテルに長いこと住んでいました。生活が今よりずっと苦しい時期でした。同じレストランで食事を取ったりもしました。私たちはとても良い関係の友人です」

「それから四人でキャバレーをはしごし続けたのですね。三軒回ったけれどヘインズは飽きたようだとあります。質問がひとつ。誰が支払ったのですか？」

「わたしです。もちろんヘインズの懐からですが。食事の時、あの男が言うにはパリは外国人にとって、特にアメリカ人にとっては危険極まりない街なのだそうで、絶対に盗まれたくないからとわたしに三千フラン手渡しました……」

「彼は自分の財布から取り出したのですか？」

「はい、自分の代わりにそこから支払ってくれと頼まれました」

「彼の財布の中にはまだ紙幣が残っていましたか？」

「もちろんです。ヘインズがホテルのカウンターで千ドルの両替を頼むところを、わたしはこの目で見ていました」

「タクシーは使いましたか？」

「とんでもない！　あいつはヨーロッパに自分の召使い兼運転手を連れてきていたんですよ。その召使いの最初の仕事はクライスラーを一カ月間借りることでした」

「お連れの女性二人が認めましたよ、長いことためらっていましたけれどね。あなたはかなり飲んでいて、苛ついたように見えていたそうですね」

　ニコラスは黙っていた。

「ヘインズはそのことまで咎めたとか」

「否定はしません。仮に……」

「仮に？」

「説明するのは非常に難しいのですが。仮に言わせてもらえれば、あいつのことをちょっとアメリカ人過ぎると思ったとしておきましょう。他人に対してもわたしに対しても」

「夜食をキャバレーではなく、特別にしつらえたサロンでとることを提案したのはあなたですね？　何故ですか？」

「今お話しした理由からです。わたしの顔がかなり売れている店、バラライカ（ロシア、ウクライナの弦楽器）オーケストラの友人が多くいる店で、大恥をかくところだったのです。ヘインズがロシアのメロディーをやめさせて、ジャズを演奏させようとしたものですから……それに白状しますと、ここのサロンではテーブルに着いたらすぐに黙って立ち去るつもりでした」

「ピクラッツに着くとすぐに、女性二人は化粧室の方へ行きましたね」

「いつものことです。化粧直しに行ったのです」

「あなたはこのサロンにヘインズと二人きりで残りました。その時偶然階段にいたギャルソンが、ガラスの砕ける音とうめき声を耳にしました。ギャルソンが廊下に駆けつけると、あなたがドアのところにいました。ヘインズは立ち上がろうとし、カーペットの上には、殴られて頭皮についた十センチメートルの傷跡から流れ出した大量の血が広がっていて右手首には傷も見つかりました」

「お仲間の女性二人が戻ってきて、一時混乱に陥りましたね。ヘインズが話せるようになると、あなたが財布を奪うために自分を襲ったと責め立てました。ヘインズのポケットは既に空になっていました」

「わたしのところにだってある訳ないですよ。警官の身体検査を受けるまでこの部屋から出られませんでしたから」

「心当たりはありましたか？」

「いいえ、ムッシュー」

殆どの被疑者が使う、判事さん、という言葉をニコラスは使っていない。このロシア人の態度には、ことごとく微妙な温度差を感じる。

「戦前は何の仕事をしていましたか？」

「オデッサ（ウクライナの都市）に駐留していた連隊の大尉でした。ちょっとした定期収入もありましたし、生活は楽でした」

「多くの証人が口を揃えて、あなたは最も閉鎖的なグループ内で顔が広く、ヤルタのリゾートでは渚のドンファンのようだったと言っていますが」

「私は独身でした。それに繰り返すようですが、生活に余裕があったのです」

「革命の後はどうやって生活していましたか？」

若干の沈黙。ニコラスは煙草のフィルターを小さく折った。

「それも言うべきでしたね。あちこちから助成金が届いたので必要とするものは殆どなかったのです！」

ニコラスはフロジェの視線が素晴らしく仕立ての良いタキシードと、非の打ちどころのないオーダーメイドのシャツに向けられているのを捉えた。彼はその声色に若干の非難をこめて付け足した。

「私たちは、毎晩夜会服を着て社交界に出入りすることができ、殆どお金を使いません」

フロジェもわかっていた。ニコラスはモニターニューセント＝ジュヌビエーブ通りの月二百フランの部屋に住んでいる。狭くて身動きもとれない部屋だ。

時折彼は三、四日どこにも出かけないでその部屋に閉じこもり、煙草を吸い、茶を飲み、見当もつかないものを食べていた。

「あなたはパリ在住の外国人社会だけでなく、フランス人社会にも多くのつながりがあります。毎年夏にはノルマンディーの海岸にある誰かの別荘に招待されていますね。秋にはどこかの城で狩りをしている」

ニコラスは音を立てずに部屋の中を大股で歩き始めた。しなやかな足取りは、肉付きの良い体とは対照的だ。しばらくの間は人生において誰もが微笑みかけ彼も全てに微笑み返す哲学者のように歩んでいた。

そして突然、その体が縮み、年を取り、衰えた体、そして、ブルーの瞳に浮かぶ疲労の色と、唇の両端のかすかな震えがはっきりと見えた。

「わたしは盗んだりしていない！」ニコラスは突然そう言った。フロジェの質問にというよりも、自分自身の心に答えるかのように。

それから再び部屋の中をくまなく、三度歩き回り、再度口を開いた、口調が変わっている。

「そもそも物理的に無理があります。ドアはひとつ、廊下側に開くようになっている。窓はその時も今も閉まったままだ。それは証明ずみです。きっとカーペットの下や家具の後ろも探したのでしょうね。埃の上についた跡を見れば鏡をどかしたことがよくわかります。それにわたしはこの部屋を出る前に身体検査をされていますよ！」

「あなたはヘインズも彼からの正式な要請で検査してもらったことを忘れていますね」

「知っていますよ！」

「あなたが財布をお仲間の女性たちの一人かギャルソンに渡したのでは、と見る向きもありましたが。警官はサロンにいた者全員のチェックを行っています」

「どうお考えですか？」

「申しわけない！　わたしには全く読めないのです。あなたはシャンパンボトルでヘインズの頭を殴ったと認めている。殺すこともできたはずです。ヘインズはあとまだ二週間ホテルの部屋を確保しましたが、おそらくカツラをつけるはめになるでしょう」

ニコラスは思わずほくそ笑んだ。

「あなた方二人の間に何があったのですか？」

「何もありませんよ！　思うにわたしは疲れていたのでしょう。かなり飲んでいましたし。苛ついていました。飲むと厭世的になって、怒りやすくなるのです。わたしの失笑を買った人に対してですが」

「その人に何か言われましたか？」

「どうして殴ったかなどどうでもいいことです。私は盗んでいません」

「要するに、あなたは殴打と傷害しか認めないのですね」

「そうです」

「そう言えば、ヘインズ。彼はあなたを暴行による窃盗の罪と、殺人未遂罪で正式に訴えると言っていますよ」

ニコラスは軽く肩をすくめた。

「経済的に困っていましたか？」

「分別のつく年になってからずっと。九歳頃だと思いますが、わたしのフランス語の先生から借金をした時から始まりました」

「二人の女性にヘインズが払おうとしていた金額にあなたは納得していましたか？」

ニコラスは一瞬ためらった。

「いいえ……」

「今日の午後ヘインズはあなたがそれぞれに払う額を五百フランに設定していたと言っていましたが」

「そうかもしれません。言わせてもらえれば、それが相場です」

「どの時点で金額の話をしましたか？」

「覚えていません」

「あなたは英語を話しますか？」

「いいえ。ロシア語、フランス語とドイツ語です」

「ヘインズはそのうちの二カ国語を知っていますか?」

「一カ国語。フランス語だけです」

「ブラスリーで彼女たち二人に会った時からここに入るまで、ほんの一瞬でも彼女たちと別々になったことはありましたか?」

「ありません」

「わたしへの報告書が正しければ、彼女たちは厳密に言うとプロではないのですね。少なくとも登録簿にそのような届け出はありません」

「報告書の通りです。一人はノール県の実業家と結婚しました」

「あなたがピクラッツに入ったとき、ヘインズから預かった三千フランのうちどのくらい残っていましたか?」

「およそ半分くらいです」

「彼にお金を要求はしなかったのですか?」

「しませんでした、ムッシュー」

沈黙が訪れるたびにジャズの音のざわめきやダンスのステップの波動が響いてくる。

「出ましょう!」フロジェはだしぬけにそう言ってドアの方に向かった。

ニコラスは、政治家の口利きのお蔭で保釈中だった。

少し経った後、二人の姿は街角にあった。だが判事は合図をせずにタクシーを三台やり過ごした。

「歩きましょう!……」

寒い日だった。ノートル=ダム=ド=ロレット通りに人影はない。ニコラスは無意識に煙草ケースをフロジェに差し出し、フロジェは断る仕草をした。

「もちろん、あなたの容疑は殴打と致傷、それと……」

「それと……?」

二人は黙ったまま十歩ほど歩いた。

「公式には、それだけです！……　しかしここだけの話……」

ニコラスはうつむいて、更に十歩進み、あらぬ方角に視線を泳がせながら言った。

「ええ、ひどい話です」


「ヘインズはあなたにどんな罵詈雑言を浴びせたのですか?」

「その態度全般です、まず……私が自分の使用人であるかのように振る舞いました……。無礼な言葉でわたしの生活について尋ねたと思えば、その後すぐに自分の財産の話をして……。どこだったか、わたしがギャルソンに百フランのチップを払ったら――わたしたちは八百フラン程度のシャンパンを飲んだだけでした！――ギャルソンの手から百フラン札を取り上げ、私に突き返して言いました、――半分で頼みます！」

「そんなのはまだ序の口です。ピクラッツで、あの男に、わたしはこの夜会が終わる前に失礼するから彼女たちに一人五百フランずつ払うように進言しました。奴は笑い飛ばし、五ドルだって十分すぎると言い張るのです。わたしは粘りました。苛ついていました。すると彼は言ったのです……」

その時ギャルソンがガラスの壊れて砕ける音を耳にした。

ニコラスは言いよどんだ。

「……わたしが自分の取り分を確保しようとしていると、更に二人はわたしの稼ぎのために働いていると。私は彼を殴りました。殆ど反射的にです！　瓶が奴の頭の上で割れ、気絶させるには至りませんでした」

「そこで彼の上にかがみこんだあなたは」フロジェが続けた。「不意にヘインズの財布を取ろうという誘惑にかられて彼の腕をつかんだ。他にあなたが彼の腕をつかむ理由がありません、ヘインズは無防備で床に横たわっていたのですから……」

「それはその金に対する欲望よりもっとずっと激しい怒りから来たものです。金は彼女たちに分けてあげたいと思って……」

「そうかもしれませんが、あなたはそうしなかった、何故ならヘインズは財布を持ち歩いていなかったからです。盗まれるのが怖くてあなたに払って欲しいと嘆願した男は二万数フランをポケットにいれて、夜酔って飲み歩いたりはしません。おそらくお抱えの運転手に渡していたのでしょう……。でもあなたのその行為からヘインズは復讐の着想を得たのです……あなたを窃盗と殺人未遂の罪で有罪にするという、事件を別の次元にすり替える……」

そしてフロジェは唐突に帽子を取って挨拶し、歩道の真ん中で呆然としているニコラスを後にしてタクシーに乗り込んだ。

朝の三時、フロジェは、自分の家で、手帳に書きこんでいた。

『一・ニコラスは盗んでいない、何故なら意識のはっきりしているヘインズの目前で、部屋の中に

財布を隠すことはできなかっただろうから。そしてヘインズもニコラスを前にして隠すことは不可能だった。つまり財布はなかった。故にヘインズは自分が嘘をついていることを承知していた』

『だがニコラスは財布がないのを知らず、ヘインズのポケットを漁ったことを黙っていた』

『二．ニコラス、財布を奪う目的で相手を襲ったのなら瓶のように音のする物より、例えば、暖炉の薪の置台のような物を使うだろう。ニコラスは感情に流されて殴ったのだ。二人の男の関係を考えると侮辱を受けたがために起こったとしか考えられない』

『ただ一つの虚偽の証言がある。ニコラスは最初に女性たちへの報酬の問題ではないと否定した。その後彼はそれを認めた、いつ、その話題が口に上ったかは言わずに。だが、男たちが二人だけになったのはピクラッツのサロンにおいてだけである』

『つまるところ、女性に関する言い合いで受けた侮辱、殴打、盗みの誘惑』

そしてフロジェは眠りについた。

第十話　チンメルマン夫妻

事態はかなり錯綜しており、証言は曖昧か、もしくは矛盾していて、確実と不確実の境目が殆どついていない状況だったため、フロジェ判事は入手した基本的事実に基づいて、主観を排除した事件のあらましを作成するという、伝統的手法に頼らざるを得なかった。

以下が、フロジェの執務室でチンメルマン夫妻の尋問を始めた時の、報告書の概要である。


『二月三日、ポウエルサーカス一行はブラッセルでの幾つかの短い仕事の後、ノジャン＝シュル＝マルヌ（イル＝ド＝フランスの地域圏）で興業を始めるべく、パリ広場にテントを張る。団員の一部はトレーラーに泊まり、それ以外はガンベッタホテルに投宿している。（ノート：三流ホテル。夜、玄関は閉められるが、宿泊客は中から開けることができる。中に入るには、ベルを鳴らし、くぐり戸の前を通る際、部屋番号を叫ぶことになっている）』

『チンメルマン夫妻、姪のエニーと三人での曲芸自転車を見世物にしている。ホテルの四階の十五号室と十六号室に泊まっている。ポウエルサーカスには五カ月前から所属。サーカスがアントワープを通過した際に雇われた。当時夫妻たちは凄惨を極めた南アメリカの仕事から帰って来たばかりだった』

『ジャック・リエブ、三十二歳、独身、曲芸師。ポウエルサーカスと一カ月契約を結んでいて、三階の六号室に泊まっている』

『興業予定は二月十七日まで。ジャック・リエブ、美青年、サーカスの大方の女性に言い寄っている、特にエニーに』

『十八日、興業の終わった次の日。十九日にはラ・ヴァレンヌに出発しなければならない。ジャック・リエブとエニーは八時に手ぶらでパリ行きの列車に乗るところを目撃されていた。エニーは映画に行くと言っていた』

『零時半、寝床に着いていたホテルの客室係が六号室の客が叫ぶ声を聞いて、ドアを開けた。ほぼ間違いなくリエブの声だった。が、彼はリエブのことを殆ど知らなかったので敢えて断定はしない』

『入ってきたのが一人だったのか二人だったのか、それも音を聞いた限りでははっきりしない』

『チンメルマン夫妻はその夜をノジャンのカフェで過ごし、十時に帰って来た』

『朝の三時、客室係は出ていく足音を漠然と聞いたような気がした。複数の足音だったように思われるとのこと」

『その夜はもう玄関を開けていない。朝の八時にチンメルマン夫妻が、姪が出ていったと大騒ぎをして言いに来る。話によると前の日の夜七時から姿を見ていないという。十六号室の姪のベッドは、使った形跡がなく、荷物は消えていた』

『ジャック・リエブを問いただそうとして、彼の部屋のドアを叩くも返事がない。リエブもトランクと共に消えていた』

『この出来事はサーカスのメンバーに冷笑をもって受け止められた。サーカスはノジャンを十九日に発ち、ラ・ヴァレンヌ（メーヌ＝デ＝ロワール県）で興業を始めた。リエブの出し物には代わりの芸人が入る。エニーを欠いたチンメルマン夫妻は、演技時間を短くして業界紙にパートナー募集の広告を載せる』

『二月二十三日、川船ドゥ＝フレール号が、接岸しようとしたがノジャン橋の上流百メートルのところで川底にぶつかる、喫水（船が水上にあるとき、船体の沈む深さ）はいつもより浅いのにも拘わらず。船の乗組員が爪竿を使って探ってみると障害物にぶつかり、水門管理人に報告する。もう一度川底を調べ、イニシャルがJ．L．とある大型トランクを引き上げる』

『トランクを開け、中にジャック・リエブの遺体を発見。殺人犯が体を二つ折りにしたに違いない。水浸しになった札（百フラン三枚と少額紙幣の十フラン五枚）が遺体の周りに浮き、彼のポケットに入った札入れは無傷のまま』

『検視の結果、リエブの死因は絞殺、死亡推定日は十八日くらいにまで遡る』

『トランクが発見された場所はガンベッタホテルから九百メートルのところ。トランクと死体の重さは、乾いた状態で、二百二十八ポンドある（約百三キロ）』

『エニーの死体も探すが見つからない。彼女の生死は不明で、二月二十五日現在、生存の証はもたらされていない』

『ポウエルサーカスの団員たちはチンメルマン夫妻を殺人犯だと責めたが、証拠はない。チンメルマン夫妻の評判は常に悪かった、というのも夫妻が通った後はあちこちで、ちょっとした小物、札入れ、小銭入れが失くなっているからなのだが、その現場を見たものはいなかった』

フロジェ判事の目の前には、五十二歳の男と五十八歳の女が座っていた。

フランツ・チンメルマンはウォルクム、オランダの北に生まれたが、青春時代の大部分をベルギーで過ごしている。二十歳の時、馬丁としてドイツの大サーカスに所属。三十歳で、セリーナ・ヴァンデヴェン、ゲント出身の綱渡り曲芸師と結婚。

セリーナは亡くなった姉の娘の面倒を見ている。娘はセリーナに連れられてヨーロッパ中を回った。

チンメルマン夫妻は間もなく、三人で自転車を使った出し物を上演するが、客受けはそこそこである。それから、月日は流れるが、演目の内容はほぼ変わっていない。

三人はサーカスからサーカスへ渡り歩き、縁日で上演し、時折田舎の演芸場にも出ている。

フランツの足は短い。そして体中が筋肉の塊だ。その肉体、体の線、彫りの深すぎる顔立ちに浮かぶ頑固そうな表情。

フロジェの机の上には彼が出し物を演じている写真が一枚、道化師の姿で曲芸をしている、が置かれている。

その写真には、自転車に乗っている夫の肩の上に立った　セリーナ・チンメルマンも写っている。

「詰まるところ、チンメルマンさん」フロジェは視線をよそに泳がせながらもはっきりとした口調で言った。「ここ十年間というもの、あなた方の出し物は当たった試しがありませんね」

チンメルマン夫人は胸をせり出して、言葉を差し挟もうとする。だがフロジェは先を進める。

「前のサーカスとの契約、ポウエル氏と交わした契約と同じようなものですが、において、夜通し、各中休みでステージを埋め尽くす道化師の一団に加わるようにと明記されています。一方マダムは、曲馬師の女性の着付けをしていたとありますが……」

チンメルマンは押し黙っている。彼の濃いグレーの瞳には、苦しそうな色が滲み出ている。

「その上理由はいろいろあるのでしょうが、あなた方の出番はよく削られることがありましたね。ノルジャンでは野次られたとか……」

チンメルマン夫人は動揺を隠せず、口を開けたまま身をかがめたり、手足を盛んに動かしたりしている。

「あなた方のギャラは一座の中で最低だそうですね。耳を貸してくれる人に不満を言い続けてきてもう十年間……」

チンメルマンは横目でフロジェを見ている。彼のあごは両耳の下に張り出している。

「あなた方が人様のちょっとしたモノを失敬してきたことは疑いの余地もありません、同僚たちに被害を及ぼして」

「違います！　あの人たちは私たちを陥れようとしているんです……あの人たちは……」

いきなり立ち上がってそう言ったのはチンメルマン夫人だ。

「マダム、座っていただけませんか。そして発言は私の質問に対する答えだけにしてください。あなた方の得意芸の完成版は、私の理解が正しければ、自転車に乗っているご主人の両肩に足をのせて立ち、その間、あなたの両肩に姪御さんが乗って立ち、舞台を一周するというものですね……」

「はい……私たちだけがそれを……」

「エニーは今二十二歳ですね、確か？」

「二十二歳だった、です！」チンメルマン夫人が訂正した。

「ではそういう事にしましょう。エニーはあなた方の同意のもとに、多くの男性と浮名を流していたことが明らかになっていますが」

チンメルマン夫人は目を吊り上げている。

「あの子が遊び好きなのは私たちのせいなんですか?」

「十八日に彼女がリエブと一緒にパリに行ったことは知っていましたか?」

「そんなことだろうとは思っていました……」

「あなたはエニーが出かけるところを見かけています。彼女はスーツケースを持っていませんでした。つまり夜のうちに戻ってきたということです。あなたは隣の部屋にいて何も聞こえなかった」

「何も……聞いていれば……」

チンメルマン夫人が、まるで夫の発言を恐れているかのように、慌てて質問に答える。

「あなた方の荷物の中身を正確に言ってくださいますか?」

「まず自転車と、興業用具一式、これらはサーカスに置いてあって、バンで運びます。それと柳で編んだスーツケースひとつと、木製の、黒くて頑丈な、蓋つきの箱ひとつ、衣装やその他用です。それから二つの小さなスーツケース、ひとつはエニー、もうひとつは私たちのものです」

「二つの荷物は被疑者の部屋に?」

「はい!」

「姪御さんのスーツケースは彼女の部屋にあったのですか?」

「そうです……エニーが持っていきました……」

「彼女の持ち物全部とですか?……」

「はい……いつもサーカスに預けてある衣装類以外は……」

「十五号室と十六号室の間には自由に出入りできるドアがありましたか？」

「ええ……一人食べるのも人と食べるのも一緒です……倹約のために部屋で食事を作っていたんです……」

「リエブがポウエルサーカスに雇われる前、彼を知っていましたか？」

「いいえ、知りません！　イギリスから直接来たと本人は言っていましたし、私たちがイギリスで興業したことは一度もありません」

「リエブはエニーとの結婚話を口にしていませんでしたか？」

「あいつが？……とんでもない！……あれは女たらしですよ……そこら中の若い女の尻を追いかけまわしているような奴です」

「サーカスではリエブのギャラが一番高かったと聞いていますが？」

「そうだったようです。つまり才能で稼いでいた訳じゃなくて……」

「あなた方は十九日の朝にはホテルを出なければなりませんでした。荷物はできていましたか？」

「はい、荷造りは十八日の午後には終わらせていました……」

「そして十九日の朝早く持っていかれることになっていた。間違いありませんね？……」

チンメルマンは質問されている間中、なんとか頭を働かそうと努力をして、顔を耳元まで真っ赤にさせていた。

「姪御さんを最後に見た時、リエブと一緒にパリへ行く前、最後に見た時何を着ていたか覚えていますか？　冬の外套でしたか？……」

「いいえ！　とても暖かい日で……ここ二週間エニーは、仕立てたばかりのグリーンのスーツを着てい

テントは、ガンベッタホテル前の広場に張られていた。

ました……、あの娘はお洒落でしたから……稼ぐそばから洋服に散財して、わたしたちは……」

「エニーの冬の外套はどんなものでしたか？」

「茶色の、毛皮の付いた……ただストーブのそばを通ったときに下の方を焦がしてしまいましたが……。でも殆ど目立たないので……」

「持ってきてもらえますか？」

「そんなことできるものですか、エニーが持っていったというのに……」

「そうですね！……あなた方の部屋の窓はパリ広場に面していましたか？」

「はい……」

「本当に、姪御さんが着ていた服や下着の中で持ってきてもらえるのは何もないのですか？　靴もあると思うのですが……姪御さんは靴を何足持っていましたか？」

「三足です……でもここにはサーカスで使うものしか残っていません……。今頃は私たちの荷物と一緒にポウエルのトラックの中です……」

「エニーが何の映画を見に行ったのか知りませんか？」

「知る訳ないじゃありませんか」

「もちろん、あなた方はリエブの部屋に入ったことはない。彼のトランクがどこに置いてあったか知る由もないですよね？」

「ありません……」

「あなた方の荷物はベッドの枕元側に置いてあったのですか？……」

「二つのうちひとつはそうです。もう一つは部屋の隅に置いていました」

「薄藁色の、下着類がはいったトランクですね？」

「はい、もう紐でくくってありました……」

「エニーは泳げますか？」

「少しくらいなら……」

「他に親戚はいますか？」

「夫の従兄がひとり……。でも、もう会っていません……たまに絵葉書を出し合うくらいです」

「芸人ですか？」

「農業をしています。ウォルキム（オランダの都市）の近くのウルンスで……」

「あなた方は犯行があった時、お金に困っていたのではありませんか？」

「何のために？　その週の報酬は受け取ったばかりだったし、殆ど使っていないし……」

「十九日には七十五フランしか持ち合わせていませんでしたね」

「それこそが私たちの無実の証じゃありませんか！　何の利益もないのに人殺しなどしませんよ……」

　チンメルマン夫人は顔を輝かせ、夫に向かって、明らかに誇らしげな視線を送った。彼女はこう言いたげだった。

（わかったの！……質問への答えはこうするものなの……）

　フロジェの最後の質問は、チンメルマン夫人を今までにない程面食らわせた。

「あなたは窓辺でどのくらい待っていましたか？」

　そしてフロジェは書類を閉じた。

フロジェ判事は授業を暗記しているように、空で、チンメルマンたちの方を見ようともせず、判決を述べた。

「被疑者たちは初めにサーカスとミュージックホールの芸人から、その業界の言い回しだったと思うが、端役に回された。端役から詐欺師、こそ泥へと身を落とした。姪がいなくては、被疑者たちの売り物の芸はもう成り立たない」

「十八日、エニーは高いギャラをもらったばかりのリエブと出かける。被疑者達の受け取ったギャラは雀の涙だ。被疑者達は彼の帰宅は午前零時過ぎになるとふんだ。二人はリエブの部屋に入りこみ、三百数フランを失敬する」

「エニーが恋人であるリエブと帰ってくる。盗難にあったことに気づいたリエブは被疑者たちを疑い、その部屋に現れ、そして恐らく自分で正義の一発を喰らわそうとする」

「被疑者、チンメルマン夫妻は、パニックに陥って、彼の首に飛びつく。おそらく殺意はなかったのでしょうね？　でもリエブは死に、三人は遺体の前で震えることになる」

「音をたてないようにして遺体を下に運び、自分たちに疑いがかからないよう盗んだ金と一緒にトランクに詰めて、マルヌ川（セーヌ川の支流）まで運ぶのは、造作もないことだった。

同時に失踪することになっているエニーはオランダのどこかに姿を隠すことにする、誘拐されたと見せかけるために」

「被疑者、チンメルマン夫人は窓のところで夫の帰りを待った、夫が帰ってきたら下のドアを開けられるように」

ちょっとした見ものだった。夫は妻をオランダ語で激しく罵り始めた。妻はオランダ語とフランス語両方で金切り声をあげる。その間にフロジェは手帳に書きつけていた。

『証拠：チンメルマン夫妻は、冬のマントと、何足かの靴を含む身の回りの物すべてを持って行ったエニーを二度と見ていないと言っている。だがエニーが実際に持っていったのは自分のスーツケースひとつだけだ。チンメルマン一家の分は前日に荷造りが終わっていて、荷物二つ、留め金と紐でくくられていた』

『ということは、エニーはきっと叔父と叔母を起こして自分のものを荷物の中からとりだそうとしたはずだ』

『チンメルマン夫妻はそれをにべもなく拒否する！　と言うのもエニーが知らない内に勝手に出ていって、顔を合わせていないと言うための重要な証拠が崩れるからだ』

『推定：殺人犯は一人ではなかった、というのも誰かが、ホテルの中に入ったときにドアを内側から開けてくれる人が必要だったからだ。チンメルマン夫妻の部屋からはパリ広場面を見渡すことができた』

『チンメルマン、自転車に乗って、両肩に二人の女性を乗せるということは、百キロ以上あるトランクを運ぶこともできる』

『当初リエブの金は盗まれている、トランクの中でばらばらになっていた紙幣がそれを証明している。被疑者たちが犯行の後に窃盗の疑いがかからないよう入れただけなのだ。チンメルマン夫妻は以前からちょっとした窃盗を犯す癖があった』

『チンメルマン夫妻は犯行の翌日、週給をもらったばかりなのに七十五フランしか持っていない。

それはエニーに旅行資金として渡さなければならなかったからである』
手帳の余白には赤字で『怯えた腰抜けの犯罪』と書かれていた。
チンメルマンは、結局、知的障害のふりをし、そのお蔭でギロチンだけは免れた。

第十一話　トルコ貴族

「わたしは判事さんが聡明な人物であること、そして将来の司法官の座は約束されていると高く評価するにやぶさかではありません……」

冷ややかな表情と頭を覆っている白髪のせいでいつも地味な老人顔に見られやすいフロジェに向けられた言葉は、ただひどく滑稽に響くだけだった。

被疑者は、それでも、宝石類で重くなった両手を絶えず細やかに動かしながら続けた。

「……しかし判事さんにも、わたしが劣らず聡明であることを認めていただけたらと思います。今日までの約四十年間というもの、わたしは世界中の首都から首都へと渡り歩いてきました。それを判事さんは何故今になって、百歩譲ってわたしが有罪だとしても、程度の差こそあれ巧妙な質問の罠にわたしが陥ることを望むのでしょうか？」

彼は指輪にはめ込んだ黒ダイヤの位置を直し、相変らぬ傲慢な調子で付け加えた。

「でもわたしは殺してない、信じて下さい！　この件に関して弁護士がわたしに渡してくれたおたくの司法警察の統計を検事さんにも思い出して欲しいのです。それによると街の女たちからの百の告発のうち、ほぼ九十九パーセントが真っ赤な嘘だと言うじゃないですか」

何の感情の動きも、動揺も、恐れの色もない。被疑者のこの完璧な平静さは演技ではなかった。

実は被疑者は自由の身であり、運転手付きのハイヤーでグランドホテルから着いたばかりで、予審室に入る前にパリでも三本の指に入る敏腕弁護士と打ち合わせをしていた。

証言した街の女たちは、彼の事をル・パシャと呼んでいた。本名はエネスコ、その後にひと続きの難しい名前がついている。生まれはスタンブール（イスタンブール）だが、国籍を特定するのは微妙だった、というのも世界中を転々として育ち、今でも年に三カ月パリで過ごしているはずだが、カイロやコンスタンティノープル、インドそして極東でさえもその姿はよく見かけられている。

彼は非常に裕福だった。戦前、小アジア（アジアの西端にあり、トルコの大部分を占める、地中海と黒海に挟まれた半島。アナトリア）で最も手広く商売をしていた父の遺産を受け継いだのだ。

ル・パシャは背が高く、強く、若干脂肪がついていて、肌は女性が羨むほど白く、細かく波立っている黒く艶のある髪が、肌の美しさを引きたたせている。

そして容姿、外見と服装、爪と眉、歯と装身具は西欧人には知られていないか、もしくは認められていない高い技術で見事に手入れされている。

それに加えて香水と来たら！　おまけに身に着けているものの全ては、煙草ケース、スーツ、メモを見るため時折ポケットから取り出す小さな手帳、どんなに些細なもの、取るに足らないものに至るまで超一流品だった。

起訴にもっていく為、フロジェはたっぷり一週間をかけて街の女たちから聞き取りをしなければならなかった。正確に言えば、カプシーヌ通りの大きなカフェ辺りで客を引くミドルクラスの九人の娼婦からだ。風紀係の私服刑事を前に大きな声で話しているのは法的手段に訴えた彼女らの一人だ。

かいつまんで言うと、九人の女性は皆一度もしくは数回ル・パシャにグランドホテルの彼の部屋に連れ込まれた。そして全員が口を揃えて、程度の差こそあれ残酷な仕打ちを受けたと訴えたのである。

フロジェはそれに関する柔和で正確な、小さい文字でかかれた長いリストを持っていた。その中のひとつが九人の女性が共通で出した告発文だった、ル・パシャは火のついた葉巻の先を彼女たちの肌に軽く押し付けて焼き、震えあがるのを見て楽しんでいたという。

彼女たちは憤った。彼は慌てて口止め料として十分な見返りを支払った。中には甘んじて相手をするものもいたが、どんどん常軌を逸していく要求に、彼女たちも次は断らざるを得なかった。

「ネコなのよ！……」彼女たちは彼をこう表現した。「愛嬌はたっぷりなの。にっこりと微笑むので、急に両目の中に変な光が閃いて、微笑んだまま身の毛もよだつような人になる、もし、そんな時に逆らえば、彼は何をするのもためらわないでしょうってことがよくわかる……」

事件：六月六日、マリア・レベスク、グラン大通りではミアという名で一番の売れっ子、二十二歳、金髪、スリムで美人、リヨンの歯医者と結婚していたことがあり、この世界に入ってから日の浅いミアが、カフェテラスに座っているル・パシャを見ながら仲間と言い合いをしていた。

ミアにとってスタンブール出身の男を見るのは初めてだ。他の仕事仲間たちがミアに低い声で話す。ミアは笑う「あなたたちは皆弱虫なのよ、ほら！　わたしにだったら、ああいうタイプはいちころよ、たんまり出させてみせるわ」

「あなただって怖気づくわよ、あんな目にあったら……」

マリア・レベスクは立ち上がり、絹の羽織りを腰に巻き、ル・パシャを軽くかすめて、彼の隣のテーブルに座った。十五分後にはミアは彼と一緒にグランドホテルに入って行った。夜になってもミアの姿が見えない。次の朝も見たものはいない。友人が、ミアの小さなアパルトマンのあるコーランクール通りを尋ねる。彼女は帰っていない。

グランドホテルのドアマンの証言は曖昧である。

「午後五時はティータイムでホールは忙しく、何も気が付きませんでした。ただ、七時頃。エネスコ氏が一人で出ていかれました。それから三十分もしないうちに男の方を連れて戻られて、その方は一時間程おられました」

「彼はその男と一緒にまた出掛けましたか?」

「いいえ……」

「そのすぐ後は?……」

「わたしは見ていないのですが、メッセンジャーボーイが、腕に女性を抱えてお出になり、タクシーに乗り込むところを見ていました」

メッセンジャーボーイの答ははっきりしていた。

「女性は生きていましたか?」

「もちろんですとも! 歩いていましたから……」


カレンダーの日付は六月二十六日になった。三週間の間、あらゆる場所で捜索がなされたが、マリア・レベスクの特徴に合致する死体は見つからなかった。また、グランドホテルにエネスコを尋ねたという男の行方もまた杳(よう)として知れなかった。

「あなたはモルヒネ中毒ですか？」フロジェは訊ねた。

「名前も知らない知り合いですよ！」エネスコは言う。「彼とはバーで会いました。たまに見かけるんです。カクテルを前にしているところをね。わたしから、ハバナ葉巻を吸いに来ないかと誘いました」

「まだミアは部屋にいた……」

「はい……ぐったりと疲れて……一、二時間ソファで休んでいいかと訊かれました……多分ちょっとばかり飲み過ぎたんでしょう……」

「飲み物を持ってきたのはホテルのボーイですか？」

「とんでもない！　リキュール類はいつも部屋に用意してありますから……」

尊大な口の利き方だ。指輪をもて遊んだり、爪に挟まった埃を取ったりしながら唇には薄ら笑いを浮かべている。

「あなた専用のハイヤーを持ちながら、何故マリア・レベスクと出かけた時にはタクシーを使ったのですか？」

「よくあることですよ。ガレージに電話をかけないと車は来ないもので……」

「ミアをクリッシー広場で降ろしたと言っていますが、そこはつまり彼女の家からに二百メートルのところですよね。何故家まで送っていかなかったのですか？」

エネスコの顔にやや哀れみがかった微笑みが浮かんだ。

「彼女との関係をお忘れですか……それ以上でも以下でもないんですよ？　ただの……」

そしてちょっとした手の動きで、言葉を締めくくった。

「タクシーの運転手が見つかっていないのですが……」

「それがタクシーに死体を乗せなかったことの証明じゃないですか。そうでなければ、運転手は覚えているでしょう……」

「あなたは九人から非難を浴びた仕業を否定はしていないようですが？」

浮かべた微笑が気難しい色合いを帯びてくる。確かに彼には猫のようなところがあり、また同時にその容貌からは極めて頭脳明晰な人間であることをうかがわせる。

良く響く声が呟く。

「まあ聞いてください、判事さん……」

何を言うつもりなんだろう。

「どうしてこんなファンタジーなどを気になさるのですか？……」

そしてすぐに言葉を続ける。

「告発されるようなことでは全くありません、違いますか？　死体がない！　わたしが死体をどうしたとおっしゃるのですか？　人里離れた別荘でもなければ、いかがわしいホテルでもないし、普通のアパルトマンでもありません、パリでも一番賑わっている場所です……」

「後で殺した可能性はあります……」

「何故です？……葉巻を吸ってもよろしいでしょうか？　ありがとうございます」

彼は勿体ぶった仕草で一本に火をつける。指輪にはイニシャルが彫られている。頭をうしろにのけぞらせて上っている煙を見つめる。

被疑者と同じくらい白い、だが冷えきった白さで、青い血管が走り、乾燥し、そして先端の爪が四角いフロジェの両手が紙のようにかさかさと音を立てた。

検事にはあらかじめ通告されていた。これが最後の尋問だと。判事が明確な答えをださなければこの一件は不起訴になるのだ。

「ホテルに連れて行った男に会ったのは何というバーですか？」

「マドレーヌの近くの……ル・クリスタル、だったと思いますが……」

「その夜、その界隈であなたを見た人はいないのですが。ちょっと待って下さい……その友人はエレガントな方でしたか？」

「ええ、そうですね……よく覚えていないのですが……」

「フランス人でしたか？」

「多分……」

「あなたはモルヒネ中毒ですか？」

「とんでもない。わたしはご存知のように多くの美しい悪徳のコレクションをしていますが、その中にモルヒネは入っていません」

「ではお宅で見つかったガラスの、ひび割れて針のない五立方センチの注射器は何ですか？」

「うちで見つかったのですか？」

「屑籠の中から……」

「知りません……。ミアの物でない限り……。確かに彼女の腿に青みがかった小さな点がいくつかあったような気がします。ミアに訊いてみればわかるのではないでしょうか。もし見つかったら……」

「注射器が使われた形跡はありませんでした。おそらく熱湯に浸した時に破裂したのでしょう」

「そんな話は初耳です」

「調査によると、あなたは様々な高級サークルに入会しているとか」

エネスコは皮肉っぽく頷いた。

「メンバーの中には、あなたのように腐敗した男性は一人もいませんでした」

再び頷く。被疑者の髪や服から発散されるむせかえるような香水のかおりと、更に吐き気をもよおさせる葉巻の匂いが入り混じってフロジェは気分が悪くなりそうになった。

彼は象牙のペーパーナイフで机を叩き、自分に話しかけるように呟いた。

「六月六日そしてそれ以降の日々、あなたは受取人が割れるような小切手を一枚も切っていない。あなたには毎週銀行に寄って入用なだけの小遣いを引き出す習慣がある。間違った点があったら止めて下さい。ところでマリア・レベスクの失踪の週、いつものように銀行へ寄って、いつもの金額を引き出しましたね」

「判事はあの週は大きな出費はないと言いたいのですね……」

「滅多にないような出費がなかったというのは、そうです！　一日四、五百フランだけおろしていますね」

「代弁ありがとうございます！　何故なら、私がミアを殺したとして、死体を始末する、例えば訪問客に手を借りたなら、彼に金を握らせなければならなかったでしょう、それからタクシーの運転手にも。この種の手伝いはかなり高くつくはずです」

「それに宝石を手放した形跡もありません」

「度々恐れ入ります！……わたしの弁護を続けて下さるとは……」

屈託のない、小貴族、怪しげな金持ちの外国人。

「では、こうして下さい、判事殿！　わたしを信じて下さるのなら、今晩最高のディナーをご一緒しましょう、そして……」

「残念です……これがあなたの逮捕状ですので……」

何かの罠だろうか。冷笑がエネスコの顔を覆い始めた。そして顔全体がこわばった。歯が白く光っている。

「何ですって？」その声からはからかうような屈託のなさは消えていた。

「わたしを娼婦殺しで告訴するとでも？」

「違います！」

「では……なんの容疑で逮捕するのですか？……」

「それはご存知でしょう」

「わたしを釈放すべきです」

「最悪そうなるかもしれません」

「弁護士に電話する時間を下さい、彼がしかるべき措置を取るでしょう」

エネスコはすぐにその態度を変える術を知っていた。彼は再び愛嬌たっぷりの表情を取り戻したが、その眼差しには真剣な、そして感嘆の色が浮かんでいた。

「夕食への招待はまだ有効ですよ。しかしその時には判事さんがどうやって真実に辿り着いたかを説明して頂かないと……」

「せっかくですが……夕食のお話はなかったことに！　ただ窓を開けていただくだけで結構です……葉巻の煙が苦手なので……」

エネスコは窓を開けた。

「あなたはマリア・レベスクを殺してはいません、で、最初に、幾何学で言うところの背理法によって立証しようと思いました」

「一．殺人を犯した場合、特にこの忌まわしい状況下では、六月六日から二十六日の間、あなたを引き留める何の重要な理由もないフランスを離れる時間はあったはず」

「二．あなたは男性が共犯者でない限り、部屋に入れたりはしなかったはず」

「三．パリで闇社会との付き合いはなかったが、窮地において、三十分以内に、そのような処置の手伝いができて、何よりも紳士の見分け方を知っているグランドホテルに出入りするにあたって、紳士とみなされる洗練された男性を見つけるのは、ほぼ不可能に近かった」

「四．その類の男性には高額の費用を現金で払うことになる。でも、あなたは小切手も切らず、送金もせず、宝石で払うこともしなかった」

「五．死体を生きているように見せてホテルから出なければならないとしたら二人分の人手が必要になっていた。各々が各腕を支えるように」

「つまり、マリア・レベスクは生きてグランドホテルを出たことになる。彼女は自分の意志であなたについて行った」

「パリの真っ只中ですぐに見つかった洗練された男性、何かの助けになり得て口の固い、その人物が何者か教えていただきたいのですが？」

「医者ですね！　彼には職業上の秘密を守る義務がある。ガラスの——針のない注射器、つまり針は残りの道具と一緒に持ち去られた——その男があなたの部屋に来たという証拠です。留意するべき点は個人に一番使われるのはニッケルメッキを施した注射器で、例えばモルヒネ用は、一立方センチの注射器のみを使用します」

「彼はあなたに傷つけられたマリア・レベスクの手当はしましたが、彼女を運んで行く手助けはしませんでした。あなた一人で運ばなければならなかったのです」

　フロジェは彼に関する書類を一瞥した。

「要約します。ミアがあなたについて行ったのは、怒らせて、そこにつけこもうという魂胆からです。今までの行いが行いなので、我を忘れて極端に走ってしまうのは十分に予想の付くことです。あなたはミアに怪我を負わせます。告訴は避けたい。あなたは彼女の友達がミアの居場所を知っていること、彼女達は話してしまうかもしれないことを知らない。あなたは医者を呼びに行く。ミアには高額の見返りを約束する。彼女は車で私立病院か、どこか別の場所へ連れて行って彼女の傷が治るまで滞在しなければならない。わたしは当然私立病院だと考えます、ホテルに来た医者の病院、理由はまだ支払いが済んでいなかったからだ。だから彼にもう一度会う必要があった。問いただされて事実を言わなければ、あなたはこちらが証拠を握っていないことを知っていることになる。一方、怪我、自白、が明白になれば、あなたは裁判官が腕を振るう軽犯罪裁判所送りになる。もっともマリア・レベスクは告訴しないらしい、裏であなたが糸を引くようだから……」

　そしてフロジェは自身のため、手帳にこう書きこんだ。

『証拠、エネスコが知らないと主張し、ミアに責任を押し付けようとした注射器、彼女が何もできない体になったので、医者が来た。傷か病気か、医者は何も言わない、そして最終的には隠すことになるのだろう』

『推定、支払いはなし。運転手は警察に出頭しなかった、理由は、病人を知っている病院へ運ぶというごく普通の仕事をしただけだから。エネスコは六月六日以降パリに留まっていた。彼の、未知の来客を待っていたという説明は信憑性がない、部屋には女性がいたのだから』

事件は落着した。マリア・レベスクは、十万フランの補償金をもらって、モンマルトルに小さなドレスメーカーの店を構えた。

マリアには自分がどんな障害を負ったのか人にはっきりと知られないよう、何くれとなく注意を払う義務がある。

第十二話　オットー・ミュラー

フロジェ判事はエムデンのドイツ警察の資料を被疑者に読んで聞かせていた。内容は以下の通り。

「オットー・ミュラー、一八八九年にヴィルヘルムスハーフェン（ドイツの港町）で下級官吏の家庭に生まれる。十六歳の時エムデンの歯医者の助手として雇われる。兵役を勤めた後、ファルケンという十歳年上の女性と結婚。エムデンの快適なアパルトマンに住み、彼が考案して、妻と使用人の女性と共に製造した、歯に詰めるセメントの特許をとっている」

「宣戦布告の時には、四、五件の特許をとっていて、中には自動で調節ができる注射器も入っていた。前線。一九一五年ケルンの病院配属にしてもらう」

「一九一九年、ハンブルグで軍医服の不法着用で検挙される。離婚し、カフェコンセール（歌やショーを楽しみながら食事もとれる場所）で以前歌手をしていたエレナ・シュラムと再婚」

「エムデンに戻り、起業して手を広げ、借金をする」

「一九二八年破産。妻と共にホテルで生活する。生活手段はなかったらしい」

「一九二九年十一月七日、パリへのパスポートを申請。単身パリへ」

パリ警察の捜査班の報告も同じようなものである。

「オットー・ミュラーは一九二九年十一月九日に、デルタ広場のデルタホテルにエンジニアをかたって宿泊。いつも着古された毛皮付きコートを着ている。一週目のホテル代を払う。二週目はホテルの主人に三日待ってもらう。近いうちに大きな取引をモノにすると話している」

「フロアボーイに、パリのコカインの密売について尋ねる。十一月十六日、モンマルトルのカフェで試しに十グラム売りつけようとする。バーテンダーは、密告者との関わり合いを恐れて拒絶」

「ミュラーは三日後もう一度バーテンダーに、麻薬を格安でゆずると申し出るが、商談は実らない」

「二、三回、パリに滞在しているドイツ人、特に歯科医を訪問し、自分の持っている新しい特許について話し、大金をせしめようとする。失敗に終わる」

「歯科医の中の一人を訪ね、五回目で、二百フランを借りる」

「大きなホテルに通訳として雇われようとするが失敗。部屋代の支払いはどんどん不規則になる。ホテルの主人に言われ、毎日ホテルで食事をとることができなくなる……」

「週に二、三回、彼の姿をオートヴィル通りの、ウィムヘルムスハーフェン時代に同級生だったヘルムート・カールの家で見かけるようになる。カールは市場と行商で安い鉛筆立てや万年筆、エボナイト、白鉄鉱などの置物、象牙や琥珀のイミテーション等、小物を扱った商売をしている」

「ヘルムート・カール、一九一一年に帰化、五十歳、妻は亡くなっている。オートヴィル通りの家は店とそのすぐ裏手の狭い住居からなっている」

「カールは街のレストランで食事をとる。店には従業員が一人いて六時に帰ることになっている。夜は、シャッターが閉められ、カールは殆どいつも店に留まって支出入の計算をしていた」

「台帳を調べた結果、彼の質素な身なりと商人としての慎ましい生活からは想像もつかない、並外れた資産家だったことがわかる」

「従業員は、フランス人だが、オットー・ミュラーがカールに何度も若干の借金を申し込んでいるのを耳にしている。ある日などはカールの店で倉庫係か、商品の小物を物色して旅をするスタッフとして雇ってくれないかとまで頼み込んでいる」

覚書「ミュラーの毛皮付きコートの中から見つかった砂粒は十一月二十六日から川船が荷卸しをしたセーヌのツールネル河岸にしかないものである」


ミュラーは背が高く、坊主刈りで、眉はもじゃもじゃで色濃く、厳しい目つきをしていた。太ってはいないが、服がだぶだぶのところを見ると、ここ最近でかなり痩せたと思われる。

剃り残しの髭のせいで、両頬は灰色っぽく見える。着古した毛皮付きコートを纏い、セルロイド製の襟に折り目が縫われているネクタイをしていた。

「つまり」フロジェは報告書を押しやりながら結論づけた。「あなたは自分の人生を金持ちになる方法を探すのに費やしたのです」

「たまに、裕福な時もありました……」

「最初の夫人がお金を持ってきてくれた時はそうでしたね！　十一月二十七日の夜六時から何をしていたか言ってくれますか？」

「映画に行きました。それからデルタホテルの部屋で寝ました」

「朝三時に……」

「いいえ、零時ちょっと過ぎです……」

「ボーイが言うには紐をひいて戸を開けたのは一人だけ、その人は名前も叫ばずに、時間は午前三時だそうですが」

「どうしてそれがわかりますか？　彼は寝ぼけて紐を引いたのですよ」

フロジェは鑑識課の撮ったオートヴィル通りの写真数枚を手に取って仔細に眺めた。写真には滅茶滅茶に荒らされたカールの店、大きく開けられた引き出し、カウンターや床に散らばった書類などが写っていた。カウンターの後ろの床には二つ折りになった、グレーの髪が頭蓋骨にこびりついているカールの遺体。翌日朝八時に出勤した従業員が発見したままの光景だった。

カールはスリッパを履いていた。検視官によると死因はこん棒による、まるで犯人が時間をかけてゆっくりと構え、打ち下ろしたような珍しく正確な一撃だった。

しかしながら、被害者は即死ではなかった。それから三時間程はまだ息があったが、動けず助けも呼べなかった。

犯行が行われたのは夜の九時半前後。カールがすでに息絶えていたにも拘わらず、二度目の一撃がこめかみに加えられた、つまり零時過ぎのことである。

オットー・ミュラーは翌日、二十六日に、またカールといつものように金の事で言い争いをする場面を目撃した従業員の告発により逮捕された。

凶器のこん棒も、証拠と目されるものも見つかっていなかった。

カールはいつも家に、店の売上金を除いた三千フランから五千フランの現金を置いていた。そして彼の財布からは、三千二百フランと二十五日にミュラーへ五百フラン貸し出したことを証明する、ミュラーのサイン入りの借用書が見つかった。

　質問に答えた従業員は動揺していた。

「カールはいつも現金を財布に入れていたのですか？」

「とんでもない！　現金は鉄製の持ち運び金庫に入れて昼間はカウンターの後ろ、夜は自分の部屋に置いていました」

「カールは翌日銀行に行くことになっていましたか？」

「何も言っていませんでした。でも支払期日ではありませんでした」

「三千二百フランというのはあの夜店内にあった現金の全てでしょうか？」

「わかりません。僕は商品管理専門でしたから」

　オットー・ミュラーの態度はへりくだってもいなければ横柄でもなかった。質問の重要性を正確に把握しようとはた目にもわかる努力をしながら、答えにふさわしい言葉を探していた。ミュラーのフランス語は完璧ではない。正確かどうかわからない単語を使った後では、一呼吸おいて、同意を求めるかのようにフロジェの方を見ていた。

「二十五日、あなたはカール氏から五百フラン借りています。ともあれ、カール氏のポケットの中に借用書がありました。従業員は店主がそんな大金を被告に渡すのは今までなかったことだと言っています。その数日前、カール氏は厄介払いをしようとあなたの顔めがけて二十フラン札を文字通り投げつけました。どうして二十五日には彼はそんなに寛大だったのでしょう？」

「わたしがエムデンに帰ると約束したからです」

「そのお金で？」

「はい」

「ホテル代三百二十フランを滞納していたのにですか！　あなたの懐に帰郷できるだけのお金が残るはずはなかった……」

「部屋代を踏み倒すつもりでした」

「何故そうしなかったのですか？」

「ホテルの主人がわたしを訴え、国境で捕まるのが恐かったのです」

「逮捕された日、つまり二十八日には、その中からいくら残っていましたか？」

「百四十フランかそこらです」

「その後、結局限界にきたのではありませんか？」

「わたしはいつでも働けます」

「どうしてもっと早くそうしなかったのですか？」

オットー・ミュラーは黙り込み、溜息をついた、一番痛いところを突かれて耐え忍ぶように。

「どうしてわたしがカールを殺したというのでしょうか？」ミュラーが初めて質問をした。

「彼がいつも現金を鉄の持ち運び用金庫にいれるのを知っていましたか？」

「はい！　カールはそこから五百フランを取り出したのです」

「その金庫には普通の金庫同様に暗証番号で開ける鍵が付いていました。暗証番号を知っていましたか？」

「いいえ……」

「その金庫はオートヴィル通りの彼の家から消えていたのです！」

「わたしは知りません」

「証人たち、中でも通りのカフェの店主がこう証言してくれました、朝の一時近くまでカール氏の家には明かりが点いていたと。シャッターの下から光が漏れているのがわかったそうです。でも朝には明かりは消えていました」

「わたしは知りません」

「北駅の最終列車、ベルギーとドイツ行きは二十三時十分です」

「知りません」

「そうですか！　二十六日の朝、あなたは時刻表を買っていますが」

「カールに姿を消すと約束していましたから」

「するとあなたは列車の時刻を知っていた……。ケルン行きの列車だけがブレームとエイデン行きに接続しています……」

「忘れました」

「犯行現場から指紋は発見されませんでした。しかし犯人はゴム手袋をはめていなかったこともわかっています。犯人は注意深く触ったもの全てを拭いたのです。それは一時間以上はかかる作業です」

「わたしにカールを殺す動機は何もありません。わたしは無実です」

「あなたの毛皮付きコートから海岸の砂粒が発見されました。ところで十一月十三日から、この種類の砂がツールネル河岸に荷卸しされています。被告はいつツールネル河岸に行ったのですか？」

「確か逮捕される一週間前の月曜日です。午後五時近くでした。死のうと思ったのです。石の上に長いこと座っていました、川船を見ながら」

「犯行のあった日の夜には行かなかったのですか？」

「いいえ、映画を見ていました」

「では次の日は？」

「行っていません！　ただ、正午少し前に刑事が二人わたしを連れに来ました」

「ちょうど十グラムのコカインをトイレに流したところだった」

「売れなかったものですから……」

「普段あなたは刃の五つあるツールナイフを持ち歩いていましたね。どうしましたか？」

「さあ。ナイフは失くしたに違いありません。ホテルのボーイが盗んだのでなければ」

「もし自由の身になったとしたら何をしますか？」

「汽車に乗ってエムデンに帰ります。パリはもうこりごりです」

「被告のネクタイは誰が縫ってくれたのですか？」

「おっしゃる意味がわかりませんが」

フロジェはネクタイからはみ出している短い黒い糸を指し示した。

「自分で……」

「裁縫ができるのですか？　部屋に針、指ぬき、糸があるのですか？」

「旅行者なら皆持っているでしょう」

「こちらに寄こしてください……」

ミュラーの顔から突然血の気が引いた。視線も定まっていない。彼はテーブルの上にネクタイを放り出すと両手で頭を抱えた。

縫い合わされた二枚の厚い布の間に千フラン札一枚が縫い込まれていた。フロジェは、目の前でぐったりと崩れ落ちて何も耳に入らないであろう被疑者に今さら話しかけることもないだろうと思った。

彼は静かに書き留めた。

『証拠：ミュラーはツールネル河岸に犯行の一週間前に行ったことを認めたが、ここの海の砂は二十六日から運び込まれたもの。故にミュラーは殺人のあった夜ツールネルに赴いたことになる、が、ミュラーはセーヌの岸に彼がいたことを証明する目撃者がいないことを切望している。そしてカールの金庫はまだ見つかっていない』

『推定：ミュラーは逮捕の一時間前、犯行が公になっていないのにもかかわらず、コカインを始末している。つまり彼は警察が来るのを予期していたことになる』

『従業員はミュラーがカールにその金が振り込まれることになっている日に貸して欲しがっていたと断言しているのに、五百フランの借金を証明する書類が存在している。それはミュラーの自分への疑いをそらせる方法だ。第一に彼が五百フランを持っている理由になる。そしてもし自分が殺したのなら借用書は始末するはずだと思ってもらえるかもしれないと考えたのだ』

『事実：ミュラーは犯行の計画をじっくりと練る。夜、自分で用意した借用書とこん棒を持って店に侵入する。すぐ、事務机に向かって身をかがめていたカールに一撃を加える。神経が昂り不安が

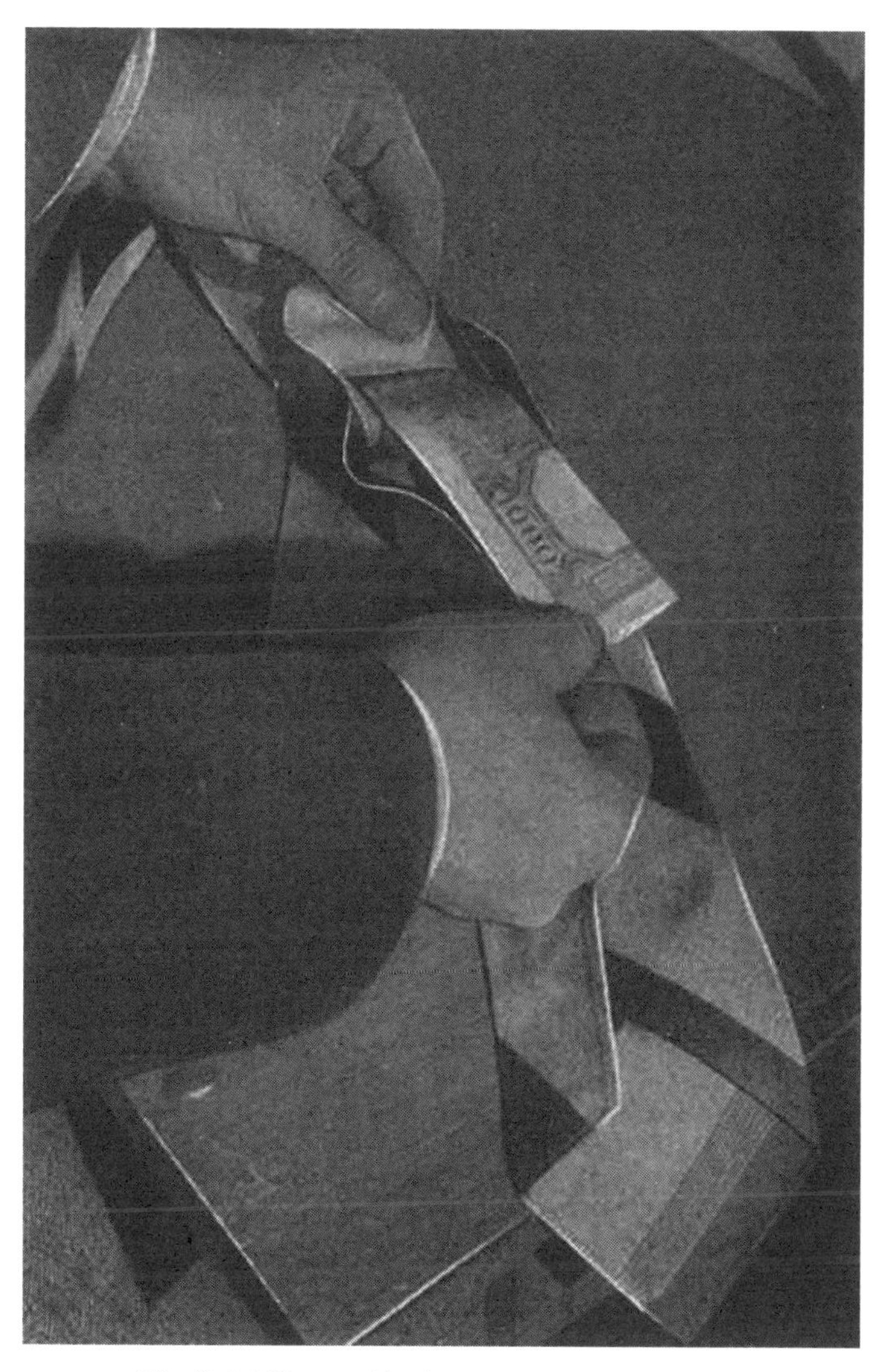

更に慎重を期して、彼は紙幣はネクタイに縫い込む。

襲ってくる。鍵の見つからない手提げ金庫を摑むとその場を逃げ去る……』

『ツールネル河岸で、ミュラーはいつも持っているナイフで金庫をこじあけようとする。おそらく事件が発覚するまでにドイツへ着くよう最終電車に乗ろうとしていたのだろう。だが金庫はなかなか開かない。最終電車に乗り遅れる』

『ミュラーはうろたえ始める、従業員に告発されるだろうことを察しながら街をうろつき回る』

『そこでミュラーはオートヴィル通りに戻る。午前零時を少し回っている。カールの体はまだ暖かかった。生きているのを恐れ、とどめ一撃を加える』

『それから疑いがかからないよう指をふき取り、金の一部をもとに戻そうと決める。中の千フランだけ懐に入れる。

変形した手提げ金庫はセーヌの底だ。殺人犯は札束を死人の財布に戻す。店中を荒らし、指紋を拭き取り、電気を消して立ち去る。彼は用心に用心を重ねて、部屋に帰ると千フラン札をネクタイの中に縫い込こむ。後には何の証拠も残して来なかったはず、この様にミュラーは希望的観測を抱いたのかも知れない』

『卑劣にして且つ周到に計画された、一人の平凡で複雑且つ大胆な人間による犯罪である』

第十三話　バス

ヨーロッパ中の警察に送られた最初の通達文書は、ニューヨーク警視庁で作成された通達書類のコピーで、アメリカの多くの新聞に折り込まれていた。


『ロナルド・ローソン、通称バス、黒人、普段はハーレムの街はずれに住み、職業はレストランのボーイ。彼の発見に力を貸したものには千ドルの賞金が払われる。外見は二十五歳位、背が高く、脚は細く、猫背、額が狭い』

『五月二十一日、バー〈ブラック・アンド・ホワイト〉での口論の最中、バスはバーテンに向けてピストルを四発発射、止めようとした客たちに向けても発砲した。死亡者二人、怪我人一人』

『外に逃げ出し、行く手を阻もうとした地区リーダーを撃ち殺した。夜明け近く、アパートメントに追い詰められ、警官を二人撃ち殺して屋根づたいに逃走した』

『バスがアメリカを離れることができると考えていた者はいなかった』

二度目の文書：モーリタニア号からアメリカ警察機関への電報のコピー。

『不法乗船の黒人を発見。船が出港する際に救命ボートに潜んでいたと思われる。乗務員が追撃するも二発弾丸を浴びて、一人死亡』
『非常に身が軽く、客船についてもかなり詳しいらしい。そのまま姿を消してしまう』
『昼夜を問わず船の見回りが行われる』

ニューヨーク警察からパリ警察へ。

『黒人は二度目に二等船室にて発見され姿を消した』

モーリタニア号からフランス警察へ。

『連続殺人の容疑でニューヨーク市警により追跡されている黒人は客船上で発見されたが、いまだ逮捕に至っていない。船の乗組員一人が犠牲になっている。下船時の監視をお願い致したい』

厳戒態勢が何重にも敷かれた。ル・アーブル警察の下船監視部隊からパリの司法警察への報告。パリ。五月三十日。

『モーリタニア号内をくまなく捜索。発見に至らず。夜の六時に、黒人をいかがわしい場所で見たと連絡あり、経過報告を待たれし』

三十一日の報告。ル・アーブルからパリ司法局へ。

『夜、事態は大きく動いた。黒人は三回目撃される。サン＝ジャック通りにおける銃撃戦。女性一人負傷。駅及び出港予定の船を監視中』

同日に二通目の電報、二時間後。

『バスがパリ行きの一等列車乗り込むところを逮捕。駅では誰も彼にパリ行きの切符を渡したものはないとのこと。抵抗はなし。知恵遅れを装っている』

六月五日

何日間もひもじい思いをしながら街の通りをあちこちうろついていた犬にしか見えなかった。頭にゴミを投げつけられたり殴られたり、子供たちにまでも獲物のように追い詰められるが嫌気のさした彼らにすぐに放り出された。その哀れな外観と同じく何の望みもない、しがない男、黒人バスはフロジェ判事の執務室においてそのままの姿で判事と顔を合わせていた。

看守たちに連れてこられ、座るように言われたが、バスはわからないか、聞こえない振りをしていた。少しつつくと彼は椅子の端に斜めに倒れ込んだ。

その様子でわかるように、バスの精神状態は不安定で、瞳孔は大きく開かれ、瞼は殴られて腫れあがり、顔色はくすんだ灰色になっていた。

被疑者がひどく殴られたのは一目瞭然だった。だがそれは当然の報いとして許されるものなのだろうか？　逮捕されてから四日間、被疑者は一言も発していない。彼は、絶望と諦めが限りなく入り混じった、頑なもしくは愚かな様子でただひたすら前を見ていた。

「いつまでこんな芝居を続けるつもりなんだ」警察官達が怒鳴りつけた。

そして殴打……。

被疑者は明らかに重傷を負っていた。服は薄汚れて破れている。顔は膨れ上がり、手やひじはすり傷だらけだ。

フロジェを前にして、彼は今にもすすり泣きを始めそうに見えた。実際、涙が、本物の涙が幾筋か彼の両頬を、静かにつたっている。そのうちの一粒は手の傷のかさぶたの上にぽとりと落ちた。時折バスは鼻をすすった、できるだけ周りに聞こえないように、まるでまた殴られるのを恐れているかのように。

ニューヨークから電報で次のような補足情報が届いた。

『ベルギー領コンゴ出身。数年間南アメリカにおいてあちこちの大農園で働く。ハーレムで酒を覚え、暴力的になるも、五月二十一日までは何の犯罪もたちの悪い違反も犯していない』

『一連の殺人の際に彼は酒に酔っていた』

『銃弾はコルト十二ミリ、一九一三年型シリンダー付きのピストルから発射。専門家によると銃身内腔線（発射弾に回転運動を与えるために、銃身の内面にらせん状につけた溝）は改造されているとのこと』

『明るいグレーの三つ揃えを着用。サスペンダーではなく革のベルトを締めている。緑がかった靴下、靴は黒いエナメル。犯行夜の所持金は約三百ドル』

フロジェの前で椅子にへたり込んだ黒人のポケットを探って押収された物、ピストル、コルト十二ミリ、一九一三年型、弾倉空。バスは弾丸を抜かれていた。パリの専門家は調査の結果、銃身内の条鋼のひとつは改造されたものであることを言明。

そしてバスは黙ったままだった、おそらく殴打に身構えているのだろう。その胸が手のひらの上の小鳥のように喘いでいるのが見て取れる。

アメリカ人の警官が続けた。「英語は完璧に話します、スペイン語とイタリア語はわかります」この三カ国語ですでに取り調べはなされたが、結果は得られなかった。被告の顔色を窺ってみた。震えが止まっている！

非人間的な、痛ましい、そして見るに耐えない何かがひとつになって浮かんでいる！ フロジェ、フランス語しか知らない判事は他の言葉を試すなどという馬鹿げたことはしなかった。彼にとって必要なことは目の前に被疑者がいること、それだけだ。

いつもと違って、フロジェは椅子から立ち上がり、片方の肩をもう片方より少しだけ持ち上げるというお気に入りのポーズを取り、熱にうかされたように歩き回った。無意識に白くて乾いた手を互いに擦り合わせるので、紙切れが皺くちゃになる時のような音がする。

そして時折、デスクに近づいては書類やメモ書きに目を通した。

時間が経つにつれ、バスは驚きを隠せなくなり、徐々に身を起こして自分になんの危害も加えていないこの老判事を一縷の期待を込めて見つめた。

ル・アーブルの警察からの報告書のところで、フロジェは足を止めた。

『黒人のポケットからピストル、詳細は添付書類に記述、一ドル金貨と幾らかの小銭、一本だけ欠けているゴロワーズ一箱を押収。他には何も持っていなかった』

そして更に、

『ビーナス・マリティムの看板を掲げている売春宿の女将エリゼ・クローデという女性の証言によると、グレーの三つ揃えに身を包んだ黒人が五月三十一日から六月一日まで半泊していったということである。スーツがよれよれだったので彼女は前払いを要求し、彼はテーブルに百ドル札一枚を置いた』

『宿のサロンの一室で彼は二人の女性を伴って酒を飲みながら、まだ弾丸が二発残っているピストルを、この弾は自分の楽しみを邪魔しようとする奴ら用だと豪語しながら見せびらかした』

『バスは英語で話し、二人の女性も英語を上手に操っていた』

『彼は窓を開けておくように求め、反対側から来るものに気を配っていた』

『そして朝の三時に宿を出た』

十五枚綴りの同じ報告書の別の箇所より、

『ジュリアン・グロスリエ、五十二歳、輸出入代行業、ル・アーブル所属の証言（グロスリエは毎晩飲んだくれていて殆ど働いていない点を考慮する）』

『──うちに戻るところでした……』

『──何時頃ですか？』

『──夜が開ける頃でした……。帰宅途中駅の近くを通りましたが、その時、誰かが近づいて来ました。黒人で、英語を話し、わたしが代わりに窓口へ行ってパリ行きの切符を買ってくれるならば二十フランくれると言うんです。そして千フラン札を渡されました。わたしは一等の切符を買い、見ると彼は駅の外でわたしを待っていました』

『──その黒人はどんな格好をしていましたか？』

『──注意して見ていませんでしたが……なんか一風変わった奴で……』

『──それはどういう意味ですか？』

『──口笛を吹いていて、二十フランくれる段になったら、さぞご満悦だったのでしょう、五十フラン払ってくれました。少し酔っていたように見えました……』

『──あなたはどうだったんですか？』

『あれくらいじゃ飲んでいるうち入りません！　わたしはわが身の不運を考え過ぎない程度に飲んでいるだけです』

バスに小さすぎる靴を履く理由は何もなかった。

駅員が、切符を渡したのは朝の六時だったと断言。黒人は八時十九分に駅のホームで逮捕された。ル・アーブルの、ブラックウェル港湾倉庫の夜警の証言。

『――朝の三時頃、わたしは前の日に荷卸ししたウールの塊中で眠っていた黒人らしき男を蹴飛ばして追い出しました。そいつは不平も言いませんでした』

『――その黒人はどんなものを着ていましたか？』

『真っ黒でしたよ。とっととずらかりました』

フロジェがバスの目を覗きこもうと近づくと、彼はびくっと飛び上がり、再びその眼に涙が溢れ出した。

彼を最初に診察した精神科医たちは。彼を観察下に置いた後でないと何とも判断を決めかねると言っていた。いずれにしても、バスは重い病（やまい）ではない。遺伝的な異常は認められなかった。

フロジェは唐突にドアを開けて、看守を呼びつけた。

「被告の靴を脱がせてください」

バスは抵抗しようとはしなかった。彼の足は血だらけで腫れあがっているようだ。

「この男は何日間もこの靴を履いて寝ていたのですか？」

「はい！　着の身着のままで……」

脚はやせ細り、汗と泥がへばりついていた。そこに生（き）の羊毛の切れ端が付着している。

バスは裸足で異常に長く見える腕を揺らしながら誰よりも痛々しく、異様な姿で、椅子に座っていた。看守は、バスの足に触れた両手が自分の体に触れないよう離したまま、苦虫を噛みつぶしたような顔をして出て行った。

若干の苛立ちを覚えながら、フロジェは様々なヘッダーの書類すべてをかき回し、窓まで歩き、踵を返して戻ってくる。もう少しでいつものように被疑者に話しかけようとしたが、一言発する前に口を閉じた。

そしてまた急にドアを開け、看守を入れた。

「これが一メートル……君は足のサイズを計れますか?」

しばしの沈黙の後、看守は言った。「四十六です……」

「で、靴は?」

「四十四です!……。でもこれは山羊皮ですから伸びるのでは……」

黒人は手についたかすり傷をじっと見つめている。

「皮の裂け目に入っていたのは羊毛の切れ端ではありませんね?」

「いいえ――でも石炭が……あ! こちらの靴にはいっぱいに石炭が……」

フロジェはデスクを一瞥し、文書の一文に目を留めた。

『ピストル、コルト、口径十二ミリ、一九一三年型……』

「もう下がって結構です!」フロジェは看守に言った。

その日僕が、黒人の尋問と呼ばれた難しい事件が終わってから一時間も経たないうちにフロジェ判事に会えたのは、まったくの偶然と言ってよかった。どうなったのかと訊く前に、僕は彼の様子にいつになく、表情に出したくないと思っている喜びのようなものを感じたが、それと同時に若干の苦々しさを感じたのも事実だった。

「あれほどひどい話は初めてだ」フロジェはそう言った、「どうして自分があんな目に合うのかわからない存在、動物なのか、ただ愚かなのか……」

と、言う次第でフロジェが僕に述べた一部始終と結論をここに書き記そうと思う

「わたしはその男を見た時から推定無罪となる材料を集めていた。まず、被疑者が自分から捉まるような馬鹿な真似をしたこと、それまでの彼は逃亡の名人だった、そして弾丸がピストルからもポケットからも見つからなかったことと、それなのにあんなに危険な武器を持ち歩いていたこと。そしてまた、あれほどの大量殺人を犯しながら、夜警には抵抗もせずにあっさりと立ち去ったこと、切符を取りに行かせるほど、駅が見張られているのを知っていたに違いないこと。あとの細かいことは飛ばそう！　だが偶然にだが最後にやっとつかんだ証拠は被告の靴に目が行き、彼がどうやって足をつければいいのかわからないでいるのを見たことだ。確かにアメリカの警察からの報告通りエナメルの靴を履いていたが、被告の足には二サイズも小さ過ぎた！　これではあんな離れ業をやってみせるのは無理だ。それに何よりもバスには金があったのだから短すぎて細すぎる靴を履く理由など全くない。という訳で、目の前にいた男はバスではなかったのだ！」

少し間を置いてからフロジェは付け加えた。

「そうすると、全てが見えてくる！　どんなに大金を積まれても彼が演じた役割を引き受けようとするものなどいない。だが結果として、彼は素直に被疑者になり切った。何故ならフランス語も英語もスペイン語も、イタリア語も、わからなかったのだから。彼は何もしゃべれないのだ！　別の見方をすると、彼には何かしら良心に咎めがあった、だから警官による暴力さえ甘んじて受けていた。電話での問い合わせの結果で、わたしの憶測が正しいことが今わかったところだ。オーコンゴ（コンゴ東部州の旧名）の気の毒な黒人の件で、彼はヨーロッパは夢で見ていた楽園だと囁かれ一獲千金にあこがれた。石炭輸送船の船員だったコンゴ人は良心のかけらもない男で、密航に高い金を払わせ、石炭室に押し込め、ル・アーブルに無一文で連絡先も渡さずに置き去りにした。

　彼は夢見ていた天国から突き落とされ、打ちひしがれた魂のようにさまよい、倉庫で寝泊まりし、惨めに罪を背負い、運命に服従する。眠っていた羊毛の積んである倉庫から追い払われた夜、彼はまだバスの靴は履いていない、というのは、彼の脚に羊毛がついている一方、履きつぶされた革靴の割れ目には見つからない。バスは男に会って事情が一目でわかった、というのは男もまたアフリカの出身でバスと似たような愚かさを備えていたからだ。本物のバスはは追い詰められている。袋のネズミだ。よかった！　バスは、何も知らない、何の疑いも持たない、金貨一枚と煙草だけに惑わされる同郷の人間を欺く。バスはその男に服と用心して弾を抜いたピストルを渡し、パリ行きの汽車に乗りに行かせ、その後で自分の切符を手に入れる……。

　事実が暴かれるまで、彼、バスは身が安全でいられる時間を手に入れられるという訳だ」

　僕は後にフロジェ判事がその不幸な男を受けるであろう密航の罪から救ってやり、ポケットマネーからコンゴへの帰国費用を負担したと聞いた。

バスは、数日後ルーアンの売春宿で持ち金を使い果たし、三カ所をナイフで刺されて死亡した。

訳者あとがき

著者ジョルジュ・シムノンと彼の作品に関しては瀬名先生の解説に詳細に載っているので、ここでは13シリーズの「十三の謎」「十三の被告」のシムノン作品群の中での位置付けと、特徴について述べようと思う。シリーズのもう一篇、「13の秘密」は既に刊行されているため一緒に訳すことができなかったのは大変残念に思うが、これも解説で取り上げられているので是非参考にして頂きたい。

シムノンの103篇に及ぶメグレシリーズの刊行は1931年、彼が1922年に移り住んだパリにおいて最初の書籍版が発売された。本名で書き始める前、ペンネームでメグレ警視の登場する長篇を四篇書いたとあり（マルセイユ特急、不安の家など）この四篇が「メグレ前史」と呼ばれているが、同じペンネーム「ジョルジュ・シム」で書かれたこの13シリーズをわたしは敢えて「メグレ前夜」と呼びたい。この三篇の刊行は1932年でメグレシリーズより後ではあるが、書かれたのは1928年から1930年の間となっており、秘密↓謎↓被告　と読み進めることでミステリー作家シムノンが成長していく過程がみられると解説にもあるように、被疑者の意識や理解、心理描写にすぐれたメグレというキャラクターがここで芽吹いて育っていったのではないだろうか。

すでに刊行されている「13の秘密」は作者が提示したトリックの謎解きに読者が挑むクイズ形式のようなもので、「ジョセフ・ルボルニュ」という安楽椅子探偵が登場した。手に入れた、事件の詳細からのみ推理していくのだがそれでもシムノンはユーモアやペーソスを絡めてこの作品にメグレ警視のキャラクターの片鱗を覗かせる。

今回「十三の謎」に登場する「G7（ジェ・セット）」刑事は優秀で好青年。行動力抜群で語り手の「僕」と共にフランス各地へと出かけていって見事に難しい事件を解決してみせる。解説にも「伝統的な探偵からシムノンらしいメグレへと至る道筋の中で生まれ、生き残った」キャラクターとあるように「謎」を読み進めるうちに彼は単なる謎解き人間ではないことがわかってくる。また「謎」でG7が活躍するフランス各地が有名な観光、リゾート地ばかりなのもこの作品の魅力である。解説によるとシムノンは異郷好きであちこち旅をして作品の舞台に使うのだが1928年に自分の船を持ち運河や川を旅しながら執筆するようになった。「謎」に出てくる各地が生き生きと描かれているのも頷ける。G7刑事は自身を犯罪の現場に置き、最後は直観的に事件を解決する。これはメグレのキャラクターにも引き継がれていくようだ。ただG7はまだ若く精力的でフランス各地に飛んでいくのを面白がっているようにも見える。語り手の「僕」のキャラクターもそれなりに書かれていて、G7が一方的に事件を解決していくのを殆ど指をくわえて、ある時は悔しがって見ている。

ではG7と「僕」が事件解決のために巡ったフランス各地を見てみよう。

「僕たち」は第二話「カテリーヌ号の遭難」でブーローニュを訪れる。ブーローニュはフランス北部のドーバー海峡に面したローマ時代からの歴史を持つ風光明媚な港町で、眼下に広がる港の景色が素晴らしく、夏はイギリスからのバカンス客でにぎわう。レストランも多く、ドーバー海峡を眺めながら地元料理に舌鼓をうつバカンスは最高だろう。

第三話「引っ越しの神様」ではワインで有名なブルゴーニュ地方に隣接するニヴェルネーへと赴

き、第五話「死体紛失事件」ではロワール川沿岸の小さな村トラシーで白ワインと郷土料理を堪能する。ここ一帯ではサンセールをはじめとする白ワインの産地として有名なところ。第六話「ハン・ペテル」の舞台となった南仏のポルクロール島に至っては南仏の極楽中の極楽、本文を読めばその描写は出てくるが、美しさは筆舌に尽くしがたい。シムノンも実際に訪れているが是非その美しさを検索してご覧になって頂きたい。第七話の「黄色い犬」の舞台となったミュールーズはフランスとドイツとの国境のアルザス地方の美しい街で、ストラスブルグ近郊。アルザス地方の地元料理であるシュークルート（キャベツとソーセージの煮込み）を白ワインとアルザス白ワインで堪能してほしい。

第九話「コステフィーグ家の盗難」ではカマルグに赴くがここをご存知の方は多いと思う。南仏アルルの南西に広がるローヌ川のデルタ湿地帯で自然の宝庫、夏にはたくさんの観光客が訪れる。第十一話の「バイヤール要塞の秘密」に出てくるエクス島もシムノンは実際に訪れているが、エクス島のあるラ・ロッシェルは大西洋岸で一番美しい港と言われていて見どころも多く、また本文にも出てくる牡蠣もおいしそうだ。第十二話「ダンケルクの戦い」は第二次世界大戦の壮絶な撤収作戦で有名だが、別名フランドル地方と呼ばれ、ワイン生産限度の北緯を超えているので代わりにビールを生産していてこれが美味しいそうである。第十三話「エトルタの見知らぬ婦人」のエトルタは本文に出てくるように有名なバカンス地である。

このようにフランス観光地を巡りながら好青年のG7が次々と難事件を解決していくのであるから例え事件そのものがおどろおどろしく見えても読後感は爽やかで、彼等と冒険の旅を味わったような気さえしてくる。読者には是非傍らに旅行案内かパソコン（スマホ）を用意して頂いて、その美しさを味わいながら読んで頂ければ楽しさも倍増するだろう。

「十三人の被告」の予審判事フロジェのキャラクターは更にメグレ警視の「背中」に近づいているのではないかと思う。ここでは語り手の「僕」（あまり前面にでることはないが）は、一事件ごとに非情なフロジェ、理性の塊のようなフロジェを語り、そして第一話で述べたように非情に見える外面の奥に隠された「暖かみのある心」を見抜くのである。これらの短篇を読み進む（秘密→謎→被告）と解説に述べられたようにパズルの世界から人間の心理描写や被疑者の生活をくるめて、トリックというよりも罪を犯すまでに至った心理描写も短い中で捉えられ、被疑者に多く語らせて自白に追い込む手法が、後の「バス」では逸脱し、第一話で「僕」が述べた「暖かみの心」を見せるのである。読者としてもパズル解きから小説としての妙味をシリーズを通して楽しむようになっていくのではと思う。

フロジェ判事はG7とは正反対に自分の縄張り（？）を出るのが苦手だ。第四話の『フランドル人』でパリ郊外へ出るのさえ最悪の経験と位置付けていたほどだ。予審は殆どは彼のキャビネで、被疑者と対峙して行われるのだが、たまに「メグレ」にも出てくるキャバレーや、被疑者の家で行うこともある。これが「現場に足を運ぶ」という意味になるのだろうか。この時期のパリは世界中から人々の集まる人種のるつぼであり、フロジェの担当する被疑者も全て外国人だ。中には国籍不明者もいる。世界恐慌の影響を受け国際犯罪が増えていたのかもしれない。ここで被疑者の国籍を最初から並べてみよう。

第一話　　ジリウク　　　　　ユダヤ系ハンガリー人
第二話　　ロドリゲス　　　　スペイン人
第三話　　マダム・スミット　イギリス人

第四話	フランドル人	フランドル人（ベルギー、オランダの海に埋もれた地域）
第五話	ヌウチ	ハンガリー人
第六話	アーノルド・シュトレンガー	父ドイツ人母オーストリア人
第七話	ワルデマル	ポーランド人
第八話	フィリップ	イタリア人
第九話	ニコラス	ロシア人
第十話	チンメルマン夫妻	夫　オランダ人
		妻　ベルギー人
第十一話	ル・パシャ	トルコ人
第十二話	オットー・ミュラー	ドイツ人
第十三話	バス	アフリカコンゴ人

こうして並べてみると、誰もが皆それぞれの事情を抱えてパリにのぼり、犯罪に手を染めていくのがわかるような気がする〈犯罪者の心理〉。これらの短篇は一九三二年に刊行された週刊読み物誌『探偵 Detective』に収められたものだそうである。

ゆっくりフランス旅行に行く、のは夢だとしてもせめてこの時代のパリいるつもりでカフェのテラスに腰を落ち着け、焼き立てのクロワッサンと熱いカフェオレを注文してからゆっくりと買ったばかりの週刊誌『探偵』を開けている自分を想像してこの短篇集を読んでみてはどうだろうか？　例えそこが満員電車の中であっても必ず三〇年代のパリにタイムスリップすること請け合いである。

作家ジョルジュ・シムノンの誕生へと繋がる楽しい連作集

瀬名秀明（作家）

1　はじめに

ジョルジュ・シムノン（一九〇三 - 一九八九）はベルギーのリエージュに生まれ、小さいころからフランス語を日常語とした作家である。パリ司法警察局のメグレ警視シリーズを主人公とするミステリーシリーズが世界的に有名で、正編として長編七五、中短編二八、計一〇三編を残した。また『雪は汚れていた』（一九四八）など硬質長編小説（ロマン・デュール）と自ら呼ぶノンシリーズの心理小説も並行して書き、晩年は口述筆記の回想録をいくつも残した。たくさんの作品が映画化、ドラマ化されている。

日本はかつてシムノンの受容大国で、メグレ警視シリーズ一〇三編すべてが邦訳されている。ただ、晩年まで熱心にシムノンの紹介に努めていた翻訳家の長島良三氏も亡くなり、近年はほとんどの作品が入手できない状態が続いていた。少しずつ時代が変わり、このようにシムノン作品の新訳が読者の手元へ届くようになったのはとても嬉しいことだ。

欧米でも状況は良い方向へと変化しているようだ。二〇一三年からペンギン・クラシックスがメグレ全長編の新英訳刊行に乗り出し、かなりの刷りを重ねるヒット企画となっている。毎月一冊、発表順の新訳刊行だ。シムノンは量産作家として知られ、初期のメグレものは毎月一冊というハイペースで新作が出ていた。その当時と同じペースで、シムノンが筆を執った順に、彼の足跡を辿るように読むことで、新しいメグレ像が見えてくる。シムノンの魅力が再発見されるきっかけとなっていることは間違いない。

今回、ここに新訳となった『十三の謎と十三人の被告』は、シムノンがペンネーム時代に週刊読みもの紙《探偵 Détective》に連載した三つのミステリー連作のうち、二作目の『十三の謎（Les 13 énigmes）』と三作目の『十三人の被告（Les 13 coupables）』を収めたものだ。これまで最初の連作『13の秘密（Les 13 mystères）』は創元推理文庫で全訳が広く日本でも親しまれてきたが（ただし現在は品切れ）、続く『謎』『被告』はそれぞれ春秋社から一九三七年に『ダンケルクの悲劇』『猶太人ジリウク』として邦訳紹介されたものの、全訳ではなく各一三編のうち一二編を収録するのみで、その後は長く入手困難な状態が続いていた。

『十三人の被告』はエラリー・クイーンが〈クイーンの定員〉No.85 に選出したことでも知られる。歴史的重要性（H）、文体とプロットの独創性における質的重要性（Q）、初版の稀覯本としての希少価値（R）というクイーン独自の評価三点を満たした短編集とされた。本シリーズはこのようにクラシックミステリー探訪の観点から楽しむこともできる。一方で、シリーズすべてが容易に読めるようになったことは、執筆・発表順に読むことでシムノンの作家的成長を辿り、新しいシムノンの魅力に出会える可能性が生まれたということでもある。多彩な読み方が可能になった。

私はこの執筆・発表順の読み方をぜひお薦めしたい。『秘密』→『謎』→『被告』と読み進めることで、作家シムノンを再発見できるのではないかと思う。これらの連作はまだシムノンがメグレ警視シリーズを書き始める前、しかしあと少しでメグレが生まれるというペンネーム時代に書かれた。順に読むと、その先にメグレの背中が見えてくる。シムノンという作家の形成にとって本シリーズは重要な結節点であったことがわかってくる。

そしてなによりも、手軽に読める楽しさがある。手軽でありながら、読み込むと意外な奥深さが感じられる。それがこの13シリーズなのである。

2　シムノンの経歴

ジョルジュ・シムノンは早熟な男で、一七歳半のとき地元リエージュで『アルシュ橋にて Au pont des Arche』(一九二一)を書き、自費出版しているが、すでに女とアパルトマンを借りて同棲するような生活を送っていた。若いころは身体から常にエネルギーを発して、とにかく何かをやっていないと気が済まないタイプの人間だったように思われる。ペンネーム時代の秘境冒険小説『南極のドラマ Un drame au pôle sud』(一九二九)に、自分は少年期に旅行記を読んでいた、体育・化学・数学が好きだった、無駄な時間を恐れていた、一日のなかで空いた時間があると考えることさえいやだった、と登場人物の冒険家が語るくだりがある。これはシムノン自身のことだったかもしれない。

若いころのシムノンはドストエフスキーなど学生層に広く読まれていた文芸全般、コンラッドやスティーヴンソンのような異郷が舞台の小説、ガストン・ルルーなどのミステリー作品も読んでいたらしい。一九一九年から地元紙《ガゼット・ド・リエージュ Gazette de Liège》で働くようになるが、当時はルルーの探偵小説の主人公ジョゼフ・ルールタビーユを気取っていた。またエミール・ガボリオのルコック探偵 Monsieur Lecoq にあやかったのだろうか、「ムッシュー・ル・コック Monsieur le Coq」の署名を使ったりしていた。ル・コック、つまり「雄鶏氏」というわけだ。地元のアマチュア画家たちとも交流し、その仲間だったレジーヌ・ランション（通称ティジー）と結婚した（後に離婚）。

　地元でもすでに中短編の習作を書いていたシムノンだったが、一九二二年にパリへ上京し、二三年から朝刊紙《ル・マタン》で《千一朝物語》という短いコントシリーズの執筆陣に加わることで、作家修業を積んでゆく。この後、《フルフル》《パリ歓楽》など娯楽紙・風俗誌にたくさんのユーモアコントや艶笑譚を書いた。シムノンの書誌に詳しい研究家ミシェル・ルモアヌ氏によれば、ペンネーム時代に書かれたコントの数は一一五〇編以上になるという。日本では少なくとも四編、ジョルジュ・シム名義「CA あれ！」（《猟奇》一九三一年五月号）、同「コント ÇA 吃驚會（シュプリーパルチー）！」（同六月号）、リュック・ドルサン名義「怪しの古塔」（同九月号）、ゴム・ギュー名義「樽詰にされた男」（同一二月号）が紹介されている。未訳作品を含めていくつか読んでみたが、どれも伸びやかでおおらかな筆致がとても楽しい。シムノンは艶笑コントに才能があったと思う。

　そしてシムノンは、やがて長い小説を書くようになってゆく。最初はセーヌ川沿いの屋台で紐にクリップされて売られるような、書き下ろしの小冊子だ。類型的な甘いメロドラマの中編小説である。やがてやはり類型的だが、長編書き下ろしの秘境冒険小説を量産するようになった。探偵冒険家が活躍するミステリーも手掛けるようになり、シリーズキャラクターが生まれてくる。本書に収録されている『十三の謎』の探偵役、Ｇ７の原型だ。

さらに筆力がついてくると、シムノンは恋愛と犯罪を絡めた心理小説の長編をたくさん書いた。こうした物語のなかで犯罪を捜査するシリアスな探偵役が必要とされ、メグレ警視やリュカ刑事、コメリオ判事など、後のメグレシリーズで親しまれるキャラクターの原型がつくられてゆく。つまりメグレとその仲間たちの優れた人物像はあるとき突然に生まれたのではない。彼らはシムノンのペンネーム時代から培われ、育ってきた、いずれも作家シムノンの分身のような人々なのだ。

シムノンが作家修業をしていた一九二〇年代のパリは「狂乱の時代」と呼ばれた。アメリカのジャズが大流行し、モンパルナスには黒人ミュージシャンが溢れ、多くの作家や芸術家の卵が集まっていた。パリは国際都市だった。

シムノンは大いに書き、また大いに遊んだ。若いころのシムノンにはどこか人格が壊れたようなところがある。女性関係も普通ではなく、すでにティジーと結婚して彼女をパリに呼び寄せていたが、アンリエット・リベルジュ（愛称ブール）という若い娘も愛人にして、三人一緒に暮らしていた。

一九二六年夏に南仏イエール沖のポルクロール島、また翌二七年夏には仏西部ラ・ロシェル沖のエクス島へとバカンスに行って異郷気分を味わったシムノンだったが、転機が訪れる。二八年から自分の船を持ち、欧州の運河や川を旅しながら書くようになった。子どものころからの憧れであった船の生活を手に入れたのだ。

この時期シムノンはすさまじいペースでタイプライターを叩いている。書き飛ばしたような作品もあったが、三年近くに及ぶ船の生活は、次第に作家シムノンの形成に大きな影響を及ぼすことになる。さまざまな土地の空気に触れることで、そうした土地を自らのものとして書けるようになったのだ。

ペンネーム時代のシムノンは《ラルース大百科事典》の項目をあれこれ引くことで、実際には行ったこともない異郷の地を頭のなかで想像して量産するタイプの書き手だったが、見知った土地が増えておのれの筆にも自信がついてきたのではないか。鮮やかで、しかも簡潔な、いま私たちが知るシムノンらしい筆致が生まれてくる。そしてこのころ書かれたメロドラマは多分に感傷的であったが、後の香気溢れるシムノンらしい雰囲気の土台となっていった。

13シリーズはそうした船の生活を送っている時代に書かれた、シムノンにとって初めての連作ミステリー短編である。本当かどうかわからないが面白いエピソードが残っていて、回想録『私的な回想』（一九八一）によると当時シムノンは『十三人の被告』第十二話の「オットー・ミュラー」の出身地として設定されるドイツ港ヴィルヘルムスハーフェンで原稿を書いていたのだが、《探偵Détective》という署名の電信をいくつも受け取っていたのでフランス警察のスパイだと疑われてしまったのだそうだ。

やむなくドイツを出なくてはならず、シムノンはオランダのデルフゼイルへと戻った。そこで自船の《東ゴート人号（オストロゴート）》の修繕が必要となり、シムノンは近くの平底船にタイプライターを持ち込んで最初のメグレの物語を書き始めたという。（『私的な回想』長島良三訳、邦訳連載第一回、《EQ》一九八六年三月号参照）

『私的な回想』では、これがメグレ警視シリーズ第一作の『怪盗レトン』（一九三一）だということになっている。だが時期がうまく合わないらしい。そこで近年の研究家、クロード・メンギー氏とピエール・ドリニー氏からは次の仮説が提出（一九八九）されている。

おそらくシムノンはまず一九二九年九月にオランダのデルフゼイルで、ペンネーム時代に執筆されたメグレ前史四作のうち最初の一作、『マルセイユ特急 Train de nuit』(一九三〇)を書いた(抄訳「マルセイユ特急」松村喜雄訳、《探偵倶楽部》一九五六年三月号)。シムノンは本名名義で正編のメグレ警視シリーズを書き始める前、クリスチャン・ブリュルやジョルジュ・シムというペンネームで、メグレ警視と名乗る探偵役が登場する長編を四つ書いていたのである。メグレ前史として位置づけられる作品群だ。

その後シムノンはドイツのヴィルヘルムスハーフェンに移ったが、スパイ容疑を掛けられたためオランダの港町スタフォーレン(あるいはデルフゼイルか)に移動した。一九三〇年初頭、その場所でペンネーム時代のメグレ前史の四作目、『不安の家 La maison de l'inquiétude』(一九三二)を完成させた、という順番である。実際は『不安の家』の紙面連載(一九三〇)が『マルセイユ特急』の書き下ろし刊行に先んじたため、読者側から見れば『不安の家』が最初のメグレ登場作品ということになる。

『怪盗レトン』の正確な執筆時期は明確ではないが、シムノンがフランスに戻りつつもまだモルサン=シュル=セーヌの河岸で船の生活を続けていた一九三〇年春とも言われる。『怪盗レトン』はかわいい二匹の仔犬の漫画が人気だった週刊読みもの紙《リックとラック Ric et Rac》に一九三〇年七月一九日号から一〇月一一日号まで全十三回で連載された。本名のシムノン名義で発表された初めての作品だ。

シムノンはメグレが主人公の長編を書き溜めてゆき、書籍版は一九三一年二月二〇日(金)に『死んだギャレ氏』『サン・フォリアン寺院の首吊人』の二冊同時発売で始まった。この夜、シムノンは宣伝のためモンパルナスに著名人を招いて大騒ぎのパーティを開いた。身動きできないほどの大盛況だったことが当時の写真からわかる。

以後ファイヤール社から毎月一冊ずつ刊行されるメグレ警視シリーズによって、シムノンはたちまち人気作家となった。この怒濤の連続刊行は一九三二年一〇月まで続く。途中で二度、メグレ以外の長編が差し挟まれる。まずは初のロマン・デュール作品『アルザスの宿』（一九三二）、そしてペンネーム時代の冒険小説を改稿した『北氷洋逃避行』（一九三二）。その次に『紺碧海岸のメグレ』（一九三二）を出すと、シムノンは同じ叢書からペンネーム時代の本連作『十三人の被告』『十三の謎』『13の秘密』を刊行し、それから少しばかり出版を休むのである。シムノンはアフリカなどの外国へと旅に出て、それまで百科事典の項目をもとに書き飛ばしていた異国を、その目で実際に見てゆくのだ。多くの写真を残している。

次の連続刊行は一九三三年三月から始まる。その皮切りは後に映画でも有名になる傑作ロマン・デュール、『仕立て屋の恋』であった。

3　13シリーズの概要と『13の秘密』

13シリーズが掲載された《探偵》は、一九二八年に創刊されたビジュアルも豊かな週刊読みもの紙で、ガストン・ガリマール社のジョルジュ（ジョージ）・ケッセルが編集主幹を務めていた。彼の兄ジョゼフ・ケッセルは『昼顔』（一九二九）などの作家で、やはり編集に関わっていた。ふたりは一九三一年にもビジュアル紙《ヴォワラ Voilà》を創刊している。当時は紙面を盛り立てるためジョゼフがさまざまな知り合いの作家に声を掛けていたようだ。

各短編はもともと事件編と解決編に分かれており、事件編の二号後に短い解決編が掲載された。真偽のほどはわからないが『私的な回想』でシムノンは次のように書いている。

（前略）私が書く推理小説の結末を読者にあててもらうという趣向が受けて、十三の短編からなるシリーズ「十三の秘密」が掲載されると、『探偵』には読者からの回答が殺到した。郵便配達が運びこむ何袋もの手紙を読むために、四十人ものアルバイトを雇わなくてはならないほどだった。ジェフ［註：ジョゼフ］・ケッセルはさらに十三の短編を書くよう私に依頼してきた。ただし、こんどはもっと謎解きを難しくして、前回ほど大勢の読者が回答をよせないようにしてほしい、という注文だった。そこで私は「十三の謎」を書き、さらにもっと難しい「十三の犯人」［被告］を書いた。

（長島良三訳）

『13の秘密』　Les 13 mystères　ジョゼフ・ルボルニュ
執筆：1928-1929冬
連載：Georges Sim, «Détective» 1929/3/21 - 3/27（n°s 21 - 35）
出版：Fayard, 1932/10
主な邦訳：『13の秘密　第1号水門』（合本、下記の改題）／『13の秘密』（合本、長編『第1号水門』併載）大久保輝臣訳、創元推理文庫（1963）

『十三の謎』　Les 13 énigmes　G7

執筆：1929春
連載：Georges Sim, «Détective» 1929/9/12 - 12/19（n^{OS} 46 - 60）
出版：Fayard, 1932/9
主な邦訳：『ダンケルクの悲劇』芹南冬夫訳、春秋社（1937）〔13〕を除く12編／「エトュルタの無名婦人」大倉燁子訳、《月刊探偵》1936/6〔13〕
番外編「運河の事件」：Christian Brulls, L'affaire du canal, 未発表（1929春執筆） 初出 Tout Simenon T18, Presses de la Cité, 1991　未訳

『十三人の被告』 Les 13 coupables　フロジェ判事
執筆：1929-1930冬
連載：Georges Sim, «Détective» 1930/3/13 - 6/19（n^{OS} 72 - 86）
出版：Fayard, 1932/8
主な邦訳：『猶太人ジリウク』山野晃夫訳、春秋社（1937）〔9〕を除く12編
番外編「マリー橋の夜」：La nuit du pont Marie, «L'Intransigeant» 1933/6/10（1929-1930冬執筆）
未訳

執筆・連載順は『秘密』→『謎』→『被告』だが、ファイヤール社の書籍刊行順は逆で『被告』→『謎』→『秘密』なのである。シムノンは自信のある作品順に刊行したのかもしれない。

これまで日本ではシムノンのテキストだけが紹介されてきた。しかし実際の《探偵》や当時の書籍

版を見ると、もともとこの連作は見取り図や写真などのビジュアルと一体になった読みもの企画としてスタートしたことがわかって、とても興味深い。

とりわけ最初の連作『秘密』は、そうした図や写真を同じ紙面で見ながら謎解きをするパズルの形式が顕著だった。これは日本ではほとんど知られていないことで、フランスでも後の再刊では図や写真が省かれているのがもったいなく感じられる。たとえば『秘密』第一話「ルフランソワ事件」は掲載された見取り図を見ることで扉の位置がわかり、謎解きが完結するようになっている。探偵役のジョゼフ・ルボルニュが「図面を読むんだ！　なにもかもそこにあるんだぜ……」（大久保輝臣訳）と言う通りだ。第五話「B……中学の盗難事件」も机の抽斗の構造がちゃんと図解されており、「なるほど、こういう仕掛けだったのか」と納得できる（書籍版は図ではなく写真で表現）。

『秘密』はホテル暮らしの独身男性ジョゼフ・ルボルニュが新聞記事や報告書類だけから事件を推理し、語り手である「ぼく」にその真相を披露するという典型的な安楽椅子探偵もので、《探偵》紙の読者は「ぼく」と一緒にルボルニュのファイルを見ながら推理を楽しめるようになっていたわけだ。

ルボルニュはガストン・ルルー『黄色い部屋の秘密』（一九〇八）のジョゼフ・ルールタビーユに似た類型的キャラクターで、ストーリーもパズルに徹している。最初のうち『秘密』や『謎』の原稿を受け取ったジョルジュ・ケッセルは、謎があまりにもわざとらしく、プロットも水増しが多くて、あまり良い出来映えではないと思っていたそうだ。それでも『秘密』は読者に好評で迎えられたようだし、またこのような紙面をつくり上げるのはシムノンにとっても楽しい作業だったろう。第七話「クロワ＝ルウスの一軒家」や第九話「三枚のレンブラント」のように、いまなお読者をあっと言わせるような作品も生まれた。

シムノンはユーモアコントで培った手法を推理パズルに応用したと言えそうだ。当時のコント作品は唐突なオチがつけられることが多く、意表を衝かれるようなものもあったが、『秘密』はそうした筆運びに近い感じがある。しかしそれだけではなくシムノンはコントや艶笑譚にペーソスを盛り込むことも多かった。最終話「金の煙草入れ」を感傷的に纏め上げた手腕はなかなかのもので、後のメグレ警視シリーズに繋がるシムノン独特の小説作法が、すでにここに現れている。

4 『十三の謎』

続く『謎』はG7という行動派刑事が主人公で、この連作では彼が語り手を連れてフランス各地へ赴き、事件を解決する。『秘密』の後に『謎』を読むと、作家シムノンの筆力がぐんぐん向上してゆく様子がはっきりとわかる。

G7はフランス風に「ジェ・セット」と読みたい。実在したタクシーブランドの名前から採られており、いまでもフランスには「G7」というタクシー会社がある。

シムノンはペンネーム時代から少しずつシリーズキャラクターの探偵をつくり出していた。最初に活躍したのはアルセーヌ・ルパン風の探偵冒険家イーヴ・ジャリー Yves Jarry で、作家業の傍ら謎を追って世界各地へと飛び出してゆく。『美の肉体 Chair de beauté』（一九二八）以来、四作の長編に登場した。

このような行動派の探偵キャラクターは、やがて刑事という役職の枠組みで描かれるようになり、それに伴い名前が記号化されてゆく。次に活躍を見せるのはL.53というルールタビーユ風の刑事だ。

前述『美の肉体』に異国民弁務官として姿を見せていたが、中編「〝ムッシュー五十三番〟と呼ばれる刑事」（一九二九）ではパリ司法警察局の刑事として再登場する。

この中編の凶器消失トリックはもともと実際の事件にあったもので、これをヒントにした有名なミステリー短編の先行作もある。後にG7ものの中編「将軍暁に死す」（一九三三）へと改稿されており、またメグレものの『死んだギャレ氏』（一九三一）にも発展している。ここで示される密室の不可能性は、コント時代からのシムノンの作風に照らすと、いかにもシムノンが書きそうなパターンの変奏であった。むしろここではトリックそのものよりも、物語の決着のつけ方に作家の創造性が感じられる。こうした清冽な落としどころと簡明で意表を衝く表現は、かえってシムノンの経歴と無縁な当時の日本ミステリー界に、新鮮な驚きでもって迎えられたのではないか。

匿名の刑事という設定は、その後ソンセット刑事 inspecteur Sancette へと受け継がれる。ソンセットとはフランス語で１０７（ソン・セット cent sept）、つまり彼の電話交換番号のことだ。

ソンセットはやがてメグレ警視の土台となるようなキャラクターへと変貌する。彼は13シリーズがちょうど連載されていたころ別の《リックとラック》紙で「ソンセット刑事の事件簿 Les enquêtes de l'inspecteur Sancette」（一九二九 - 一九三〇）というミステリー連作に登場しており、ここではまだG7のキャラに近かったが、後の長編『赤い砂の城 Le château des sables rouges』（一九三三）になるともうほとんどメグレと言っていいほどだ。

ソンセット刑事は、残念ながらシムノンの本名名義では作品が残らなかった。しかしG7はメグレ誕生後もシムノンが唯一ペンネーム時代から継続して書いた探偵役だった。女性写真家ジェルメーヌ・クルルとコラボレートした企画ものの中編『イトヴィル村の狂女』（一九三一）があり、また中編「消失三人女」「将軍暁に死す」「マリイ・ガラント号の謎」（いずれも一九三三）を纏めた『七分間 Les sept minutes』（一九三八）はいまなおフランス語で読まれている。フランスの伝統的な探偵であったルールタビーユからシムノンらしいメグレへと至る道筋のなかでG7は生まれ、そして生き残ったのである。

実は、『十三の謎』には当時発表されなかった幻の第一話がある。この「運河の事件」は邦訳がなく、残念ながら本書にも収録されないので、ここにあらましを書いておこう。

「運河の事件」

G7は第一機動隊でもっとも優秀な刑事だ。その渾名の由来は登録番号だが、赤毛でスポーツマンらしい体格は、まるで色彩豊かなパリの顔であるG7タクシーのようだ。彼はチェスに情熱を燃やし、非番のときは一〇試合も続ける。

ぼくたちはモワサックのタルン運河そばで起こった奇妙な事件を調査する。曳船道を自転車で走っていた男が、ほとんど木の根元に頭を突っ込むかたちで、頭蓋骨骨折で死んでいた。金が盗まれていたが、現場に誰かがやってきた足跡はない。G7はすばやく事件の真相へと辿り着き、ぼくを試すように言う。「きみはすべて見聞きしたよ。おいおい、きみはまだ初心者だな！　気づかなかったのか？」

本編に採用されなかったのが惜しいと思える一編だ。連作中ではいちばん本格ミステリーっぽく、雰囲気としては『秘密』から『謎』への橋渡しのような作品でもある。真相は状況を考えるとユーモラスで、曳船道を自転車で行き来するあたりは後の『メグレと運河の殺人』（一九三一）を想起させる。チェスが好きだという設定は第三話「引っ越しの神様」に残った。

『十三の謎』は、最初のうちこそ『秘密』に似た謎解きパズルを目指していたと思われるが、少しずつシムノンの筆がその枠組みを超えて自由に躍動してゆくのが読み取れる。シムノンの馴染みの場所が次々と出てくる。第五話「死体紛失事件」のトラシー村はメグレものの『サン・フィアクル殺人事件』（一九三二）と同じ土地がモデル。第六話「ハン・ペテル」のポルクロール島、第十一話「バイヤール城塞の秘密」のエクス島は、それぞれ一九二六年と二七年に夏のバカンスを満喫した場所。第十三話「エトルタの見知らぬ婦人」のベヌヴィルも、その前の一九二五年夏に愛人ブールや友人と訪れた場所。見知った場所を書いているという安心感と自信が、シムノンの筆を支えている。小説としてうまくなってきているのがわかる。ポルクロール島の第五話は、後にＧ７ものの中編「消失三人女」（一九三三）へと発展する。第七話「黄色い犬」は、もちろん後の有名作『黄色い犬』（一九三一）の原型だ。

第九話「コステフィーグ家の盗難」の暗号は、書籍初版だと「ＦＳ」「Ｏ」と読めてしまう凝ったかたちのもの。フランスで後年に出た『シムノン全集』では裏返しにトレースされており、当初の趣向が失われてしまっているのが残念だ。本書では初版のかたちに戻してお届けしている。暗号の楽しさが引き立つことと思う。

第十話「古城の秘密」あたりからの小説としての充実ぶりは、パズル企画であった『秘密』から順に読んでゆくと驚かざるを得ない。しっかりと読み応えのある短編ミステリーになっているのだ。すでに問題編で提示された謎を解決編で答え合わせする書き方ではなくなっているが、当時の読者はもはや単純な答え合わせというより、「この物語の結末を見届けたい」という期待で二号後を待ちかねたのではないか。第十二話「ダンケルクの悲劇」では哀愁が読者の胸に迫り、続く『十三人の被告』への橋渡しになっている。

5 『十三人の被告』

シムノンがもっとも意欲的に設定をつくって取り組んだと思われるのが、13シリーズ最後の作品『十三人の被告』だ。

タイトルの coupable は「犯人」「罪人」の意味。探偵役のフロジェ判事のもとへ、事件の被疑者がやってくる。フロジェは彼らとパリ司法宮の個室(キャビネ)で対面して話を聞き出し、彼らが罪を犯しているかどうかを見抜いてゆく。問題編における謎掛けとしては、もし被疑者を起訴できるならその理由は何か、ということになる。

凝った趣向の連作だといえる。安楽椅子探偵のルボルニュ、行動派探偵のG7は、フランスミステリーの伝統に則ったキャラクターだった。しかしフロジェ判事は作家シムノンが生んだオリジナリティのある探偵役だと言えるのではないか。

シムノンはペンネーム時代、後のメグレ警視シリーズで活躍するキャラクターたちの名前を、一九二八年ころから徐々に登場させていた。メグレ警視だけでなくトランス刑事、リュカ刑事(または警視)、コメリオ判事といったキャラクターが、それぞれ少しずつ交差するかのように心理犯罪小説で共演を果たしていたのである。白黒ツートンカラーのフロジェ判事は、コメリオ判事へと表舞台を譲る前に現れた、やはりメグレ警視シリーズへ至る過程のキャラクターだったと言える。

フロジェが被疑者とキャビネで話すのが基本パターンなので、地味な設定と言えるのだが、それぞれの被疑者はすべて国籍や出自が違う。ここにシムノンの作家的工夫が見て取れる。

当時のパリは一九二七年に始まった世界恐慌が影を落として、「狂乱の時代」も終焉を迎える時代になっていただろう。国際犯罪の脅威も身近にあったと思われる。シムノンはこの連作でパリ司法宮の小さなキャビネ越しに、当時のパリの姿を描き出そうとしていた。

フロジェの前に現れる人々はまだ起訴前なので、「被告」ではない。フロジェが真相を見抜いて初めて起訴され、被告になるのである。十三という数字も被疑者の人数というよりは事件の数だ。しかしここには十三の罪のかたちがある。原題『Les 13 coupables』はそうした全体の趣向を象徴的に表現したものだと言える。

この連作にも本編に採用されなかった番外編がひとつある。「マリー橋の夜」と題されたそれは、後年に別の雑誌に単発掲載された。物語は事件の状況と捜査から始まり、フロジェ判事は後半に現れる。冒頭のシチュエーションはシムノンがペンネーム時代に書いたメグレ前史の第四作『不安の家』に良く似ている。《ピクラッツ》は『モンマルトルのメグレ』（一九五一）などに登場する、シムノン読者におなじみのキャバレーだ。


「マリー橋の夜」

霧が深い午前三時のサン＝ルイ島。「たったいま、私は人を殺してしまいました」と夜会服姿の女性が通行人のもとへ駆けつけてきた。しかし翌朝になると、夫人は警視のオフィスで「自分は知りません」と言い張る。この女の狂言だったのだろうか？　彼女は夫や愛人らと深夜までモンマルトルのナイトクラブ《ピクラッツ》で遊び、彼らとサン＝ルイ島のマリー橋で車を降りたのである。しかし愛人の男は事件のことなど知らないという。

河岸で夫の死体が見つかった。被疑者らはフロジェ判事に委ねられる。フロジェは夫人のいる前で、愛人の男に質問を続ける。フロジェがいくつかの証拠を口にしたとき、ついに彼は「嘘だ！」と叫んだ。それに対するフロジェの返答は意外なものだった。フロジェは廊下に控えさせていた一見何の関わりもなさそうな浮浪者を部屋に呼び入れ、事件の真相を明らかにする。

13シリーズはアメリカの《エラリー・クイーンズ・ミステリ・マガジン（EQMM）》誌にアントニー・バウチャーの翻訳によって英訳紹介され、シムノンが英語圏や世界各国で注目されるきっかけとなった。日本でも当初は《EQMM》経由で13シリーズが雑誌に訳出紹介されることがあった。最初に《EQMM》に載った作品は、『被告』第六話「アーノルド・シュトリンガー」である。一九四二年一一月号の掲載で、フロジェ判事の人となりをわかりやすくするためだろう、バウチャーは第一話「ジリウク」の冒頭部を拝借して英文に追加していた。

エラリー・クイーンはフランス語が読めなかったから、〈クイーンの定員〉を選ぶときも『被告』全編に目を通したわけではなく、バウチャーが訳出した数編を手掛かりにしたのだろう。《EQMM》初紹介時のクイーンによる解説文の一部を以下に示す。バウチャーの称賛が引用されている。これは後にエラリー・クイーン編『クイーン好み To The Queen's Taste』（一九四六）にも再掲された。

（前略）ムッシュー・フロジェについてバウァャー氏はこう書いている。「その冷酷なまでの正確さ、不屈の忍耐、そして彼が持つ一〇スーの手帳と、そこに書きつけられる赤インキの締め口上。ムッシュー・フロジェは私にとって短編ミステリーの偉大な探偵役のひとりだ」読者諸氏も同意なさるだろう。（瀬名訳）

実は《ＥＱＭＭ》で初めてメグレものの短編が掲載されたのは一九四九年九月号の「殺し屋」（一九三八）と遅く、それまではほとんどが13シリーズの紹介だった。『被告』四編、『秘密』三編、『謎』三編、後は『チビ医者の犯罪診療簿』（一九四三）から一編、そしてコンテスト入賞作「幸福なるかな、柔和なる者」（一九四九）である。シムノンはメグレの短編を一九三六年から書き始めているが、フランスで短編集として纏まったのは大戦中の一九四四年であり、当時の混乱もあって英訳が遅れたのだと思われる。〈クイーンは後の増補版〈定員〉で、アメリカ独自編纂の短編集『The Short Cases of Inspector Maigret』（一九五九）も No.118 に選出）

最初のころシムノンは颯爽と現れたフランスの新風というイメージだったはずだ。クイーンが『被告』のどのような部分に好みを見出し、〈定員〉に選出したのか、それをいろいろと想像するのは現代のミステリー読者に贈られた楽しみである。

「〈クイーンの定員〉をひとつずつ読んでゆくのが楽しみなんだ」という人も、ぜひこれを機会に『秘密』『謎』『被告』を通して読んでみてほしいと思う。作家シムノンの成長過程という、別の切り口からの面白さが鮮やかに見えてくるはずだからである。シムノンは決してジャンルミステリーの作家ではなかったが、これまで述べてきたようにそのルーツにはフランスミステリーの伝統もあった。その伝統がいまシムノンのなかで、シムノン自身の未来へと変容しようとしている。その貴重な瞬間が、13シリーズには刻まれている。

本連作『被告』は、事件編と解決編に分けて掲載するという当初からの仕掛けが、かえって小説としてマイナスに働いてしまっている回もある。それでも『秘密』からの一連の流れで読むと、『被告』の読みどころがわかってくる。パズル企画の楽しさと短編ミステリーとしての読み応えを追求するそのはざまで揺れながら、より一歩前へ出て行こうとするシムノンの姿勢が浮かび上がる。パズルの楽しさなら最初の『秘密』がいちばんかもしれないが、小説としての妙味、読み応えという点ではその後の『謎』や、この『被告』の方がずっと充実しているように思える。

第四話「フランドル人」は後の『メグレ警部と国境の町』（一九三二）を想起させる良作。第五話「ヌウチ」の結末が見せる滑稽さと底意地の悪さは小説として一級品だ。第八話「フィリップ」でリュカ警視が登場するのもメグレファンは見逃せない。意外な問いかけのある第十話「チンメルマン夫妻」は、最終行の鮮やかな残酷さが心に残る。

だがなによりも、これまで本邦未紹介だった第九話「ニコラス」が今回訳出されたことは嬉しい。これで連作全体の評価は格段に上がるのではないか。

というのも、第九話はアクセントの役目を果たしており、これがあることで全体がぐっと引き締まっているからだ。クイーンの知らなかった『被告』がここにある。

そして最終話「バス」が見せるペーソスは、そのまま後のメグレへと直結するものだ。この最終話で、ほとんど初めてフロジェはおのれの感情を露わにする。被疑者のアメリカ黒人バスはキャビネでいまにもすすり泣きを始めそうだ。それを見ているフロジェの想いは地の文にまで溢れ、ついに「！」マークつきで表現される。

初期のメグレ警視シリーズを読むと、メグレの激情が何度も地の文に感嘆符つきで現れるのがわかる。まさにそのシムノンならではの文体が、いまここで生まれようとしている。そして最後のフロジェの判断は、まさしくメグレが被疑者たちに見せる共感(シンパシー)そのものだ。シリーズを通して読むと、この最終話がメグレへと至る最後の一ステップであるかのようにさえ思える。見事な締め括り方だ。

多彩な読み方のできる13シリーズを、ぜひお楽しみいただきたい。

【謝辞】

本稿執筆にあたり、研究同人誌《QUEENDOM》六六号（二〇〇二）所収の「〈クイーンの定員〉再検討・第五回　No.85　ジョルジュ・シムノン『13の罪人』」より、浜田知明さんの「紹介と書誌：『13の罪人』」、飯城勇三さんの「紹介：「13の罪人」とEQMM」「エッセイ：「13の罪人」の謎」を参考にさせていただきました。記して御礼を申し上げます。ありがとうございました。

〔著者〕

ジョルジュ・シムノン

ベルギー、リエージュ生まれ。中等学校を中退後、職を転々とした末、〈リエージュ新聞〉の記者となる。1919年に処女作“Au Pont des Arches”を発表。パリへ移住後、幾つものペンネームを使い分けながら、大衆雑誌に数多くの小説を執筆。「怪盗レトン」(31) に始まるメグレ警視シリーズは絶大な人気を誇り、長編だけでも70作以上書かれている。66年にはアメリカ探偵作家クラブの巨匠賞を受賞。

〔訳者〕

松井百合子（まつい・ゆりこ）

法政大学在学中アテネフランセでフランス語を習得。大学卒業後、フランス、ストラスブルグ大学フランス語学科に留学。帰国後フランス系外資金融機関東京支店勤務を経て現在翻訳に従事している。

十三の謎と十三人の被告

——論創海外ミステリ 219

2018年10月20日　初版第1刷印刷
2018年10月30日　初版第1刷発行

著　者　ジョルジュ・シムノン

訳　者　松井百合子

装　丁　奥定泰之

発行人　森下紀夫

発行所　論 創 社

〒101-0051　東京都千代田区神田神保町2-23　北井ビル
電話 03-3264-5254　振替口座 00160-1-155266

印刷・製本　中央精版印刷

組版　フレックスアート

ISBN978-4-8460-1732-3
落丁・乱丁本はお取り替えいたします